Harry Potter
6

Harry Potter and
the Prisoner of Azkaban

ハリー・ポッターと
アズカバンの囚人

3-2

J.K.ローリング

松岡佑子＝訳

JN103055

WIZARDING WORLD

静山社

To Jill Prewett and Aine Kiely,
the Godmothers of Swing

Original Title: HARRY POTTER AND THE PRISONER OF AZKABAN

First published in Great Britain in 1999
by Bloomsbury Publishing Plc, 50 Bedford Square, London WC1B 3DP

Text © J.K.Rowling 1999

Wizarding World is a trade mark of Warner Bros. Entertainment Inc.
Wizarding World Publishing and Theatrical Rights © J.K. Rowling

Wizarding World characters, names and related indicia are TM and © Warner Bros.
Entertainment Inc. All rights reserved

All characters and events in this publication, other than those
clearly in the public domain, are fictitious and any resemblance
to real persons, living or dead, is purely coincidental.

No part of this publication may be reproduced, stored in a
retrieval system, or transmitted, in any form, or by any means, without
the prior permission in writing of the publisher, nor be otherwise circulated
in any form of binding or cover other than that in which it is published
and without a similar condition including this condition being
imposed on the subsequent purchaser.

Japanese edition first published in 2001
Copyright © Say-zan-sha Publications, Ltd. Tokyo

This book is published in Japan by arrangement with
the author through The Blair Partnership

ハリー・ポッターとアズカバンの囚人　3-2　目次

第12章　守護霊　5
第13章　グリフィンドール対レイブンクロー　34
第14章　スネイプの恨み　59
第15章　クィディッチ優勝戦　92
第16章　トレローニー先生の予言　127
第17章　猫、ネズミ、犬　153
第18章　ムーニー、ワームテール、パッドフット、プロングズ　179
第19章　ヴォルデモート卿の召使い　193
第20章　吸魂鬼のキス　225
第21章　ハーマイオニーの秘密　238
第22章　ふたたびふくろう便　283
英国の「本物の魔法」　鏡リュウジ

ハリー・ポッターとアズカバンの囚人　3-1　目次

第1章　ふくろう便
第2章　マージおばさんの大失敗
第3章　夜の騎士バス
第4章　漏れ鍋
第5章　吸魂鬼
第6章　鉤爪と茶の葉
第7章　洋箪笥のまね妖怪
第8章　「太った婦人」の逃走
第9章　恐怖の敗北
第10章　忍びの地図
第11章　炎の雷

第12章　守護霊

ハーマイオニーは、善意でやったことだ。ハリーにもそれはわかっている。しかし、やはり腹が立った。世界一の箒《ほうき》の持ち主となれたのはほんの数時間。ハーマイオニーのお節介《せっかい》のせいで、二度とあの箒に会えるかどうかさえわからない。没収される前のファイアボルトならどこもおかしいところはないと断言できる。でも、あれやこれやと呪い崩しのテストにかけられたら、どんな状態になってしまうかわからない。

ロンも、ハーマイオニーに腹を立てていた。新品のファイアボルトをバラバラにするなど、ロンにしてみればまさに犯罪的な破壊行為だ。ハーマイオニーは、ハリーのためになることをしたという揺るぎない信念から、やがて談話室を避けるようになった。ハリーとロンは、ハーマイオニーが図書室に避難したのだろうと考えて、談話室にもどるよう説得しようともしなかった。結局、年が明けてまもなく、みなが学校に帰ってきて、またがやがやとグリフィンドール塔が込み合い出したのは、二人にとってうれしいことだった。

学期が始まる前の夜、ウッドがハリーを呼び出した。

「いいクリスマスだったか？」ウッドは答えも聞かずに座り込み、声を低くして言った。「ハリー、おれはクリスマスの間いろいろ考えてみた。前回の試合のことだ。わかるだろう。もしも次の試合に吸魂鬼《ディメンター》が現れたら……つまり……君があんなことになると――その――」

ウッドは困り果てた顔で言葉を切った。

「僕、対策を考えてるよ」ハリーが急いで言った。「ルーピン先生が吸魂鬼防衛術の訓練をしてくれるとおっしゃった。今週中には始めるはずだ。クリスマスのあとなら時間があるっておっしゃってたから」

「そうか」ウッドの表情が明るくなった。「うん、それなら――ハリー、おれは、シーカーの君を絶対に失いたくなかったんだ。ところで、新しい箒《ほうき》は注文したか？」

「ううん」

「なに！　早いほうがいいぞ、いいか――レイブンクロー戦で『流れ星』なんかには乗れないぜ！」

「ハリーは、クリスマスにファイアボルトをもらったんだ」ロンが言った。

「ファイアボルト？　まさか！　ほんとか？　ほ、本物のファイアボルトか？」

「興奮しないで、オリバー」ハリーの顔が曇った。

「もう僕の手にはないんだ。取り上げられちゃった」

ハリーは、ファイアボルトが呪い調べを受けるようになった一部始終を説明した。

「呪い？　なんで呪いがかけられるって言うんだ？」

「シリウス・ブラック」ハリーはうんざりした口調で答えた。「僕を狙ってるらしいんだ。だからマクゴナガル先生が、箒を送ったのはブラックかもしれないって」

「しかし、ブラックがファイアボルトを買えるわけがない！　逃亡中だぞ！　国中がやつを見張ってるようなもんだ！『高級クィディッチ用具店』にのこのこ現れて、箒なんか買えるか？」

かの有名な殺し屋の狙いが、チームのシーカーにあるという話には興味も示さず、ウッドが言った。

「僕もそう思う」ハリーが言った。「だけどマクゴナガルは、それでも箒をバラバラにしたいんだって」

ウッドは真っ青になった。

「ハリー、おれが行って話してやる」ウッドが請け合った。「言ってやるぞ。物の道理ってもんがある。……ファイアボルトかぁ……我がチームに、本物のファイアボルトだ……マクゴナガルもおれたちと同じくらい、グリフィンドールに勝たせたいんだ……おれが説得してみせるぞ……ファイアボルトかぁ……」

学校は次の週から始まった。震えるような一月の朝に、戸外で二時間の授業など、だれだってできれば勘弁してほしい。しかし、ハグリッドは大きな焚《た》き火《び》の中に火トカゲ《サラマンダー》をたくさん集めて、生徒を楽しませた。みなで枯れ木や枯れ葉を集めて、明々と燃やし続け、炎大好きの火トカゲは白熱した薪《たきぎ》が燃え崩れる中をちょろちょろ駆け回り、めずらしく楽しい授業になった。それに引き替え、「占い学」の新学期第一日目は楽しくなかった。今度は手相の読み方を教えはじめたトレローニー先生が、いちはやく、これまで見た手相の中で生命線が一番短いとハリーに告げた。

「闇の魔術に対する防衛術」。これこそハリーが始まるのを待ちかねていた授業で、ウッドと話をしてからは、一刻も早く吸魂鬼《ディメンター》防衛術の訓練に入りたかった。

授業のあとハリーは、ルーピン先生にこの約束を思い出させた。

「ああ、そうだったね。そうだな……木曜の夜、八時からではどうかな？『魔法史』の教室なら広さも十分ある……どんなふうに進めるか、私も慎重に考えないといけないな……まさか本物の吸魂鬼を城の中に連れてきて練習するわけにもいかないしね……」

夕食に向かう途中、二人で廊下を歩きながら、ロンが言った。

「ルーピンはまだ病気みたい。そう思わないか？　いったいどこが悪いのか、君、わかる？」

二人のすぐ後ろで、いらだちを隠せないように大きく舌打ちする音が聞こえた。ハーマイオニーだ。鎧《よろい》の足元に座り込んで、本でパンパンになり閉まらなくなった鞄を詰めなおしていた。

「なんで僕たちに向かって舌打ちなんかするんだ？」ロンも不機嫌さをあらわにして言った。

「なんでもないわ」鞄をよいしょと背負いながら、ハーマイオニーがとりすました声で言った。

「いや、なんでもあるよ」ロンが突っかかった。「僕が、ルーピンはどこが悪いんだろうって言ったら、君は――」

「あら、そんなこと、わかり切ったことじゃない？」

癪《しゃく》に障《さわ》るような優越感を漂わせて、ハーマイオニーが言った。

「教えたくないなら、言うなよ」ロンがぴしゃっと言った。

「あら、そう」ハーマイオニーは高慢ちきにそう言うと、つんつんと歩き去った。

「ふんっ、知らないくせに」ロンは憤慨して、ハーマイオニーの後ろ姿を睨《にら》みつけた。「あいつ、僕たちにまた口をきいてもらうきっかけが欲しいだけさ」

木曜の夜八時、ハリーはグリフィンドール塔を抜け出し、「魔法史」の教室に向かった。教室は真っ暗で、だれもいない。杖《つえ》でランプを点《つ》け、待った。ほんの五分ほどでルーピン先生が現れた。荷造り用の大きな箱を抱えている。それをビンズ先生の机によいしょと下ろした。

「なんですか?」ハリーが聞いた。

「またまね妖怪《ボガート》だよ」ルーピン先生がマントを脱ぎながら言った。「火曜日からずっと城をくまなく探していたら、幸い、こいつがフィルチさんの書類棚に潜んでいてね。本物の吸魂鬼《ディメンター》に一番近いのはこれだ。君を見たら、こいつは吸魂鬼に変身するから、それで練習できるだろう。使わないときは私の研究室にしまっておけばいい。まね妖怪の気に入りそうな戸棚が、机の下にあるから」

「はい」――なんの不安もありません。本物の代わりにこんないいものを見つけてくださってうれしいです――ハリーは努めてそんなふうに聞こえるように返事をした。

「さて……」ルーピン先生は自分の杖を取り出し、ハリーにも同じようにするよう促した。「ハリー、私がこれから君に教えようと思っている呪文は、非常に高度な魔法だ。――いわゆる『普通魔法《ふくろう》レベル(O・W・L)』資格をはるかに超える。

『守護霊の呪文《パトローナス・チャーム》』と呼ばれるものだ」

「どんな力を持っているのですか？」ハリーは不安げに聞いた。

「そう、呪文がうまく効けば、守護霊が出てくる。いわば、吸魂鬼を祓《はら》う者――保護者だ。これが君と吸魂鬼との間で盾になってくれる」

ハリーの頭の中でとたんに、大きな棍棒《こんぼう》を持って立つハグリッドほどもある偉丈夫《いじょうぶ》と、その陰にうずくまる自分の姿が目に浮かんだ。ルーピン先生が話を続ける。

「守護霊は一種のプラスのエネルギーで、吸魂鬼はまさにそれを貪《むさぼ》り食らって生きる――希望、幸福、生きようとする意欲などを。――しかし守護霊は本物の人間なら感じる絶望というものを感じることがない。だから吸魂鬼は守護霊を傷つけられない。ただしハリー、一言いっておかねばならないが、この呪文は君にはまだ高度すぎるかもしれない。一人前の魔法使いでさえ、この魔法にはてこずるほどだ」

「守護霊《パトローナス》ってどんな姿をしているのですか？」ハリーは知りたかった。

「それを創り出す魔法使いによって、一つひとつがちがうものになる」

「どうやって創り出すのですか？」

「呪文を唱えるんだ。なにか一つ、一番幸せだった想い出を、渾身《こんしん》の力で思いつめたときに、はじめてその呪文が効く」

ハリーは幸せな想い出をたどってみた。ダーズリー家でハリーの身に起こったことは、なに一つ当てはまらないことだけは確かだ。やっと、はじめて箒《ほうき》に乗ったあの瞬間だ、と決めた。

「わかりました」

ハリーは体を突き抜けるような、あのすばらしい飛翔感《ひしょうかん》をできるだけ忠実に思い浮かべようとした。

「呪文はこうだ――」ルーピンは咳《せき》ばらいをしてから唱えた。「エクスペクト・パトローナム、守護霊《パトローナス》よきたれ！」

「エクスペクト・パトローナム」ハリーは小声で繰り返した。「守護霊よきたれ」

「幸せな想い出に神経を集中してるかい？」

「ええ――はい――」ハリーはそう答えて、急いであの箒の初乗りの心に帰ろうとした。「エクスペクト・パトロノ――ちがった、パトローナム――すみません――エクスペクト・パトローナム、エクスペクト・パトローナム――」

杖《つえ》の先から、なにかが急にシューッと噴き出した。一条の銀色の煙のようなものだった。

「見えましたか？」ハリーは興奮した。「なにか、出てきた！」

「よくできた」ルーピンがほほえんだ。「よーし、それじゃ――吸魂鬼《ディメンター》で練習してもいいかい？」

「はい」ハリーは杖を固くにぎりしめ、ガランとした教室の真ん中に進み出た。ハリーは飛ぶことに心を集中させようとした。しかし、なにか別のものが執拗《しつよう》に入り込んでくる。――いまにも母さんの声が、また聞こえるかもしれない……いまは考えてはいけない、さもないとどうしてもまたあの声が聞こえてしまう。聞きたくない……それとも、聞きたいのだろうか？

ルーピンが箱のふたに手をかけ、引っ張った。

ゆらり、と吸魂鬼が箱の中から立ち上がった。フードに覆われた顔がハリーを向いた。ぬめぬめと光るかさぶただらけの手が一本、マントをにぎっている。教室のランプが揺らめき、ふっつりと消えた。吸魂鬼は箱から出て、音もなくスルスルとハリーに向かってくる。深く息を吸い込むガラガラという音が聞こえる。身を刺すような寒気がハリーを襲った――。

「エクスペクト・パトローナム！」ハリーはさけんだ。「守護霊よきたれ！　エクスペクト――」

しかし、教室も吸魂鬼も次第に霞の中に引き込まれていく。……ハリーはまたしても、深い白い霧の中に落ちていった。母親の声がこれまでよりいっそう強く、頭の中で響いた――。

「ハリーだけは！　ハリーだけは、どうぞハリーだけは――わたしを代わりに殺して――」

「どけ、ばかな女め……さあ、どくんだ……」

「ハリー！」

ハリーはハッと我に返った。床に仰向けに倒れていた。教室のランプは明るくなっている。なにが起こったか、聞くまでもなかった。

「すみません」ハリーは小声で言った。起き上がると、メガネの下を冷や汗が滴《したた》り落ちるのがわかった。

「大丈夫か？」ルーピンが聞いた。

「ええ……」ハリーは机にすがって立ち上がり、その机に寄りかかった。

「さあ――」ルーピンが蛙《かえる》チョコレートをよこした。「これを食べるといい。それからもう一度やろう。一回でできるなんて期待してなかったよ。むしろ、もしできたら、びっくり仰天《ぎょうてん》だ」

「ますますひどくなるんです」蛙チョコレートの頭をかじりながら、ハリーがつぶやいた。「母さんの声がますます強く聞こえたんです――それに、あの人――ヴォルデモート――」

ルーピンはいつもよりいっそう青白く見えた。

「ハリー、続けたくないなら、その気持ちは、私にはよくわかるよ――」

「続けます！」ハリーは残りの蛙チョコを一気に口に押し込み、激しく言った。「やらなきゃならないんです。レイブンクロー戦にまた吸魂鬼《ディメンター》が現れたら、どうなるんです？　もう落ちるわけにはいきません！　この試合に負けたら、クィディッチ杯は取れないんです！」

「よし、わかった……。別な想い出を選んだほうがいいかもしれない。つまり、もっと気持ちを集中できるような幸福なものを……さっきのは十分な強さじゃなかったようだ……」

ハリーはじっと考えた。そして、去年、グリフィンドールが寮対抗杯に優勝したときの気持ちが、幸福な想い出にぴったりだと思った。ふたたび杖《つえ》をにぎりしめ、ハリーは教室の真ん中で身構えた。

「いいかい？」ルーピンが箱のふたをつかんだ。

「いいです」グリフィンドール優勝の幸せな想いで頭を一杯にしようとハリーは懸命になった。箱が開いたらなにが起こるかなどという、暗い思いは捨てた。

「それ！」ルーピンがふたを引っ張った。部屋はまた氷のように冷たく、暗くなった。吸魂鬼がガラガラと息を吸い込み、滑るように進み出た。朽ちた片手がハリーに伸びてくる――。

「エクスペクト・パトローナム！」ハリーがさけんだ。「守護霊《パトローナス》よきたれ、エクスペクト・パト──」

白い霧がハリーの感覚を朦朧《もうろう》とさせた……大きな、ぼんやりとした姿がいくつもハリーの周囲を動いている……そして、はじめて聞く声、男の声が、引きつったようにさけんだ──。

「リリー、ハリーを連れて逃げろ！」

「あいつだ！　行くんだ！　早く！　僕が食い止める──」

だれかが部屋からよろめきながら出ていく音──ドアがバーンと音を立てて開く──かん高い笑い声が響く──。

「ハリー！　ハリー……しっかりしろ……」

ルーピンがハリーの顔をピシャピシャたたいていた。なぜ埃《ほこり》っぽい床に倒れているのか、今度はそれがわかるまで少し時間がかかった。

「父さんの声が聞こえた」ハリーは口ごもった。「父さんの声をはじめて聞いた。──母さんが逃げる時間を作るのに、ひとりでヴォルデモートと対決しようとしたんだ……」

ハリーは突然、冷や汗に混じって涙が顔を伝うのに気づいた。ハリーはできるだけ顔を低くして、靴の紐《ひも》を結んでいるふりをしながら涙をローブで拭《ぬぐ》い、ルーピンに気づかれないようにした。

「ジェームズの声を聞いた？」ルーピンの声に不思議な響きがあった。

「ええ……」涙を拭《ふ》き、ハリーは上を見た。「さあ、ハリー――「でも――先生は僕の父をご存知ない、でしょう？」

「わ――私は――実は知っている。ホグワーツでは友達だった。さあ、ハリー――今夜はこのぐらいでやめよう。この呪文はとてつもなく高度だ……言うんじゃなかった。君にこんなことをさせるなんて……」

「ちがいます！」ハリーはふたたび立ち上がった。「僕、もう一度やってみます！　僕の考えたことは、十分に幸せなことじゃなかったんです。きっとそうです……ちょっと待って……」

ハリーは必死で考えた。本当に、本当に幸せな想い出……しっかりした、強い守護霊《パトローナス》に変えることができる想い出……。

はじめて自分が魔法使いだと知ったとき、ダーズリー家を離れてホグワーツに行くとわかったとき！　あの想い出が幸せと言えないなら、なにが幸せと言えよう……。プリベット通りを離れられるとわかったときのあの気持ちに全神経を集中させ、ハリーは立ち上がってもう一度箱と向き合った。

「いいんだね？」ルーピンはやめたほうがよいのでは、という思いをこらえているような顔だった。

「気持ちを集中させたね？　行くよ――それ！」

ルーピンは三度《みたび》、箱のふたを開けた。吸魂鬼《ディメンター》が中から現れた。部屋が冷たく暗くなった――。

「エクスペクト・パトローナム！」ハリーは声を張り上げた。「守護霊《パトローナス》よきたれ！　エクスペクト・パトローナム！」

ハリーの頭の中で、また悲鳴が聞こえはじめた。――しかし、今度は、周波数の合わないラジオの音のようだ。低く、高く、また低く……しかも、ハリーにはまだ吸魂鬼が見えている。……吸魂鬼が立ち止まった。……そして、大きな、銀色の影がハリーの杖《つえ》の先から飛び出し、吸魂鬼とハリーの間に漂っている。足の感覚はなかったが、ハリーはまだ倒れずに立っていた……あとどのくらい持ちこたえられるかはわからない……。

「リディクラス！」ルーピンが飛び出してきてさけんだ。

バチンと大きな音がして、吸魂鬼が消え、もやもやしたハリーの守護霊も消えた。ハリーは椅子にくずおれた。足は震え、何キロも走ったあとのように疲れ切っていた。見るともなく見ていると、ルーピン先生が杖を使って、まね妖怪《ボガート》を箱に押しもどしているところだった。まね妖怪は、また銀色の玉に変わっていた。

「よくやった！」へたり込んでいるハリーのところへ、ルーピン先生が大股に歩いてきた。「よくできたよ、ハリー！　立派なスタートだ！」

「もう一回やってもいいですか？　もう一度だけ？」「いや、いまはだめだ」ルーピンがきっぱり言った。「一晩にしては十分すぎるほどだ。さあ――」

ルーピンはハニーデュークス菓子店の大きな最高級板チョコを一枚、ハリーに手渡した。

「全部食べなさい。そうしないと、私はマダム・ポンフリーにこっぴどくお仕置きされてしまう。来週、また同じ時間でいいかな？」

「はい」ハリーはチョコレートをかじりながら、ルーピンがランプを消すのを見ていた。吸魂鬼が消えるとともに、ランプは元通り点《とも》っていたのだ。

「ルーピン先生？」ハリーがあることを思いついた。「僕の父をご存知なら、シリウス・ブラックのこともご存知なのでしょう」

ルーピンがぎくりと振り返った。

「どうしてそう思うんだね？」きつい口調だった。

「別に――ただ、僕、父とブラックがホグワーツで友達だったと知ったものですから」

ルーピンの表情が和《やわ》らいだ。

「ああ、知っていた」さらりとした答えだ。「知っていると思っていた、と言うべきかな。ハリー、もう帰ったほうがいい。だいぶ遅くなった」

ハリーは教室を出て廊下を歩き、角を曲がって、そこで寄り道をし、甲冑《かっちゅう》の陰に座った。鎧《よろい》の台座に腰掛け、チョコレートの残りを食べながらブラックのことなど言わなければよかった、とハリーは思った。ルーピンがこの話題を避けているのは明らかだ。それからハリーの心は、また父と母のことに流れていった……。

チョコレートをいっぱい食べたのに、疲れ果て、ハリーは言い知れない空虚な気持ちの中にいた。頭の中で、両親の最期の声が繰り返されるのはたしかに恐ろしい。しかし、幼いころから一度も両親の声を聞いたことのないハリーには、このときだけが声を聞けるチャンスなのだ。だが、両親の声を聞きたいなどと心の隅で思っているようでは、けっしてしっかりした守護霊を創り出すことなどできない……。

「二人とも死んだんだ」ハリーはきっぱりと自分に言い聞かせた。「死んだんだ。二人の声のこだまを聞いたからって、父さんも母さんも帰ってはこない。クィディッチ優勝杯が欲しいなら、しっかりしろ、ハリー」

ハリーはすっくと立ち上がり、チョコレートの最後のひとかけらを口に押し込んでグリフィンドール塔に向かった。

レイブンクロー対スリザリン戦が、学期が始まって一週間目に行われた。スリザリンが勝った——僅差《きんさ》ではあったが。ウッドによれば、これはグリフィンドールには喜ばしいことだった。グリフィンドールがレイブンクローを破れば、グリフィンドールが二位に浮上する。ウッドはチーム練習を週五日に増やした。こうなると、ルーピンの吸魂鬼《ディメンター》防衛術の練習——これだけでクィディッチの練習六回分より消耗《しょうもう》する——を加えると、ハリーは一晩で一週間の宿題全部をこなさなければならなかった。それでもハーマイオニーに比べれば、ハリーのストレスはあまり表に出ていなかった。さすがのハーマイオニーも、膨大《ぼうだい》な負担がついにこたえはじめていた。毎晩必ず、談話室の片隅にハーマイオニーの姿があった。テーブルをいくつも占領し、教科書や数占い表、古代ルーン語の辞書、マグルが重いものを持ち上げる図式などを積み上げ、その上に細かく書き込んだノートの山また山を広げている。ほとんどだれとも口をきかず、邪魔をされるたびにどなっていた。

「いったいどうやってるんだろ?」

ある晩、ハリーがスネイプの「検出できない毒薬」のやっかいなレポートを書いているとき、ロンがつぶやいた。ハリーは顔を上げた。うずたかく積まれたいまにも崩れそうな本の山に隠れて、ハーマイオニーの姿はほとんど見えない。

「なにを?」

「あんなにたくさんの授業をさ」ロンが言った。

「今朝、ハーマイオニーが『数占い』のベクトル先生と話してるのを聞いちゃったんだ。昨日の授業のことを話してるのをさ。だけど、ハーマイオニーは昨日その授業に出られるはずないよ。だって、僕たちと一緒に『魔法生物飼育学』にいたんだから。それに、アーニー・マクミランが言ってたけど、『マグル学』のクラスも休んだことがないって。だけど、そのうち半分は『占い学』とおんなじ時間なんだぜ。こっちも皆勤じゃないか！」

そう言われても、ハリーにはハーマイオニーの不可解な時間割の秘密を深く考える余裕などなかった。スネイプの宿題をせっせと片づけなければならなかったからだ。ところが、すぐにまた邪魔が入った。今度はウッドだ。

「ハリー、悪い知らせだ。マクゴナガル先生にファイアボルトのことで話をしにいってきた。先生は——その——ちょっとおれに対してお冠《かんむり》でな。おれが本末転倒だと言うんだ。君が生きるか死ぬかより、クィディッチ優勝杯のほうが大事だと思ってるんじゃないかって言われちまった。おれはただ、スニッチを捕まえたあとだったら、君が箒《ほうき》から振り落とされたってかまわないって、そう言っただけなんだぜ」

ウッドは信じられないというように首を振った。

「まったくマクゴナガルのどなりようったら……まるでおれがなんか非道なことを言ったみたいじゃないか。そこでおれは、あとどのぐらい箒を押さえておくつもりかって先生に聞いてみた……」

ウッドは顔をしかめて、マクゴナガル先生の厳しい声をまねした。

「『ウッド、必要なだけ長くです』……ハリー、いまや新しい箒を注文すべきときだな。『賢い箒の選び方』の本の後ろに注文書がついてるぞ。……ニンバス２００１なんかどうだ。マルフォイと同じやつ」

「マルフォイがいいと思ってるやつなんか、僕は買わない」ハリーはきっぱりと否定した。


知らぬ間に一月が過ぎ、二月になった。相変わらず厳しい寒さが続いている。レイブンクロー戦が瞬《またた》く間に近づいてきたが、ハリーはまだ新しい箒を注文していなかった。「変身術」の授業のあとで、ハリーは毎回マクゴナガル先生にファイアボルトがどうなったかたずねるようになっていた。ロンはもしやの期待を込めてハリーの横に立ち、ハーマイオニーはそっぽを向いて急いでその側を通り過ぎた。

「いいえ、ポッター、まだ返すわけにはいきません」

十二回もそんなことがあったあと、マクゴナガル先生は、ハリーがまだ口を開きもしないうちにそう答えた。

「普通の呪いはおおかた調べ終わりました。ただし、フリットウィック先生が、あの箒《ほうき》には『うっちゃりの呪い』がかけられているかもしれないとお考えです。調べ終わったら、私《わたくし》からあなたにお教えします。しつこく聞くのは、もういいかげんにおやめなさい」

さらに悪いことに、吸魂鬼《ディメンター》防衛術の訓練も、なかなか思うように上手《うま》くは進まなかった。何回かの訓練の末に、ボガート・吸魂鬼に対して、ハリーはなんとかもやもやした銀色の影を創り出せるようにはなっていた。しかし、ハリーの守護霊は吸魂鬼を追いはらうにはあまりに儚《はかな》げだった。せいぜい半透明の雲のようなものが漂うだけで、なんとかその形をそこにとどめようとがんばると、ハリーはすっかりエネルギーを消耗《しょうもう》してしまうのだった。ハリーは自分自身に腹が立った。両親の声をまた聞きたいと密かに願っていることを恥じていた。

「高望みしてはいけない」

四週目の訓練のときに、ルーピン先生が厳しくたしなめた。

「十三歳の魔法使いにとっては、たとえぼんやりとした守護霊でも大変な成果だ。もう気を失ったりはしないだろう？」

「僕、守護霊が――吸魂鬼を追いはらうか、それとも」ハリーががっかりして言った。「連中を消してくれるかと――そう思っていました」

「本当の守護霊ならそうする。しかし、君は短い間にずいぶんできるようになった。次のクィディッチ試合に吸魂鬼が現れたとしても、しばらく遠ざけておいて、その間に地上に下りることができるはずだ」

「あいつらがたくさんいたら、もっと難しくなるって、先生はおっしゃいました」

「君なら絶対大丈夫だ」ルーピンがほほえんだ。「さあ――ご褒美《ほうび》に飲むといい。『三本の箒《ほうき》』のだよ。いままで飲んだことがないはずだ――」

ルーピンは鞄から瓶《びん》を二本取り出した。

「バタービールだ！」ハリーは思わず口が滑った。「うわ、僕大好き！」

ルーピンの眉が不審そうに動いた。

「あの――ロンとハーマイオニーが、ホグズミードから少し持ってきてくれたので」ハリーはあわてて取り繕《つくろ》った
「そうか」ルーピンはそれでもまだ腑《ふ》に落ちない様子だった。

「それじゃ――レイブンクロー戦でのグリフィンドールの勝利を祈って！　おっと、先生がどっちかに味方してはいけないな……」ルーピンが急いで訂正した。

二人は黙ってバタービールを飲んだが、おもむろにハリーが口を開いた。気になっていたことだ。

「吸魂鬼の頭巾《ずきん》の下にはなにがあるんですか？」

ルーピン先生は考え込むように、手にしたビール瓶を置いた。

「うーん……本当のことを知っている者は、もう口がきけない状態になっている。つまり、吸魂鬼《ディメンター》が頭巾《ずきん》を取るときは、最後の最悪の武器を使うときなんだ」

「どんな武器ですか？」

「『吸魂鬼《ディメンター》の接吻《キス》』と呼ばれている」ルーピンはちょっと皮肉な笑みを浮かべた。

「吸魂鬼は、徹底的に破滅させたい者に対して、これを実行する。たぶんあの下には口のようなものがあるのだろう。やつらは獲物の口を自分の上下の顎《あご》で挟み、そして――餌食《えじき》の魂を吸い取る」

ハリーは思わずバタービールを吐き出した。

「えっ――殺すの――？」

「いや、そうじゃない。もっとひどい。魂がなくても生きられる。脳や心臓がまだ動いていればね。しかし、もはや自分がだれなのかわからない。記憶もない、まったく……なにもない。回復の見込みもなし。ただ――存在するだけだ。空っぽの抜け殻《がら》となって。魂は永遠にもどらず……失われる」

ルーピンはまた一口バタービールを飲み、先を続けた。

「シリウス・ブラックを待ち受ける運命がそれだ。今朝の『日刊予言者新聞《にっかんよげんしゃしんぶん》』に載っていたよ。魔法省が吸魂鬼に対して、ブラックを見つけたらそれを執行することを許可したようだ」

魂を口から吸い取られる。――それを思うだけで、ハリーは一瞬呆然《ぼうぜん》とした。それからブラックのことを考えた。

「当然の報いだ」ハリーが出し抜けに言った。

「そう思うかい？」ルーピンはさらりと言った。「それを当然の報いと言える人間が本当にいると思うかい？」

「はい」ハリーは挑むように言った。「そんな……そんな場合もあると思います……」

ハリーはルーピンに話してしまいたかった。「三本の箒《ほうき》」で漏《も》れ聞いたブラックについての会話のことを、そして、ブラックが自分の父と母を裏切ったことを。しかし、それを打ち明ければ、許可なしにホグズミードに行ったことがわかってしまう。ルーピンは、そうと知ったら感心しないだろう。ハリーはバタービールを飲み干し、ルーピンに礼を言って「魔法史」の教室を離れた。

吸魂鬼の頭巾の下にはなにがあるかの答えがあまりにも恐ろしく、ハリーは聞かなければよかったと半ば後悔した。魂を吸い取られるとはどんな感じなのだろうと、気の滅入るような想像が頭を満たしていたので、階段の途中でマクゴナガル先生にもろにぶつかってしまった。

「ポッター、どこを見て歩いているんですか！」

「すみません、先生」

「グリフィンドールの談話室に、あなたを探しにいったところです。さあ、受け取りなさい。私《わたくし》たちに考えつくかぎりのことはやってみましたが、どこもおかしなところはないようです。――どうやら、ポッター、あなたはどこかによいお友達をお持ちのようね……」

ハリーはポカンと口を開けた。先生がファイアボルトをさし出している。以前と変わらぬすばらしさだ。

「返していただけるんですか？」ハリーはおずおずと言った。「ほんとに？」

「本当です」マクゴナガル先生は、なんと笑みを浮かべている。

「たぶん、土曜日の試合までに乗り心地を試す必要があるでしょう？　それに、ポッター――がんばって、勝つんですよ。いいですね？　さもないと、わが寮《りょう》は八年連続で優勝戦から脱落となります。つい昨夜、スネイプ先生が、ご親切にもそのことを思い出させてくださいましたしね……」

ハリーは言葉も出ず、ファイアボルトを抱えてグリフィンドール塔への階段を上った。角を曲がったとき、ロンが全速力でこちらに走ってくるのが見えた。顔中で笑っている。

「マクゴナガルがそれを君に？　最高！　ねえ、僕、一度乗ってみてもいい？　明日？」

「ああ……なぁんだっていいよ……」

ハリーは、ここ一か月でこんなに晴れ晴れとした気持ちになったことはなかった。

「そうだ――僕たち、ハーマイオニーと仲直りしなくちゃ。僕のことを思ってやってくれたことなんだから……」

「うん、わかった」ロンが言った。「いま、談話室にいるよ――勉強してるよ。め・ず・ら・し・く」

二人がグリフィンドール塔に続く廊下にたどり着くと、そこにネビル・ロングボトムがいた。カドガン卿《きょう》に必死に頼み込んでいるが、どうしても入れてくれないらしい。

「書き止めておいたんだよ」ネビルが泣きそうな声で訴えていた。「でも、それをどっかに落としちゃったにちがいないんだ！」

「下手《へた》な作り話だ！」カドガン卿がわめいた。それからハリーとロンに気づいた。「今晩は、お若い騎兵《ヨーマン》のお二人！　この不埒者《ふらちもの》に足枷《あしかせ》を嵌《は》めよ。内なる部屋に押し入ろうと計りし者なり！」

「いいかげんにしてくれよ」ロンが言った。ハリーとロンは、ネビルのそばまできていた。

「僕、合言葉をなくしちゃったの！」ネビルが情けなさそうに言った。「今週どんな合言葉を使うのか、この人に教えてもらってみんな書いておいたの。だって、どんどん合言葉を変えるんだもの。なのに、メモをどうしたのか、わからなくなっちゃった！」

「オヅボディキンズ」

ハリーがカドガン卿《きょう》に向かってそう言うと、残念無念という顔でカドガン卿の絵はしぶしぶ前に倒れ、三人を談話室に入れた。みながいっせいにこちらを向いたかと思うと急に興奮したざわめきが起こり、あっという間にハリーは、ファイアボルトに歓声を上げる寮生《りょうせい》に取り囲まれてしまった。

「ハリー、どこで手に入れたんだい？」

「僕にも乗せてくれる？」

「もう乗ってみた、ハリー？」

「レイブンクローに勝ち目はなくなったね。みんなクリーンスイープ7号に乗ってるんだもの！」

「ハリー、持つだけだから、いい？」

それから十分ほど、ファイアボルトは生徒たちの手から手へと渡され、あらゆる角度から誉《ほ》めそやされた。ようやくみなが離れたあと、ハリーとロンはハーマイオニーの姿をしっかりととらえた。たった一人、二人のそばに駆け寄らなかったハーマイオニーは、かじりつくようにして勉強を続け、二人と目を合わさないようにしていた。ハリーとロンがテーブルに近づくと、ハーマイオニーがやっと目を上げた。

「返してもらったんだ」ハリーがにっこりとファイアボルトを持ち上げて見せた。

「言っただろう、ハーマイオニー。なぁんにも変なとこはなかったんだ！」とロン。

「あら――あったかもしれないじゃない！」ハーマイオニーが言い返した。「つまり、少なくとも安全だってことがいま、はっきりしたわけでしょ！」

「うん、そうだね。僕、寝室に持っていくよ」ハリーが言った。

「僕が持ってゆく！」ロンはうずうずしていた。「スキャバーズにネズミ栄養ドリンクを飲ませないといけないし」

ロンはファイアボルトを、まるでガラス細工のように捧げ持ち、男子寮への階段を上っていった。

「座ってもいい？」ハリーがハーマイオニーに聞いた。

「かまわないわよ」ハーマイオニーは椅子にうずたかく積まれた羊皮紙《ようひし》の山をどけた。

ハリーは散らかったテーブルを見回した。生乾《なまがわ》きのインクが光っている「数占い」の長いレポートと、もっと長い「マグル学」の作文（「マグルはなぜ電気を必要とするか、説明せよ」）、それに、ハーマイオニーがいま格闘中の「古代ルーン語」の翻訳だ。

「こんなにたくさん、いったいどうやったらできるの？」ハリーが聞いた。

「え、ああ――そりゃ――一所懸命やるだけよ」ハーマイオニーが答えた。そばで見ると、ハーマイオニーはルーピンと同じくらい疲れて見えた。

「いくつかやめればいいんじゃない？」ハーマイオニーがルーン語の辞書を探して、あちらこちらの教科書を持ち上げているのを見ながら、ハリーが言った。

「そんなことできない！」ハーマイオニーはとんでもないとばかり目をむいた。

『数占い』って大変そうだね」ハリーは、ひどく複雑そうな数表《すうひょう》を摘み上げた。

「あら、そんなことないわ。すばらしいのよ！」ハーマイオニーは熱を込めて言った。「私の好きな科目なの。だって――」

「数占い」のどこがどうすばらしいのか、ハリーはついに知る機会を失った。ちょうどそのとき、押し殺したようなさけび声が男子寮の階段を伝って響いてきた。談話室がいっせいにしんとなり、石になったようにみなの目が階段に釘づけになった。あわただしい足音が聞こえ、だんだん大きくなる――やがて、ロンが飛び込んできた。ベッドのシーツを引きずりながら。

「見ろ！」ハーマイオニーのテーブルに荒々しく近づき、ロンが大声を出した。

「見ろよ！」ハーマイオニーの目の前でシーツを激しく振り、ロンがさけんだ。

「ロン、どうしたの――？」

「スキャバーズが！　見ろ！　スキャバーズが！」

ハーマイオニーはまったく事態が飲み込めず、のけ反るようにロンから離れた。ハリーはロンのつかんでいるシーツを見下ろした。赤いものがついている。恐ろしいことに、それはまるで――

「血だ！」

呆然《ぼうぜん》として言葉もない部屋に、ロンのさけびだけが響いた。

「スキャバーズがいなくなった！　それで、床になにがあったかわかるか？」

「い、いいえ」ハーマイオニーの声は震えていた。

ロンはハーマイオニーの翻訳文の上になにかを投げつけた。ハーマイオニーとハリーが覗《のぞ》き込んだ。奇妙な刺々《とげとげ》した文字の上に落ちていたのは、数本の長いオレンジ色の猫の毛だった。

第13章　グリフィンドール対レイブンクロー

ロンとハーマイオニーの友情もこれまでかと思われた。互いに相手に対して怒り心頭に発したようで、もはや和解の見込みはないか、とハリーは思った。

クルックシャンクスがスキャバーズを餌《えさ》にしようと狙っているのに、ハーマイオニーはそのことを一度も真剣に考えず、猫を見張ろうともしなかった、とロンは激怒した。しかも、この期に及んでハーマイオニーはクルックシャンクスの無実を装い、男子寮のベッドの下を全部探してみたらどうなのなどとうそぶくので、ロンの怒りはさらに加熱した。一方のハーマイオニーは、クルックシャンクスがスキャバーズを食べたという証拠がない、オレンジ色の毛はクリスマスからずっとそこにあったのかもしれない、さらには「魔法動物ペットショップ」でクルックシャンクスがロンの頭に飛び降りたときから、ロンはずっとあの猫に偏見を持っている、と猛烈に主張した。

ハリー自身は、クルックシャンクスがスキャバーズを食ってしまったにちがいないと思っていた。ハーマイオニーに状況証拠ではそうだと言うと、ハーマイオニーはハリーにまで癇癪《かんしゃく》を起こした。

「いいわよ。ロンに味方しなさい。どうせそうすると思ってたわ！」

ハーマイオニーはヒステリー気味だ。

「最初はファイアボルト、今度はスキャバーズ。みんな私が悪いってわけね！　放っといて、ハリー。私、とっても忙しいんだから！」

ロンはペットを失ったことで、心底打ちのめされていた。

「元気出せ、ロン。スキャバーズなんてつまんないやつだって、いつも言ってたじゃないか」フレッドが元気づけるつもりで言った。「それに、ここんとこずっと弱ってきてた。一度にパッといっちまったほうがよかったかもしれないぜ。パクッ――きっとなんにも感じなかったさ」

「フレッドったら！」ジニーが憤慨した。

「あいつは食って寝ることしか知らないって、ロン、おまえそう言ってたじゃないか」ジョージだ。

「僕たちのために、一度ゴイルに噛《か》みついた！」ロンが惨《みじ》めな声で言った。「覚えてるよね、ハリー？」

「うん、そうだったね」ハリーが答えた。

「やつの最も華やかなりしころだな」フレッドはまじめくさった顔をさっさとかなぐり捨てた。「ゴイルの指に残りし傷痕《きずあと》よ、スキャバーズの想い出とともに永遠なれ。さあさあ、ロン、ホグズミードに行って新しいネズミを買えよ。めそめそしててなんになる？」

ロンを元気づける最後の手段として、ハリーはレイブンクロー戦を控えたグリフィンドール・チームの最後の練習にロンを誘い、練習のあとでファイアボルトに乗ってみたら、と持ちかけた。これはロンの気持ちを、わずかの間スキャバーズから離れさせるのに成功したようだ（「やった！　それに乗ってゴールに二、三回シュートしてみていい？」）。そこで二人一緒に、クィディッチ競技場へと向かった。

フーチ先生は、ハリーを見張るため、いまだにグリフィンドールの練習を監視《かんし》していたが、生徒に負けず劣らずファイアボルトに感激した。練習開始前に箒を両手に取り、プロとしての蘊蓄《うんちく》を傾けた。

「このバランスのよさはどうです！　ニンバス系の箒に問題があるとすれば、それは尾の先端にわずかながら傾斜があることですね。──数年も経つと、これが抵抗になってスピードが落ちることがあります。柄《え》のにぎりも改善されていますね。クリーンスイープ系より少し細身で、昔の『銀の矢《シルバー・アロー》』系を思い出します。──なんで生産中止になったのか、残念です。わたしはあれで飛ぶことを覚えたのですよ。あれはとてもいい箒だったわねぇ……」

こんな調子が延々と続いたあと、ウッドがついに言った。

「あの——フーチ先生？　ハリーに箒を返していただいてもいいですか？　実は練習をしないといけないんで……」

「ああ——そうでした——はい、ポッター、それじゃ。わたしは向こうでウィーズリーと一緒に座っていましょう……」

フーチ先生はロンを伴ってピッチを離れ、観客席に座った。グリフィンドール・チームはウッドのまわりに集まり、明日の試合に備えて最後の指示を聞いた。

「ハリー、たったいま、レイブンクローのシーカーがだれだか聞いた。チョウ・チャンだ。四年生で、これがかなりうまい……けがをして問題があるということだったので、実はおれとしては治っていなければいいと思っていたのだが……」

「しかしだ、チョウ・チャンが完全に回復したことが気に入らず、ウッドは顔をしかめた。

チョウ・チャンの箒はコメット２６０号。ファイアボルトと並べばまるでおもちゃだ」

ウッドはハリーの箒に熱い視線を投げ、それからひと声発した。

「よっしゃ、みんな、行くぞ——」

そして、ついに、ハリーはファイアボルトに乗り、地面を蹴った。

なんとすばらしい。想像以上だ。軽く触れるだけでファイアボルトは向きを変えた。柄《え》の操作と言うより、ハリーの思いのとおりに反応しているかのようだ。ピッチを横切るスピードときたら、ピッチが草色と灰色にかすんで見えるほど。すばやくターンすると、その速さにアリシア・スピネットが悲鳴を上げた。それから急降下。意のままにコントロールがきく。ピッチの芝生をさっと爪先でかすり、それから急上昇。十メートル、十五、二十──。

「ハリー、スニッチを放すぞ！」ウッドが呼びかけた。

ハリーは向きを変え、ゴールに向かってブラッジャーと競うようにして飛んだ。やすやすとブラッジャーを追い抜き、ウッドの背後から矢のように飛び出したスニッチを見つけ、十秒後にはそれをしっかりにぎりしめていた。

チーム全員がやんやの歓声を上げる。ハリーはスニッチを放し、先に飛ばせて、一分後に全速力で追いかけた。他の選手の間を縫うように飛び、ケイティ・ベルの膝《ひざ》近くに隠れているスニッチを見つけ、楽々回り込んでまたそれを捕まえた。

練習はこれまでで最高の出来だった。ファイアボルトがチームにあるというだけで、みなの意気が上がり、それぞれが完璧な動きを見せた。みなが地上に降り立つと、さすがのウッドも文句のつけようがないようだった。ジョージ・ウィーズリーが、こんなことは前代未聞だと言った。

「明日は、当たるところ敵なしだ！」ウッドが言った。「ただし、ハリー、吸魂鬼《ディメンター》問題は解決ずみだろうな？」

「うん」ハリーは、自分の創る弱々しい守護霊を思い、もっと強ければいいのにと悔んだ。

「吸魂鬼はもう現れっこないよ、オリバー。ダンブルドアがカンカンになるからね」フレッドは自信たっぷりだ。

「まあ、そう願いたいもんだ」ウッドが言った。「とにかく――上出来だ、諸君。塔にもどるぞ。――早く寝よう……」

「僕、もう少し残るよ。ロンがファイアボルトを試したがってるから」

ハリーはウッドにそう断り、他の選手がロッカー・ルームに引き揚げたあと、意気揚々とロンのほうに向かった。ロンはスタンドの柵《さく》を飛び越えてハリーのところまでやってきた。フーチ先生は観客席で眠り込んでいた。

「さあ、乗って」ハリーがロンにファイアボルトを渡した。

ロンは夢見心地の表情で箒《ほうき》にまたがり、暗くなりかけた空に勢いよく舞い上がった。ハリーはピッチの縁を歩きながらロンを見ていた。夜の帳《とばり》が下りてからフーチ先生はハッと目を覚まし、なぜ起こさなかったのかと二人を叱りつけたあと、城に帰るようにきつい口調で言った。

ハリーはファイアボルトをかつぎ、ロンと並んで暗くなった競技場を後にした。二人は、ファイアボルトのすばらしく滑らかな動き、驚異的な加速力、寸分の狂いもない方向転換などをさんざん話しながら城までの道を歩いた。半分ほどきたところで、何気なく左側に目をやったハリーは、心臓がひっくり返るようなものをそこに見た。

――暗闇の中でギラッと光る二つの目。

ハリーは立ちすくんだ。心臓が肋骨《ろっこつ》を激しくたたいている。

「どうかした？」ロンが聞いた。

ハリーが指をさす。ロンは杖《つえ》を取り出して「ルーモス！　光よ！」と唱えた。

一条の光が、芝生を横切って流れ、木の根元に当たって枝を照らし出した。芽吹きの中に丸くなっているのは、クルックシャンクスだった。

「うせろ！」ロンは吠えるような声でそう言うと、かがんで芝生に落ちていた石をつかんだ。しかし、投げる間もなくクルックシャンクスは、長いオレンジ色の尻尾《しっぽ》をシュッと一振りして消えてしまった。

「見たか？」ロンは石をぽいっと捨て、怒り狂って言った。

「ハーマイオニーはいまでもあいつを勝手にふらふらさせているんだぜ。――おそらく鳥を二、三羽食って、前に食っておいたスキャバーズをしっかり胃袋に流し込んだ、ってとこだ……」

ハリーはなにも言わなかった。安心感が体中に染み渡り、深く息を吐き出した。一瞬、あの目は死神犬《グリム》にちがいないと思ったのだ。二人はふたたび城に向かって歩き出す。恐怖感にとらわれたことがちょっと恥ずかしく、ハリーはそのことをロンに一言も言わなかった。――灯《あか》りの煌々《こうこう》と点《とも》る玄関ホールに着くまで、ハリーはもう右も左も見なかった。

翌朝、ハリーは同室の寮生に伴われて朝食に下りていった。みな、ファイアボルトは名誉の護衛がつくに値すると思っているようだ。ハリーが大広間に入ると、全員の目がファイアボルトに向けられ、興奮したささやき声があちこちから聞こえた。スリザリン・チームが全員雷に打たれたような顔をしたので、ハリーは大満足だった。

「やつの顔を見た？」ロンがマルフォイを振り返って、狂喜した。「信じられないって顔だ！　すっごいよ！」

ウッドもファイアボルトの栄光の輝きに浸っていた。

「ハリー、ここに置けよ」

ウッドはファイアボルトをテーブルの真ん中に置き、銘《めい》の刻印されている面を丁寧に上に向けた。レイブンクローやハッフルパフのテーブルからは、次々と生徒たちが見にきた。セドリック・ディゴリーがハリーのところにやってきて、ニンバスの代わりにこんなすばらしい箒《ほうき》を手に入れておめでとうと祝福した。パーシーのガールフレンド、レイブンクローのペネロピー・クリアウォーターは、ファイアボルトを手に取ってみてもいいかと聞いた。

「ほら、ほら、ペニー、壊すつもりじゃないだろうな」

ファイアボルトをとっくり見ているペネロピーに、パーシーは元気よく言った。「ペネロピーと僕とで賭けたんだ」パーシーがチームに向かって言う。「グリフィンドールの勝ちに金貨で十ガリオン賭けたぞ！」

ペネロピーはファイアボルトをテーブルに置き、ハリーに礼を言って自分の席にもどるやいなや、パーシーが切羽詰《せっぱ》まったようにささやいた。

「ハリー――絶対勝てよ。僕、十ガリオンなんて持ってないんだ。――うん、いま行くよ、ペニー！」

パーシーはあたふたとペネロピーの許へ行き、一緒にトーストを食べはじめた。

「その箒、乗りこなす自信があるのかい、ポッター？」

冷たい、気取った声がした。ドラコ・マルフォイが、近くで見ようとやってきたのだ。クラッブとゴイルがすぐ後ろにくっついている。

「ああ、そう思うよ」ハリーがさらりと言った。

「特殊機能がたくさんあるんだろう？」マルフォイの目が意地悪く光っている。「パラシュートがついてないのが残念だなぁ――吸魂鬼《ディメンター》がそばまできたときのためにね」

クラッブとゴイルがクスクス笑った。

「君こそ、もう一本手をくっつけられないのが残念だな、マルフォイ」ハリーが反撃する。「そうすりゃ、その手がスニッチを捕まえてくれるかもしれないのに」

グリフィンドール・チームが大爆笑した。マルフォイの薄青い目が細くなり、それから、肩を怒らせてゆっくり立ち去った。マルフォイがスリザリン・チームのところにもどると同時に、選手全員が額を寄せ合っている。マルフォイに、ハリーの箒《ほうき》が本物のファイアボルトだったかどうかをたずねているにちがいない。

十一時十五分前、グリフィンドール・チームはロッカールームに向かって出発した。天気は、対ハッフルパフ戦のときとはまるでちがう。からりと晴れてひんやりし、弱い風が吹いている。今回は視界の問題はまったくないだろう。ハリーは緊張でぴりぴりしてはいたが、クィディッチの試合だけが感じさせてくれるあの興奮を感じはじめてもいた。学校中が競技場の観客席に向かう音が聞こえてきた。ハリーは黒のローブを脱ぎ、ポケットから杖《つえ》を取り出してクィディッチ・ユニフォームの下に着るTシャツの胸元に差し込んだ。使わないですめばいいのだが……。急に、ルーピン先生は観客の中で見守っているだろうか、という思いが頭をよぎった。

「なにをすべきか、わかってるな」

選手がロッカールームから出ようというときになって、ウッドが言った。

「この試合に負ければ、我々は優勝戦線から脱落だ。とにかく――とにかく、昨日の練習どおりに飛んでくれ。そうすりゃ、いただきだ！」

ピッチに出ると、割れるような拍手が沸《わ》き起こった。ブルーのユニフォームを着たレイブンクロー・チームは、すでにピッチの真ん中で待っていた。シーカーのチョウ・チャンがただ一人の女性だ。ハリーより頭一つ小さい。緊張感漂う中にも、ハリーはチョウ・チャンがとてもかわいいことに気づかないわけにはいかなかった。キャプテンを先頭に選手がずらりと並んだとき、チョウ・チャンがハリーににっこりほほえみかけた。とたんにハリーの胃のあたりがかすかに震えた。これは緊張とは無関係だとハリーは思った。

「ウッド、デイビース、握手して」

フーチ先生がきびきびと指示し、ウッドはレイブンクローのキャプテンと試合前の挨拶をした。

「箒《ほうき》に乗って……ホイッスルの合図を待って……さーん――にー――いちっ！」

ハリーは地を蹴った。ファイアボルトは他のどの箒よりも速く、高く上昇した。ハリーはピッチのはるか上空を旋回し、スニッチを探して目を凝らし、その間ずっと実況放送に耳を傾けていた。解説者は双子のウィーズリーの親友、おなじみのリー・ジョーダンだ。

「全員飛び立ちました。今回の試合の目玉は、なんと言ってもグリフィンドールのハリー・ポッター乗るところのファイアボルトでしょう。『賢い箒の選び方』によれば、ファイアボルトは今年の世界選手権大会ナショナル・チームの公式箒になるとのことです――」

「ジョーダン、試合のほうはどうなっているか解説してくれませんか？」

マクゴナガル先生の声が割り込んだ。

「了解です。先生――ちょっと背景説明をしただけで。ところでファイアボルトは、自動ブレーキが組み込まれており、さらに――」

「ジョーダン！」

「オッケー、オッケー。ボールはグリフィンドール側です。グリフィンドールのケイティ・ベルがゴールをめざしています……」

ハリーはケイティと行きちがいになる形で猛スピードで反対方向に飛び、キラリと金色《こんじき》に輝くものがないかと目を凝らしてあたりを見た。するとチョウ・チャンがすぐ後ろについてきているのに気づいた。たしかに飛行の名手だ。――たびたびハリーの進路を塞ぐように横切り、方向を変えさせた。

「ハリー、チョウに加速力を見せつけてやれよ！」フレッドが、アリシアを狙ったブラッジャーを追いかける途中、ハリーのそばをシュッと飛びながらさけんだ。

チョウを従えてレイブンクローのゴールを回り込んだその瞬間、ハリーはファイアボルトを加速し、チョウを振り切った。ケイティが初ゴールを決め、観客席のグリフィンドール側がどっとどよめいたちょうどそのとき、ハリーは見つけた。――スニッチが、地上近く、観客席を仕切る柵《さく》のそばをひらひらしている。

ハリーは急降下した。チョウはハリーの動きを見て、すばやく後ろにつけてきている。ハリーはスピードを上げた。血がたぎった。急降下は十八番《おはこ》だ。あと三メートル――。

レイブンクローのビーターの打ったブラッジャーが、ふいに突進してきた。ハリーは間一髪で避《よ》けたが、コースを逸《そ》れてしまった。そのほんの数秒、決定的な数秒の間に、スニッチは消え去った。

グリフィンドールの応援席から、「あぁぁぁぁぁ」とがっかりした声が上がったが、一方のレイブンクロー側は、チームのビーターに拍手喝采した。ジョージ・ウィーズリーは腹いせにもう一個のブラッジャーを、相手チームのビーターめがけてたたきつけた。それを避けるために、標的のビーターはやむなく空中で一回転した。

「グリフィンドールのリード。八〇対〇。それに、あのファイアボルトの動きをご覧ください！　ポッター選手、あらゆる動きを見せてくれています。どうです、あのターン――チャン選手のコメット号はとうていかないません。ファイアボルトの精巧なバランスが実に目立ちますね。この長い――」

「ジョーダン！　いつからファイアボルトの宣伝係に雇われたのですか？　まじめに実況放送を続けなさい！」

レイブンクローが巻き返してきた。三回ゴールを決め、グリフィンドールとの差は五〇点に縮まった。――チョウがハリーより先にスニッチを取れば、レイブンクローが勝つことになる。ハリーは高度を下げ、レイブンクローのチェイサーと危うくぶつかりそうになりながらも、必死でピッチを見回した。キラリ。小さな翼が羽ばたいている。――スニッチがグリフィンドールのゴールの柱の周囲を回っている……。

ハリーは、砂粒のような金色《こんじき》の光をしっかり見つめて加速した。――しかし、次の瞬間、ふいにチョウが現れて行く手を遮《さえぎ》った――。

「ハリー、紳士面してる場合じゃないぞ！」

ハリーが衝突を避けてコースを変えたとたん、ウッドが吠えた。

「相手を箒《ほうき》からたたき落せ。やるときゃやるんだ！」

ハリーが方向転換すると、チョウの顔が目に入った。笑顔だ。スニッチはまたしても見えなくなった。ハリーはファイアボルトを上に向け、たちまち他の選手たちの六メートルほど上に出た。チョウがあとを追ってくるのがちらりと見えた。……自分でスニッチを探すよりハリーをマークすることに決めたのだな。ようし……僕についてくるつもりなら、それなりの覚悟をしてもらおう……。

ハリーはふたたび急降下に移った。チョウはハリーがスニッチを見つけたものと思い、急いであとを追ってきた。ここぞとばかりに、ハリーは突然急上昇に転じた。チョウはそのまま急降下していく。ハリーは弾丸のようにすばやく上昇し、そして見つけた。三度目の正直だ。スニッチはレイブンクロー側のピッチの上空を、キラキラ輝きながら飛んでいた。

ハリーはスピードを上げた。何メートルも下のほうでチョウも加速した。僕は勝てる。刻一刻とスニッチに近づいていく――すると――。

「あっ！」チョウが一点を指さしてさけんだ。

ハリーはつられて下を見た。

吸魂鬼《ディメンター》が三人、頭巾《ずきん》をかぶった三つの背の高い黒い姿がハリーを見上げている。

ハリーは迷わなかった。手をユニフォームの首から突っ込み、杖《つえ》をサッと取り出し、大声でさけんだ。

「エクスペクト・パトローナム！ 守護霊《パトローナス》よきたれ！」

白銀色《しろがねいろ》の、なにか大きなものが杖の先から噴き出し、吸魂鬼を直撃した。しかしハリーは、それを見ようともしなかった。不思議に意識がはっきりしていた。まっすぐ前を見る――もう少しだ。ハリーは杖を持ったまま手を伸ばし、逃げようともがく小さなスニッチを、やっと指で包み込んだ。

フーチ先生のホイッスルが鳴った。空中で振り返ると、六つのぼやけた紅《くれない》の物体がハリーめがけて迫ってくる。次の瞬間、チーム全員がハリーを抱きしめていた。その勢いで、ハリーは危うく箒《ほうき》から突き落とされそうになった。下からは、観衆の声の中でもひときわグリフィンドールの大歓声がハリーの耳に聞こえてきた。

「よくやった！」

ウッドはさけびっぱなしだ。アリシアもアンジェリーナもケイティも、ハリーに抱きついてキスをした。フレッドなど、がっちり羽交《はが》い絞《じ》めに抱きしめてきたので、ハリーは首が抜けるかと思った。上を下への大混乱のまま、チーム全員がなんとかかんとか地上にもどった。箒を降りて目を上げると、大騒ぎのグリフィンドール応援団が、ロンを先頭にピッチに飛び込んでくるのが見えた。あっという間にハリーは、みなの喜びの声に取り囲まれた。

「いぇーい！」ロンはハリーの手を高々とさし上げた。「えい！　えい！」

「よくやってくれた、ハリー！」パーシーは大喜びだった。「十ガリオン勝った！　ペネロピーを探さなくちゃ。失敬――」

「よかったなあ、ハリー！」シェーマス・フィネガンがさけんだ。

「てえしたもんだ！」群れをなして騒ぎ回るグリフィンドール生の頭上で、ハグリッドの声が轟いた。

「立派な守護霊《しゅごれい》だったよ」と言う声が聞こえて、ハリーは振り返った。ルーピン先生が、混乱したような、うれしそうな複雑な顔をしていた。

「吸魂鬼《ディメンター》の影響はまったくありませんでした！」ハリーは興奮して言った。「僕、平気でした！」

「それは、実はあいつらは――うむ――吸魂鬼じゃなかったんだ」ルーピン先生が言った。

「きて見てごらん――」

ルーピンはハリーを人垣から連れ出し、ピッチの端が見えるところまで連れていった。

「君は、マルフォイ君をずいぶん怖がらせたようだよ」ルーピンが言った。

ハリーは目を丸くした。マルフォイ、クラッブ、ゴイル、それにスリザリン・チームのキャプテン、マーカス・フリントが、折り重なるようにして地面に転がっていた。頭巾《ずきん》のついた長い黒いローブを脱ごうとしてみなジタバタしていた。マルフォイはゴイルに肩車されていたようだ。四人を見下ろすように、憤怒《ふんぬ》の形相もすさまじく、マクゴナガル先生が立っていた。

「あさましい悪戯《いたずら》です！」先生がさけんだ。「グリフィンドールのシーカーに危害を加えようとは、まったくもって下劣で卑しい行為です！　みな処罰します。さらに、スリザリン寮は五〇点減点！　このことはダンブルドア先生にお話しします。まちがいなく！　あぁ、噂《うわさ》をすればいらっしゃいました！」

グリフィンドールの勝利に完璧な落ちがつけられたとすれば、それはまさにこの場の光景だ。マルフォイはローブから脱出しようともたもたもがき、ゴイルの頭はまだローブに突っ込まれたままだ。ハリーに近づこうと人込みをかき分けて出てきたロンは、ハリーと二人でこのありさまを見て、腹を抱えて笑った。

「こいよ、ハリー！」ジョージもこちらへこようと人込みの中から呼びかけた。「パーティだ！　グリフィンドールの談話室で、このますぐに！」

「オッケー」ここしばらくなかったような幸せな気分を噛《か》みしめながら、ハリーは答えた。まだ紅《くれない》色のユニフォームを着たままの選手全員とハリーとを先頭にして、一行は競技場を出て、城への道をもどった。

まるで、もうクィディッチ優勝杯を取ったかのようだった。パーティはそれからずっと、夜になっても続いた。フレッドとジョージ・ウィーズリーは、一、二時間姿が見えないと思っていると、両手一杯に、バタービールの瓶《びん》やらかぼちゃフィズ、ハニーデュクス店の菓子の詰まった袋をいくつか抱えてもどってきた。

ジョージが蛙《かえる》ミントをばらまきはじめると、アンジェリーナ・ジョンソンがかん高い声で聞いた。

「いったいどうやったの？」

「ちょっと助けてもらったのさ。ムーニー、ワームテール、パッドフット、プロングズにね」フレッドがハリーの耳にこっそりささやいた。

たった一人、祝宴に参加していない生徒がいた。なんと、ハーマイオニーは隅のほうに座って分厚い本を読もうとしていた。本の題は『イギリスにおける、マグルの家庭生活と社会的慣習』だ。テーブルでは、フレッドとジョージがバタービールの瓶で曲芸を始めたので、ハリーは一人そこを離れ、ハーマイオニーのそばに行った。

「試合にもこなかったのかい？」ハリーが聞いた。

「行きましたとも」ハーマイオニーは目を上げもせず、妙にキンキンした声で答えた。「それに、私たちが勝ってとってもうれしいし、あなたはとてもよくやったわ。でも私、これを月曜までに読まないといけないの」

「いいから、ハーマイオニー、こっちへきて、なにか食べるといいよ」

ハリーはロンのほうを見て、矛《ほこ》を収めそうないいムードになっているかな、と考えた。

「むりよ、ハリー。あと四二二ページも残ってるの！」

ハーマイオニーは、今度は、少しヒステリー気味に言った。

「どっちにしろ……」ハーマイオニーもロンをちらりと見た。「あの人が私にきて欲しくないでしょ」

これは議論の余地がなかった。ロンがこの瞬間を見計らったように、聞こえよがしに言った。

「スキャバーズが食われちゃってなければなぁ。ハエ型ヌガーがもらえたのに。あいつ、これが好物だった──」

ハーマイオニーはわっと泣き出した。ハリーがおろおろなにもできないでいるうちに、ハーマイオニーは分厚い本を脇に抱え、すすり泣きながら女子寮への階段へと走っていき、姿を消した。

「もう許してあげたら？」ハリーは静かにロンに言った。

「だめだ」ロンはきっぱり言った。「あいつがごめんねっていう態度ならいいよ。──でもあいつ、ハーマイオニーのことだもの、自分が悪いって絶対認めないだろうよ。あいつったら、スキャバーズが休暇でいなくなっただけみたいな、いまだにそういう態度なんだから」

グリフィンドールのパーティがようやく終わったのは、午前一時。マクゴナガル先生がタータン・チェックの部屋着に、頭にヘア・ネットという姿で現れ、もう全員寝なさいと命令するまで続いていた。ハリーとロンは寝室への階段を上がるときも、まだ試合の話をしていた。ぐったり疲れてベッドに上がり、ハリーは四本柱に掛かったカーテンを引いて、ベッドに射し込む月明かりが入らないようにした。横になると、たちまち眠りに落ちていくのを感じた……。

とても奇妙な夢を見た。ハリーはファイアボルトをかついで、銀色に光る白いものを追って森を歩いていた。そのものは前方の木立ちの中へ、くねくねと進んでいく。葉の陰になって、ちらちらとしか見えない。追いつこうとして、ハリーはスピードを上げた。自分が歩を速めると、先を行くものもスピードを上げる。ハリーは走り出した。前方に蹄《ひづめ》の音が聞こえる。だんだん速くなる。ハリーは全速力で走った。前方の蹄の音は疾走《しっそう》している。ハリーは角を曲がって空地に出た。そして――。

「あああああああああああアアアアアアアアアアッッッッッッ！　やめてぇぇぇぇぇぇぇぇぇぇぇぇぇぇ！」

顔面に衝撃を受けたような気分で、ハリーは突然目を覚ました。真っ暗な中で方向感覚を失い、ハリーはカーテンをやみくもに引っ張った。――まわりで人が動く音が起こり、部屋の向こうからシェーマス・フィネガンの声がした。

「何事だ？」

ハリーは、寝室のドアがバタンと閉まる音を聞いたような気がした。やっとカーテンの端を見つけて、ハリーはカーテンをがばっと開けた。同時にディーン・トーマスがランプを点《つ》けた。

ロンがベッドに起き上がっていた。カーテンが片側から切り裂かれ、ロンは恐怖で引きつった顔をしていた。

「ブラックだ！　シリウス・ブラックだ！　ナイフを持ってた！」

「ええっ？」

「ここに！　たったいま！　カーテンを切ったんだ！　それで目が覚めたんだ！」

「夢でも見たんじゃないのか、ロン？」ディーンが聞いた。

「カーテンを見てみろ！　ほんとだ。ここにいたんだ！」

みな急いでベッドから飛び出した。ハリーが一番先にドアまで行き、みな階段を転がるように走った。後ろのほうでドアがいくつも開く音が聞こえ、眠そうな声が追いかけてきた。

「さけんだのはだれなんだ？」

「君たち、なにしてるんだ？」

談話室は消えかかった暖炉の残り火で仄明《ほのあか》るく、まだパーティの残骸《ざんがい》が散らかっている。だれもいない。

「ロン、ほんとに、夢じゃなかった？」

「ほんとだってば。ブラックを見たんだ！」

「なんの騒ぎ？」

「マクゴナガル先生が寝なさいっておっしゃったでしょう！」

女子寮から、何人かがガウンを引っかけあくびをしながら階段を下りてきた。男子寮からも何人か出てきた。

「いいねえ。また続けるのかい？」フレッド・ウィーズリーが陽気に言った。

「みんな、寮にもどるんだ！」パーシーがあわてて談話室に下りてきた。そう言いながら、首席バッジをパジャマに止めつけている。

「パース——シリウス・ブラックだ！」ロンが弱々しく言った。「僕たちの寝室に！ナイフを持って！　僕、起こされた！」

談話室がしんとなった。

「ナンセンス！」パーシーはとんでもないという顔をした。「ロン、食べすぎたんだろう。——悪い夢でも——」

「本当なんだ——」

「おやめなさい！　まったく、いいかげんになさい！」

マクゴナガル先生がもどってきた。肖像画の扉をバタンと言わせて談話室に入ってくると、怖い顔でみなを睨《にら》みつけた。

「グリフィンドールが勝ったのは、私《わたくし》もうれしいです。でもこれは、はしゃぎすぎです。パーシー、あなたがもっとしっかりしなければ！」

「先生、僕はこんなこと、許可していません」パーシーは憤慨して体がふくれ上がった。「僕はみんなに寝室にもどるように言っていただけです。弟のロンが悪い夢にうなされて――」

「悪い夢なんかじゃない！」ロンがさけんだ。「先生、僕、目が覚めたら、シリウス・ブラックが、ナイフを持って、僕の上に立ってたんです」

マクゴナガル先生はロンをじっと見据《みす》えた。

「ウィーズリー、冗談《じょうだん》はおよしなさい。肖像画の穴をどうやって通過できたと言うんです？」

「あの人に聞いてください！」ロンはカドガン卿《きょう》の絵の裏側を、震える指で示した。「あの人が見たかどうか聞いてください――」

ロンを疑わしそうな目で睨《にら》みながら、マクゴナガル先生は肖像画を裏から押して外に出ていった。談話室にいた全員が、息を殺して耳をそばだてた。

「カドガン卿《きょう》、いましがた、グリフィンドール塔に男を一人通しましたか？」

「通しましたぞ。ご婦人！」カドガン卿がさけんだ。

談話室の外と中とが、同時に愕然《がくぜん》として沈黙した。

「と――通した？」マクゴナガル先生の声だ。「あ――合言葉は！」

「持っておりましたぞ！」カドガン卿《きょう》は誇らしげに言った。「ご婦人、一週間分全部持っておりました。小さな紙切れを読み上げておりました！」

マクゴナガル先生は肖像画の穴からもどり、みなの前に立った。驚いて声もない生徒たちの前で、先生は血の気の失せた蠟《ろう》のような顔だった。

「だれですか」先生の声が震えている。「今週の合言葉を書き出して、その辺に放っておいた底抜けの愚か者は、いったいだれなんです？」

咳《せき》ばらい一つない静けさを破ったのは、「ヒッ」という小さな悲鳴だった。ネビル・ロングボトムが、頭のてっぺんからふわふわのスリッパに包まれた足の爪先までガタガタ震えながら、そろそろと手を挙げていた。

第14章　スネイプの恨み

その夜、グリフィンドール塔で眠る者は、だれもいなかった。だれもがふたたび城が捜索されているのを知っていた。全員が談話室でまんじりともせずに、ブラック逮捕の知らせを待っていた。明け方にマクゴナガル先生がもどってきて、ブラックはまたもや逃げ去ったと告げた。

次の日には、どこもかしこも警戒《けいかい》が厳《きび》しくなっていた。フリットウィック先生は入口のドアというドアに、シリウス・ブラックの大きな写真を貼って、人相を覚え込ませようとしていた。フィルチは急に気ぜわしく廊下を駆けずり回り、小さな隙間からネズミの出入口まで、穴という穴に板を打ちつけていた。カドガン卿《きょう》はクビになり、元いた八階のさびしい踊り場にもどされた。「太った婦人《レディ》」が帰ってきた。絵は見事な技術で修復されていたが、「婦人《レディ》」はまだ神経を尖《とが》らせていて、護衛が強化されることを条件に、やっと職場復帰を承知したようだ。「婦人《レディ》」の警備に、無愛想なトロールが数人雇われた。トロールは組になって廊下を往ったり来たりしてあたりを威嚇《いかく》し、ブーブーうなりながら、互いの棍棒《こんぼう》の太さを競っていた。

例の四階の隻眼《せきがん》の魔女像が、警備もされず塞がれてもいないことがハリーには気がかりだった。この像の内側に隠された抜け道があることを知っているのは、フレッドとジョージの双子のウィーズリー——それにいまではハリー、ロン、ハーマイオニーも加わるが——だけということになる。

「だれかに教えるべきなのかなぁ？」ハリーがロンに聞いた。

「ハニーデュークスの店から入ってきたんじゃないってことは、わかってるじゃないか」ロンはまともに取り合わなかった。「店に侵入したんだったら、噂《うわさ》が僕たちの耳にも届いてるはずだろ」

ハリーは、ロンがそういう考え方をしたのがうれしかった。もし隻眼の魔女まで塞がれてしまったら、二度とホグズミードには行けなくなってしまう。

ロンはにわかに英雄になった。ハリーではなくロンのほうに注意が集まるのは、ロンにとってははじめての経験だ。ロンがそれをなにより楽しんでいるのは明らかだった。あの夜の出来事によるショックから、ロンはまだ完全に立ちなおってはいなかったが、聞かれればだれにでも、うれしそうに微に入り細をうがって語り聞かせた。

「……僕が寝てたら、ビリビリッてなにかを引き裂く音がして、僕、夢だろうって思ったんだ。だってそうだよね？　だけど、隙間風がさーっときて……眼が覚めた。ベッドのカーテンの片側が引きちぎられてて……僕、寝返りを打ったんだ……そしたら、ブラックが僕の上に覆いかぶさるように立ってたんだ。……まるでどろどろの髪を振り乱した骸骨《がいこつ》みたいだった……こーんなに長いナイフを持ってた。刃渡り三十センチぐらいはあったな……それで、あいつは僕を見た。僕もあいつを見た。そして僕がさけんで、あいつは逃げていった」

「だけど、どうしてかなぁ？」怖がりながらもロンの話に聞きほれていた二年の女子学生がいなくなってから、ロンはハリーに向かって言った。

「どうしてとんずらしたんだろう？」

ハリーも同じ疑問を持っていた。狙うベッドをまちがえたのなら、ロンの口を封じてからハリーに取りかかればいいだけのことだ。ブラックが罪のない人を殺しても平気なのは、十二年前の事件で証明ずみだ。今度はたかが十三歳の子供が五人。武器も持っていない。しかもそのうちの四人は眠っていたじゃないか。ハリーは考えながら答えた。

「君がさけんで、みんなを起こしてしまったら、城を出るのにひと苦労だってわかってたんじゃないかな。肖像画の穴を通って出るのに、ここの寮生を皆殺しにしなけりゃならなかったかもしれない。……そのあとは、先生たちに見つかってしまったかもしれない……」

　ネビルは面目まるつぶれだった。マクゴナガル先生の怒りはすさまじく、今後いっさいホグズミードに行くことを禁じた上、罰を与え、ネビルには合言葉を教えてはならないとみなに言い渡した。哀れなネビルは毎晩だれかが一緒に入ってくれるまで談話室の外で待つはめになり、その間、警備のトロールがじろっじろっと胡散《うさん》くさそうに横目でネビルを見るのだった。しかし、それもこれも、ネビルのばあちゃんから届いたものに比べれば、物の数ではなかった。ブラック侵入の二日後、ばあちゃんは朝食時に生徒が受け取る郵便物の中でも最悪のものをネビルに送ってよこした。――「吠《ほ》えメール」だ。

　いつものように、学校のふくろうたちが郵便物を運んで、大広間にスイーッと舞い降りてきた。一羽の大きなメンフクロウが、真っ赤な封筒を嘴《くちばし》にくわえてネビルの前に降りたとき、ネビルはほとんど息もできなかった。ネビルの向かい側に座っていたハリーとロンには、それが「吠えメール」だとすぐにわかった。――ロンも去年一度、母親から受け取ったことがある。

「ネビル、逃げろ！」ロンが忠告した。

　言われるまでもなくネビルは封筒を引っつかみ、まるで爆弾を捧げ持つように腕を伸ばして手紙を持ち、全速力で大広間から出ていった。見ていたスリザリンのテーブルからは大爆笑が起こり、玄関ホールで吠えメールが爆発するのが聞こえてきた。——ネビルのばあちゃんの声が、魔法で百倍に拡大され、「なんたる恥さらし。一族の恥」とガミガミどなっている。

ネビルを哀れに思うあまり、ハリーは自分にも手紙がきていることに気がつかなかった。ヘドウィグがハリーの手首を鋭く噛《か》んで注意を促した。

「いたっ！　あ、ヘドウィグ、ありがとう」

封筒を破る間、ヘドウィグがネビルのコーンフレークを勝手についばみはじめた。メモが入っていた。

ハリー、ロン、元気か？
今日六時ごろ、茶でも飲みにこんか？　おれが城まで迎えにいく。玄関ホールで待つんだぞ。二人だけで出ちゃなんねえ。
そんじゃな。

ハグリッド

「きっとブラックのことが聞きたいんだ！」ロンが言った。

そこで、六時にハリーとロンはグリフィンドール塔を出て、警備のトロールの脇を駆け抜け、玄関ホールに向かった。

ハグリッドはもうそこで待っていた。

「まかしといてよ、ハグリッド」ロンが言った。「土曜日の夜のことが聞きたいんだろ？　ね？」

「そいつはもう全部聞いちょる」ハグリッドは玄関の扉を開け、二人を外に連れ出しながら言った。

「そう」ロンはちょっとがっかりしたようだった。

ハグリッドの小屋に入ったとたん目に飛び込んできたのは、バックビークだった。ハグリッドのベッドで、パッチワーク・キルトのベッドカバーの上に寝そべり、巨大な翼をぴたりとたたんで、大皿に盛られたご馳走のイタチに舌鼓を打っていた。あまり見たくない光景に目を逸《そ》らしたハリーは、ハグリッドの箪笥《たんす》の扉の前にぶら下がっている洋服を見つけた。毛のもこもことした巨大な茶の背広と、真っ黄色とだいだい色のひどくやぼったいネクタイだ。

「ハグリッド、これ、いつ着るの？」ハリーが聞いた。

「バックビークが『危険生物処理委員会』の審問《しんもん》にかけられる」ハグリッドが答えた。「金曜日だ。おれと二人でロンドンに行く。『夜の騎士《ナイト》バス』にベッドをふたっつ予約した……」

ハリーは申し訳なさに胸が疼《うず》いた。バックビークの審問がこんなにも迫っていたことをすっかり忘れていた。ロンのバツの悪そうな顔を見ると、ロンも同じ気持ちらしい。バックビークの弁護の準備を手伝うと約束したのに、ファイアボルトの出現ですっかり頭から吹き飛んでしまっていた。

ハグリッドが紅茶を入れ、干しぶどう入りのバース風菓子パンを勧めたが、二人とも食べるのは遠慮した。ハグリッドの料理は十分に経験ずみだ。

「二人に話してえことがあってな」

ハグリッドは二人の間に座り、柄《がら》にもなく真剣な顔をした。

「なんなの？」ハリーがたずねた。

「ハーマイオニーのことだ」ハグリッドが言った。

「ハーマイオニーがどうかしたの？」ロンが聞いた。

「あの子はずいぶんと気が混乱しとる。クリスマスからこっち、ハーマイオニーはよぉくここにきた。さびしかったんだな。最初はファイアボルトのことで、おまえさんらはあの子と口をきかんようになった。今度はあの子の猫が――」

「――スキャバーズを食ったんだ！」ロンが怒ったように口を挟んだ。

「あの子の猫が猫らしく振る舞ったからっちゅうてだ」ハグリッドは粘り強く話し続けた。「しょっちゅう泣いとったぞ。いまあの子は大変な思いをしちょる。手に負えんぐれぇいっぺえ背負《しょ》い込みすぎちまったんだな、ぅん。勉強をあんなにたぁくさん。そんでも時間を見っけて、バックビークの審問の手伝いをしてくれた。ええか……おれのために、ほんとに役立つやつを見っけてくれた……バックビークは今度は勝ち目があると思うぞ……」

「ハグリッド、僕たちも手伝うはずだったのに――ごめんなさい――」

ハリーはバツの悪い思いで謝りはじめた。

「おまえさんを責めているわけじゃねえ！」

ハグリッドは手を振ってハリーの弁解を遮《さえぎ》った。

「おまえさんにも、やることがたくさんあったのは、おれもよぉくわかっちょる。おまえさんが四六時中クィディッチの練習をしてたのをおれは見ちょった。――ただ、これだけは言わにゃなんねえ。おまえさんら二人なら、箒《ほうき》やネズミより友達のほうを大切にすると、おれはそう思っとったぞ。言いてえのはそれだけだ」

ハリーとロンは、互いに気まずそうに目を見合わせた。

「心底心配しちょったぞ、あの子は。ハーマイオニーが危うくブラックに刺されそうになったときにな。ハーマイオニーの心はまっすぐだ、あの子はな。だのに、おまえさんら二人は、あの子に口もきかん――」

「ハーマイオニーがあの猫をどっかにやってくれたら、僕、また口をきくのに」

ロンは怒った。

「なのに、ハーマイオニーは頑固に猫をかばってるんだ！　あの猫は狂ってる。なのに、ハーマイオニーは猫の悪口はまるで受けつけないんだ」

「ああ、うん。ペットのこととなると、みんなちいっとばかになるからな」

ハグリッドは悟ったように言った。その背後で、バックビークがイタチの骨を二、三本、ハグリッドの枕にプイッと吐き出した。

それからあとは、グリフィンドールがクィディッチ優勝杯を取る確率が高くなったという話で盛り上がった。九時に、ハグリッドが二人を城まで送った。

談話室に入ると、掲示板の前にかなりの人垣ができていた。

「今度の週末はホグズミードだ」

ロンがみなの頭越しに首を伸ばして、新しい掲示を読み上げた。

「どうする？」二人で座る場所を探しながら、ロンがこっそりハリーに聞いた。

「そうだな。フィルチはハニーデュークス店への通路にはまだなんにも手出ししてないし……」ハリーがさらに小さな声で答えた。

「ハリー！」ハリーの右耳に声が飛び込んできた。驚いてきょろきょろあたりを見回すと、ハーマイオニーが目に入った。二人のすぐ後ろのテーブルに座っていたのに、本の壁に隠れて見えなかったのだ。その壁にハーマイオニーが隙間を開けて覗《のぞ》いていた。

「ハリー、今度ホグズミードに行ったら……私、マクゴナガル先生にあの地図のことお話しするわ！」

「ハリー、だれかなにか言ってるのが聞こえるかい？」

ロンはハーマイオニーを見もせずにうなった。

「ロン、あなた、ハリーを連れていくなんてどういう神経？　シリウス・ブラックがあなたにあんなことをしたあとで！　本気よ。私、言うから――」

「そうかい。君はハリーを退学にさせようってわけだ！」ロンが怒った。「今学期、こんなに犠牲者を出しても、まだ足りないのか？」

ハーマイオニーは口を開いてなにか言いかけたが、そのとき、小さな鳴き声を上げ、クルックシャンクスが膝《ひざ》に飛び乗ってきた。ハーマイオニーは一瞬どきりとしたようにロンの顔色を窺《うかが》い、さっとクルックシャンクスを抱きかかえると、急いで女子寮へと去っていった。

「それで、どうするんだい？」ロンは、まるで何事もなかったかのようにハリーに聞いた。「行こうよ。この前は、君、ほとんどなんにも見てないんだ。ゾンコの店に入ってもいないんだぜ！」

ハリーは振り返り、ハーマイオニーがもう声の届かないところまで行ってしまったことを確かめた。

「オッケー。だけど、今度は『透明マント』を着ていくよ」

土曜日の朝、ハリーは「透明マント」を鞄に詰め、「忍びの地図」をポケットに滑《すべ》り込《こ》ませると、みなと一緒に朝食に下りていった。ハーマイオニーがテーブルの反対側からちらりちらりと疑わしげにハリーを窺《うかが》い続けた。ハリーはその視線を避け、みなが正面扉に向かったときも、自分が玄関ホールの大理石の階段を逆もどりするところをハーマイオニーにしっかり確認させるようにした。

「じゃあ！」ハリーがロンに呼びかけた。「帰ってきたらまた！」

ロンはニヤッと片目をつぶって見せた。

ハリーは「忍びの地図」をポケットから取り出しながら、急いで四階に上がった。隻眼《せきがん》の魔女の裏にうずくまって地図を広げると、小さな点がこちらへ向かってくるのが見えた。ハリーは目を凝らした。点のそばの細かい文字は、「ネビル・ロングボトム」と読める。

ハリーは急いで杖《つえ》を取り出し、「ディセンディウム！　降下！」と唱えて鞄を像の中に突っ込んだ。しかし自分が入り込む前に、ネビルが角を曲がって現れた。

「ハリー！　君もホグズミードに行かなかったんだね。僕、忘れてた！」

「やあ、ネビル」ハリーは急いで像から離れ、地図をポケットに押し込んだ。「なにしてるんだい？」

「別に」ネビルは肩をすくめた。「爆発スナップして遊ぼうか？」

「うーん——あとでね——僕、図書室に行ってルーピンの『吸血鬼《バンパイヤ》』のレポートを書かなきゃ——」

「僕も行く！」ネビルは生き生きと言った。「僕もまだなんだ！」

「あっ——ちょっと待って——忘れてた。それは昨日の夜、終わったんだっけ！」

「すごいや。なら、手伝ってよ！」ネビルの丸顔が不安げだった。「僕、あのニンニクのこと、さっぱりわからないんだ。——食べなきゃならないのか、それとも——」

ネビルは「あっ」と小さく息を呑《の》み、ハリーの肩越しに後ろのほうを見つめた。

スネイプだった。ネビルはあわててハリーの後ろに隠れた。

「ほう？　二人ともここでなにをしているのかね？」スネイプは足を止め、二人の顔を交互に見た。「奇妙なところで待ち合わせるものですな——」

スネイプの暗い目がさっと走り、両側の出入口に続いて、隻眼《せきがん》の魔女の像に視線が注がれたので、ハリーは気が気ではなかった。

「僕たち——待ち合わせたのではありません。ただ——ここでばったり出会っただけです」ハリーが言った。

「ほーお？　ポッター。君はどうも予期せぬ場所に現れる癖があるようですな。しかもほとんどの場合、なんの理由もなくしてその場にいるということはない……。二人とも、自分のおるべき場所、グリフィンドール塔にもどりたまえ」

ハリーとネビルはそれ以上言葉を発せず、その場を離れた。角を曲がる際にハリーが振り返ると、スネイプは隻眼の魔女の頭を手でなぞり、念入りに調べていた。

「太った婦人《レディ》」の肖像画のところでネビルに合言葉を教え、吸血鬼のレポートを図書室に置き忘れたと言い訳して、ハリーはやっとネビルを振り切り、もう一度元きた道をもどった。警備トロールの目の届かないところまでくると、ハリーはまた地図を引っ張り出し、顔にくっつくくらいそばに引き寄せてよくよく見た。

四階の廊下にはだれもいないようだ。隅々まで念入りに地図を調べ、「セブルス・スネイプ」と書いてある小さな点が自分の研究室にもどっていることを確めると、ハリーはようやくほっとした。

ハリーは大急ぎで隻眼の魔女像まで取って返し、コブを開けて中に入り、石の斜面を滑り降りると、先に落としておいたカバンを拾った。そして「忍びの地図」を白紙にもどすや駆け出した。

「透明マント」にすっぽり隠れたままで、ハリーは燦々《さんさん》と陽の当たるハニーデュークスの店の前にたどり着き、ロンの背中をちょんと突ついた。

「僕だよ」ハリーがささやいた。

「遅かったな。どうしたんだい？」ロンがささやき返した。

「スネイプがうろうろしてたんだ……」

二人は中心街のハイストリート通りを歩いた。

「どこにいるんだい？」ロンはほとんど唇を動かさず話しかけて、何度も確かめた。「そこにいるのかい？　なんだか変な気分だ……」

郵便局にやってきた。ハリーがゆっくり眺められるよう、ロンはエジプトにいる兄のビルに送るふくろう便の値段を確かめているようなふりをした。少なくとも三百羽くらいのふくろうが止まり木からハリーを見下ろして、ホーホーと柔らかな鳴き声を上げていた。大型の灰色ふくろうもいれば、ハリーの手のひらに収まりそうな小型のコノハズク（近距離専用便）もいた。

次に行ったゾンコの店は、生徒たちでごった返していた。だれかの足を踏《ふ》んづけて大騒動を引き起こさないよう、ハリーは細心の注意を払って動かなければならなかった。悪戯《いたずら》の仕掛けや道具が並び、フレッドやジョージのきわめつきの夢でさえ叶えられそうなところだった。ハリーはロンにひそひそ声で自分の買いたい物を伝え、透明マントの下からこっそり金貨を渡した。ゾンコの店を出たときは、二人とも入る前よりだいぶ財布が軽くなり、代わりにクソ爆弾、しゃっくり飴《あめ》、カエル卵石鹸《せっけん》、それに一人一個ずつ買った鼻食いつきティーカップなどでポケットがふくれ上がっていた。

風のそよぐ好天の下、二人とも建物の中にばかりいてはもったいない気がして、パブ「三本の箒《ほうき》」の前を通り、坂道を登り、英国一の呪われた館「叫《さけ》びの屋敷《やしき》」を見にいった。屋敷は村はずれの小高いところに建っていて、窓には板が打ちつけられ、庭は草ぼうぼうで湿っぽく、昼日中でも薄気味悪かった。

「ホグワーツのゴーストでさえ近寄らないんだ」二人で垣根に寄りかかり、屋敷を見上げながら、ロンが言った。「僕、『ほとんど首無しニック』に聞いたんだ……そしたら、ものすごく荒っぽい連中がここに住みついていると聞いたことがあるってさ。だぁれも入れやしない。フレッドとジョージは当然やってみたけど、入口は全部密封状態だって……」

坂を登ったので暑くなり、ハリーがちょっとの間透明マントを脱ごうかと考えたちょうどそのとき、人声が近づいてきた。丘の反対側から屋敷のほうに登ってくる。と思う間もなくマルフォイの姿が現れた。クラッブとゴイルを後ろにはべらせ、マルフォイがなにか話している。

「……父上からのふくろう便がもう届いてもいいころだ。僕の腕のことで聴聞会に出席なさらなければならなかったんだ……三か月も腕が使えなかった事情を話すためにな……」

クラッブとゴイルがクスクス笑った。

「あの毛むくじゃらのウスノロデカが、なんとか自己弁護しようとするのを聞いてみたいよ……『こいつはなにも悪さはしねえです。ほんとですだ――』とか……あのヒッポグリフはもう死んだも同然だよ――」

マルフォイがロンの姿に気づいた。その青白い顔がニヤリと意地悪く歪んだ。

「ウィーズリー、なにしてるんだい？」

マルフォイはロンの背後にあるボロ屋敷を見上げた。

「さしずめ、ここに住みたいんだろうねえ。ウィーズリー、ちがうかい？　自分の部屋がほしいなんて夢見てるんだろう？　君の家じゃ、全員が一部屋で寝るって聞いたけど――ほんとかい？」

ハリーはローブの後ろをつかんで、マルフォイに飛びかかろうとするロンを止めていた。

「僕にまかせてくれ」ハリーはロンの耳元でささやいた。

こんなに絶好のチャンスを逃す手はない。ハリーはそっとマルフォイ、クラッブ、ゴイルの背後に回り込み、しゃがんで地べたの泥を片手にたっぷりすくった。

「僕たち、ちょうど君の友人のハグリッドのことを話してたところだよ」マルフォイが言った。『危険生物処理委員会』で、いまなにを言ってるところだろうなってね。委員たちがヒッポグリフの首をちょん切ったら、あいつは泣くかなあ――」

ベチャッ！

マルフォイの頭に泥が命中し、ぐらっと前に傾いた。シルバーブロンドの髪から、突如泥がポタポタ落ちはじめた。

「な、なんだ――？」

ロンは垣根につかまらないと立っていられないほど笑いこけた。マルフォイ、クラッブ、ゴイルはそこいら中をきょろきょろ見回しながらばかみたいに同じところをぐるぐる回り、マルフォイは躍起になって髪の泥を落とそうとしていた。

「いったいなんだ？　だれがやったんだ？」

「このあたりはなかなか呪われ模様ですね？」ロンは天気の話をするような調子で言った。

クラッブとゴイルは怯《おび》えていた。筋肉隆々もゴーストには役に立たない。まわりにはだれもいないというのに、マルフォイは狂ったようにあたりを見回している。

ハリーは、ひどくぬかるんで悪臭を放っている緑色のヘドロのところまで忍び足で移動した。

ベチャッ！

今度はクラッブとゴイルに命中だ。ゴイルはその場でぴょんぴょん跳び上がり、小さなどんよりした目をこすってヘドロを拭《ふ》き取ろうとした。

「あそこからきたぞ！」

マルフォイも顔を拭《ぬぐ》いながら、ハリーから左に二メートルほど離れた一点を睨《にら》んでいる。

クラッブが長い両腕をゾンビのように突き出して、危なっかしい足取りで前進した。ハリーは身をかわし、棒切れを拾ってクラッブの背中にポーンと投げつけた。クラッブが、いったいだれが投げたのかと、バレエのピルエットのように爪先立ちで回転するのを見て、ハリーは声を立てずに腹を抱えて笑った。クラッブにはロンしか見えないので、ロンにつかみかかろうとしたところを、ハリーが足を突き出してつまずかせた。その際、クラッブのばかでかい偏平足《へんぺいそく》がハリーの透明マントの裾《すそ》を踏んづけ、マントがぎゅっと引っ張られると思ったとたん、頭からマントが滑り落ちてしまった。

ほんの一瞬、マルフォイが目を丸くしてハリーを見た。

「ギャアアア！」

宙に浮くハリーの生首を指さして、マルフォイが悲鳴を上げた。それからくるりと背を向け、死に物狂いで丘を走り下っていった。クラッブとゴイルもあとを追った。

ハリーは透明マントを引っ張り上げたが、もう後の祭りだ。

「ハリー！」

ロンがよろよろと進み出て、ハリーの姿が消えたあたりを絶望的な目で見つめた。

「逃げたほうがいい！　マルフォイがだれかに告げ口したら——君は城に帰ったほうがいい。急げ——」

「じゃあ」ハリーはそれだけ言うと、ホグズミード村への小道を一目散に駆けもどった。

マルフォイは自分の見たものを信じるだろうか？　マルフォイの言うことをだれが信じるだろうか？　透明マントのことはだれも知らない——ダンブルドア以外は。ハリーは胃がひっくり返る思いだった。——マルフォイがなにか言ったら、なにが起きたかダンブルドアだけははっきりわかるはずだ——。

ハニーデュークス店に入り、地下室への階段を下り、石の床を渡り、床の隠し扉を抜け——ハリーは透明マントを脱いで小脇に抱え、トンネルをひた走りに走った……。マルフォイのほうが先にもどるだろう。……先生を探すのにどのくらいかかるだろう？　息せき切って走り、脇腹が刺し込むように痛んだが、ハリーは石の滑り台にたどり着くまで速度を緩めなかった。透明マントはここに置いていくほかないだろう。もしマルフォイが先生に告げ口したとなれば、このマントが動かぬ証拠になってしまう。ハリーはマントを薄暗い片隅に隠し、できるだけ急いで滑り台を上りはじめた。手すりをつかむ手が汗で滑った。魔女の背中のコブの内側にたどり着き、杖《つえ》で軽くたたいて頭を突き出し、体を持ち上げて外に出た。コブが閉じた。銅像の陰からハリーが飛び出したとたん、急ぎ足で近づく足音が聞こえてきた。

スネイプだった。黒いローブの裾《すそ》を翻《ひるがえ》し、すばやくハリーのもとに寄ってきて真正面で足を止めた。

「さてと」スネイプが言った。

スネイプは、勝ち誇る気持ちをむりに抑えつけたような顔をしていた。ハリーはなんにもしてません、という表情をしてみたものの、汗が顔から噴き出し、両手は泥まみれなのが自分でもよくわかっていた。ハリーは急いで手をポケットに突っ込んだ。

「ポッター、一緒にきたまえ」スネイプが言った。

ハリーはスネイプの後ろについて階段を下りながら、スネイプに気づかれないようにポケットの中で手を拭《ぬぐ》った。二人は地下牢教室への階段を下り、それからスネイプの研究室に入った。

ハリーは一度だけここにきたことがある。そのときもひどく面倒なことに巻き込まれていた。スネイプは気味の悪いぬめぬめした物体の詰まった瓶《びん》を、またいくつか増やしていた。机の後ろの棚にずらりと並び、暖炉の火を受けてキラリキラリと光る瓶詰めは、威圧的なムードをいっそう盛《も》り上げていた。

「座りたまえ」

ハリーは腰掛けたが、スネイプは立ったままだった。

「ポッター、マルフォイ君がたったいま、我輩《わがはい》に奇妙な話をしてくれた」

ハリーは黙っていた。

「その話によれば、『叫《さけ》びの屋敷《やしき》』まで登っていったところ、ウィーズリーに出会ったそうだ。――一人でいたらしい」

ハリーはまだ黙ったままだった。

「マルフォイ君の言うには、ウィーズリーと立ち話をしていたら、大きな泥の塊《かたまり》が飛んできて、頭の後ろに当たったそうだ。そのようなことがどうやって起こりうるか、おわかりかな？」

「僕、わかりません。先生」ハリーは少し驚いた顔をしてみせた。

スネイプの目が、ハリーの目をぐりぐりと抉《えぐ》るように迫った。まるでヒッポグリフとの睨《にら》めっこ状態だった。ハリーは瞬《まばた》きをしないようがんばった。

「マルフォイ君はそこで異常な幻を見たと言う。それがなんであったのか、ポッター、想像がつくかな？」

「いいえ」今度は、無邪気に興味を持ったふうに聞こえるよう努力した。

「ポッター、君の首だ。空中に浮かんでいたそうだよ」

長い沈黙が流れた。

「マルフォイはマダム・ポンフリーのところに行ったほうがいいんじゃないでしょうか。変なものが見えるなんて――」

「ポッター、君の首はホグズミードでいったいなにをしていたのだろうねえ？」

スネイプの口調は柔らかだ。

「君の首はホグズミードに行くことを許されてはいない。君の体のどの部分も、ホグズミードに行く許可を受けていないのだ」

「わかってます」一点の罪の意識も恐れも顔に出さないよう、ハリーは突っ張った。

「マルフォイはたぶん幻覚を――」

「マルフォイは幻覚など見てはいない」

スネイプは歯をむき出し、ハリーの座っている椅子の左右の肘掛《ひじか》けに手をかけて顔を近づけた。顔と顔が三十センチの距離に迫った。

「君の首がホグズミードにあったなら、君の体のほかの部分もあったはずだ」

「僕、ずっとグリフィンドール塔にいました。先生に言われたとおり――」

「だれか証人がいるのか？」

ハリーはなにも言えなかった。スネイプの薄い唇が歪み、恐ろしげな笑みが浮かんだ。

「なるほど」スネイプはまた体を起こした。「魔法大臣はじめ、だれもかれもが、有名人のハリー・ポッターをシリウス・ブラックから護ろうとしてきた。しかるに、当の有名なハリー・ポッター自身は自分が法律だとお考えのようだ。一般の輩《やから》は、ハリー・ポッターの安全のために勝手に心配すればよい！　有名人ハリー・ポッターは好きなところへ出かけ、その結果どうなるかなぞ、おかまいなしというわけだ」

ハリーは黙っていた。スネイプはハリーを挑発して白状させようとしている。その手に乗るもんか。スネイプには証拠がない……まだ。

「ポッター、君はなんと父親に恐ろしくそっくりなことよ」

スネイプの目がギラリと光り、唐突に話が変わった。

「君の父親もひどく傲慢《ごうまん》だった。少しばかりクィディッチの才能があるからといって、自分がほかの者より抜きん出た存在だと考えていたようだ。友人や取り巻きを連れて威張りくさって歩き……瓜二つ《うりふた》で薄気味悪いことよ」

「父さんは威張って歩いたりしなかった」思わず声が出た。「僕だってそんなことしない」

「君の父親も規則を歯牙《しが》にもかけなかった」

優位に立ったスネイプは、細長い顔に悪意をみなぎらせ、言葉を続けた。

「規則なぞ、つまらん輩のもので、クィディッチ杯の優勝者のものではないと。はなはだしい思い上がりの……」

「黙れ！」

ハリーは突然立ち上がった。プリベット通りをあとにしたあの晩以来の激しい怒りが、体中を怒涛《どとう》のように駆け巡った。スネイプの顔が硬直しようが、暗い目が危険な輝きを帯びようが、かまうものか。

「我輩《わがはい》に向かって、なんと言ったのかね。ポッター？」

「黙れって言ったんだ、父さんのことで」ハリーはさけんだ。「僕は本当のことを知ってるんだ。いいですか？　父さんはあなたの命を救ったんだ！　ダンブルドアが教えてくれた！　父さんがいなきゃ、あなたはここにこうしていることさえできなかったんだ！」

スネイプの土気色の顔が、腐った牛乳の色に変わった。

「それで、校長は、君の父親がどういう状況で我輩の命を救ったのかも教えてくれたのかね？」スネイプはささやくように言った。「それとも、校長は、詳細なる話が、大切なポッターの繊細なお耳にはあまりに不快だと思し召したかな？」

ハリーは唇を噛《か》んだ。いったいなにがあったのかハリーは知らない。でも、知らないと認めるのもいやだった。しかし、スネイプの推量はたしかに当たっている。

「君がまちがった父親像を抱いたままこの場を立ち去ると思うと、ポッター、虫酸《むしず》が走る。我輩《わがはい》が許さん」スネイプは顔を歪め、恐ろしい笑みを浮かべた。「輝かしい英雄的行為でも想像していたかね？　なればご訂正申し上げよう。──君の聖人君子の父上は、友人と一緒に我輩に大いに楽しい悪戯《いたずら》を仕掛けてくださった。それは我輩を死に至らしめるようなものだったのだが、君の父親は土壇場《どたんば》で弱気になった。そんな行為のどこが勇敢なものか。我輩の命を救うと同時に、自分の命運も救ったわけだ。あの悪戯が成功していたら、あいつはホグワーツを追放されていたはずだ」

スネイプは黄色い不揃いの歯をむき出した。

「ポッター、ポケットをひっくり返したまえ！」突然吐《は》き棄《す》てるような言い方だった。

ハリーは動かなかった。耳の奥でドクンドクンと音がする。

「ポケットをひっくり返したまえ。それともまっすぐ校長のところへ行きたいのか！　ポッター、ポケットを裏返すんだ！」

恐怖に凍りつき、ハリーはのろのろとゾンコの店の悪戯《いたずら》グッズの買い物袋と「忍びの地図」を引っ張り出した。

スネイプはゾンコの店の袋を摘み上げた。

「ロンにもらいました」スネイプがロンに会う前に、ロンに知らせるチャンスがありますように、とハリーは祈った。「ロンが――この前ホグズミードから持ってきてくれました――」

「ほう?　それ以来ずっと持ち歩いていたというわけだ。なんとも泣かせてくれますな……ところでこっちは?」

スネイプが地図を取り上げた。ハリーは平然とした顔を保とうと、ありったけの力を振りしぼった。

「余った羊皮紙《ようひし》の切れ端《はし》です」ハリーは、なんでもないというふうに肩をすくめた。

スネイプはハリーを見据《みす》えたまま羊皮紙を裏返した。

「こんな古ぼけた切れっ端《ぱし》、当然君には必要ないだろう?　我輩《わがはい》が――捨ててもかまわんな?」

スネイプの手が暖炉へと動いた。

「やめて!」ハリーはあわてた。

「ほう!」スネイプは細長い鼻の穴をひくつかせた。「これもまたウィーズリー君からの大切な贈り物ですかな?　それとも――なにか別物かね?　もしや、手紙かね?　透明インクで書かれたとか?　それとも――吸魂鬼《ディメンター》のそばを通らずにホグズミードに行く案内書か?」

ハリーは瞬《まばた》きをし、スネイプの目が輝いた。

「なるほど、なるほど……」ブツブツつぶやきながらスネイプは杖《つえ》を取り出し、地図を机の上に広げた。

「汝《なんじ》の秘密を顕《あらわ》せ！」杖《つえ》で羊皮紙《ようひし》に触れながらスネイプが唱えた。

何事も起こらない。ハリーは手の震えを抑えようと、ぎゅっと拳《こぶし》をにぎりしめた。

「正体を現せ！」鋭く地図を突つきながらスネイプが唱えた。

白紙のままだ。ハリーは気を落ち着かせようと深呼吸した。

「ホグワーツ校教師、セブルス・スネイプ教授が汝《なんじ》に命ず。汝の隠せし情報をさし出すべし！」スネイプは杖で地図を強くたたいた。

まるで見えない手が書いているかのように、滑らかな地図の表面に文字が現れた。

「私、ミスター・ムーニーからスネイプ教授にご挨拶申し上げる。他人事に対する異常なお節介はお控えくださるよう、切にお願いいたす次第」

スネイプは硬直した。ハリーは唖然《あぜん》として文字を見つめた。地図のメッセージはそれでおしまいではなかった。最初の文字の下から、またまた文字が現れた。

「私、ミスター・プロングズもミスター・ムーニーに同意し、さらに、申し上げる。スネイプ教授はろくでもない、いやなやつだ」

状況がこれほど深刻でなければ、おかしくて吹き出すところだ。しかも、まだ続くようだ……。

「私、ミスター・パッドフットは、かくも愚かしき者が教授になれたことに、驚きの意を記すものである」

ハリーはあまりの恐ろしさに目をつぶった。目を開けると、地図が最後の文字を綴《つづ》っていた。

「私、ミスター・ワームテールがスネイプ教授にお別れを申し上げ、その薄汚いどろどろ頭を洗うようご忠告申し上げる」

ハリーは最後の審判を待った。

「ふむ……」スネイプが静かに言った。「片をつけよう……」

スネイプは暖炉に向かって大股に歩き、暖炉の上の瓶《びん》からキラキラする粉をひとにぎりつかみ取り、炎の中に投げ入れた。

「ルーピン！」スネイプが炎に向ってさけんだ。「話がある！」

なにがなんだかわからないまま、ハリーは炎を見つめた。すると大きな姿が、急回転しながら炎の中に現れた。やがて、ルーピン先生が、くたびれたローブから灰を払い落としながら、暖炉から這《は》い出してきた。

「セブルス、呼んだかい？」ルーピンが穏やかに言った。

「いかにも」怒りに顔を歪めながら、机にもどってスネイプが答えた。「いましがた、ポッターにポケットの中身を出すよう言ったところ、こんな物を持っていた」

スネイプは羊皮紙《ようひし》を指さした。ムーニー、ワームテール、パッドフット、プロングズの言葉が、まだ光っていた。ルーピンは奇妙な、窺《うかが》い知れない表情を浮かべた。

「それで？」スネイプが言った。

ルーピンは地図を見つめ続けている。ハリーは、ルーピン先生がとっさの機転をきかそうとしているような気がした。

「それで？」もう一度スネイプが促した。「この羊皮紙にはまさに『闇の魔術』が詰め込まれている。ルーピン、君の専門分野だと拝察《はいさつ》するが。ポッターがどこでこんな物を手に入れたと思うかね？」

ルーピンが顔を上げ、ほんのわずかハリーのほうに視線を送り、黙っているようにと警告した。

「『闇の魔術』が詰まっている？」ルーピンが静かに繰り返した。「セブルス、本当にそう思うのかい？　私が見るところ、むりに読もうとする者を侮辱《ぶじょく》するだけの羊皮紙にすぎないように見えるが。子供だましだが、けっして危険じゃないだろう？ハリーは悪戯《いたずら》専門店で手に入れたのだと思うよ――」

「そうかね？」スネイプは怒りで顎《あご》が強ばっていた。「悪戯専門店でこんな物をポッターに売ると、そう言うのかね？　むしろ、直接に製作者から入手した可能性が高いとは思わんのか？」

ハリーにはスネイプの言っていることがわからなかった。ルーピンもわかっていないように見えた。

「ミスター・ワームテールとか、この連中のだれかからという意味か？　ハリー、この中にだれか知っている人はいるのかい？」ルーピンが聞いた。

「いいえ」ハリーは急いで答えた。

「セブルス、聞いただろう？」ルーピンはスネイプを見た。「私にはゾンコの商品のように見えるがね――」

合図を待っていたかのように、ロンが研究室に息せき切って飛び込んできた。スネイプの机の真ん前で止まり、胸を押さえながら、途切れ途切れにしゃべった。

「それ――僕が――ハリーに――あげたんです」ロンは咽《む》せ込んだ。「ゾンコで――ずいぶん前に――それを――買いました……」

「ほら！」ルーピンは手をポンとたたき、機嫌よく周囲を見回した。

「どうやらこれではっきりした！　セブルス、これは私が引き取ろう。いいね？」

ルーピンは地図を丸めてローブの中にしまい込んだ。

「ハリー、ロン、一緒においで。吸血鬼《バンパイア》のレポートについて話があるんだ。セブルス、失礼するよ」

研究室を出る際、ハリーはとてもスネイプを見る気にはなれなかった。ハリー、ロン、ルーピンは黙々と玄関ホールまで歩いて、そこではじめて口をきいた。ハリーがルーピンを見た。

「先生、僕――」

「事情を聞こうとは思わない」

ルーピンは短く答えた。それからガランとした玄関ホールを見回し、声をひそめて言った。

「何年も前にフィルチさんがこの地図を没収したことを、私はたまたま知っているんだ。そう、私はこれが地図だということを知っている」

ハリーとロンの驚いたような顔を前に、ルーピンは話した。

「これがどうやって君のものになったのか、私は知りたくはない。ただ、君がこれを提出しなかったのには、大いに驚いている。先日も、生徒の一人がこの城の内部情報を不用意に放っておいたことで、あんなことが起こったばかりじゃないか。だから、ハリー、これは返してあげるわけにはいかないよ」

ハリーは、それは覚悟していた。しかも、聞きたいことがたくさんあって、抗議をするどころではなかった。

「スネイプは、どうして僕がこれを製作者から手に入れたと思ったのでしょう？」

「それは……」ルーピンは口ごもった。「それは、この地図の製作者だったら、君を学校の外へ誘い出したいと思ったかもしれないからだよ。連中にとって、それがとてもおもしろいことだろうからね」

「先生は、この人たちをご存知なんですか？」ハリーは感心してたずねた。

「会ったことがある」ぶっきらぼうな答えだった。ルーピンはこれまで見せたこともないような真剣なまなざしでハリーを見た。

「ハリー、この次は庇《かば》ってあげられないよ。私がいくら説得しても、君は納得して、シリウス・ブラックのことを深刻に受け止めるようにはならないだろう。しかし、吸魂鬼《ディメンター》が近づいたときに君が聞いた声こそ、君にもっと強い影響を与えているはずだと思ったんだがね。君のご両親は、君を生かすために自らの命を捧げたんだよ、ハリー。それに報いるのに、これではあまりにお粗末じゃないか——たかが魔法のおもちゃ一袋のために、ご両親の犠牲の賜物《たまもの》を危険にさらすなんて」

ルーピンが立ち去った。ハリーはいっそう惨《みじ》めな気持ちになった。スネイプの部屋にいたときでさえ、こんな惨めな気持ちにはならなかった。ハリーとロンはゆっくりと大理石の階段を上った。隻眼《せきがん》の魔女像のところまできたとき、ハリーは「透明マント」のことを思い出した。——まだこの下にある。しかし、取りに降りる気にはなれなかった。

「僕が悪いんだ」ロンが突然口を開いた。「僕が行けってすすめたんだ。ルーピンの言うとおりだ。ばかだったよ。僕たち、こんなことすべきじゃなかった——」

ロンが口を閉じた。二人は警護のトロールが往《い》き来している廊下にたどり着いた。すると、ハーマイオニーがこちらに向かって歩いてくる。ハーマイオニーをひと目見たとたん、もう事件のことを聞いたにちがいないとハリーは確信した。ハリーは心臓がドサッと落ち込むような気がした。——マクゴナガル先生にもう言いつけたのだろうか？

「さぞご満悦《まんえつ》だろうな？」

ハーマイオニーが二人の真ん前で足を止めたとき、ロンがぶっきらぼうに言った。

「それとも告げ口しにいってきたところかい？」

「ちがうわ」ハーマイオニーは両手で手紙をにぎりしめ、唇をわなわなと震わせていた。「あなたたちも知っておくべきだと思って……ハグリッドの訴えが認められなかったの。バックビークは処刑されるわ」

第15章　クィディッチ優勝戦

「これを──ハグリッドが送ってきたの」ハーマイオニーは手紙を突き出した。

ハリーはそれを受け取った。羊皮紙《ようひし》は湿っぽく、大粒の涙であちこちインクがひどく滲《にじ》み、とても読みにくい手紙だった。

ハーマイオニーへ
おれたちが負けた。バックビークはホグワーツに連れて帰るのを許された。
処刑日はこれから決まる。
ビーキーはロンドンを楽しんだ。
おまえさんがおれたちのためにいろいろ助けてくれたことは忘れねえ。
ハグリッドより

「こんなことってないよ」ハリーが言った。「こんなことできるはずないよ。バックビークは危険じゃないんだ」

「マルフォイのお父さんが委員会を脅してこうさせたの」ハーマイオニーは涙を拭《ぬぐ》った。「あの父親がどんな人か知ってるでしょう。委員会は、老いぼれのよぼよぼのばかばっかり。みんな怖気《おじけ》づいたんだわ。そりゃ、再審理の道はあるわ、普通はね。でも、望みはないと思う……なんにも変わりはしない」

「いや、変わるとも」ロンが力を込めて言った。「ハーマイオニー、今度は君一人で全部やらなくてもいい。僕が手伝う」

「ああ、ロン！」

ハーマイオニーはロンの首に抱きついてわっと泣き出した。ロンはおたおたして、ハーマイオニーの頭を不器用になでた。しばらくして、ハーマイオニーがやっとロンから離れた。

「ロン、スキャバーズのこと、ほんとに、ほんとにごめんなさい……」

ハーマイオニーがしゃくり上げながら謝った。

「ああ――うん――あいつは年寄りだったし」

ロンはハーマイオニーが離れてくれて、心からほっとしたような顔で言った。

「それに、あいつ、ちょっと役立たずだったしな。パパやママが、今度は僕にふくろうを買ってくれるかもしれないじゃないか」

ブラックの二度目の侵入事件以来、生徒は厳しい安全対策で縛られることになり、ハリーもロンもハーマイオニーも、日が暮れてからハグリッドを訪ねるのは不可能となった。話ができるのは「魔法生物飼育学」の授業中しかない。

ハグリッドは判決のショックで放心状態だった。

「みんなおれが悪いんだ。舌がもつれっちまって。みんな黒いローブを着込んで座ってて、そんでもっておれはメモをぼろぼろ落としっちまって、ハーマイオニー、おまえさんがせっかく探してくれたいろんなもんの日付は忘れっちまうし。そんで、そのあとルシウス・マルフォイが立ち上がって、やつの言い分をしゃべって、そんで、委員会はあいつに『やれ』と言われたとおりにやったんだ……」

「まだ再審理がある!」ロンが熱を込めて言った。「あきらめないで。僕たち、準備してるんだから!」

四人はクラスの他の生徒たちと一緒に、城に向かって歩いていた。前のほうに、クラッブとゴイルを引き連れたマルフォイの姿が見える。ちらちらと後ろを振り返っては、小ばかにしたように笑っている。

「ロン、そいつぁだめだ」城の階段までたどり着いたところで、ハグリッドが悲しそうに言った。「あの委員会は、ルシウス・マルフォイの言うなりだ。おれはただ、ビーキーに残された時間を思いっ切り幸せなもんにしてやるだけだ。おれは、そうしてやらにゃ……」

ハグリッドは踵《きびす》を返し、ハンカチに顔を埋《うず》めて、急いで小屋にもどっていった。

「見ろよ、あの泣き虫！」

マルフォイ、クラッブ、ゴイルが城の扉のすぐ裏側で聞き耳を立てていた。

「あんなに情けないものを見たことがあるかい」マルフォイが言った。「しかも、あいつが僕たちの先生だって！」

ハリーもロンも怒りを沸騰させて、マルフォイに飛びかかろうとした。しかし、ハーマイオニーのほうが速かった――。

バシッ！

ハーマイオニーが、あらんかぎりの力を込めてマルフォイの横っ面を張った。マルフォイがよろめいた。ハリーもロンも、クラッブもゴイルも、びっくり仰天してその場に棒立ちになった。ハーマイオニーがもう一度手を上げた。

「ハグリッドのことを情けないだなんて、よくもそんなことを。この汚らわしい――この悪党――」

「ハーマイオニー！」

ロンがおろおろしながら、ハーマイオニーが大上段に振りかぶった手を押さえようとした。

「放して！　ロン！」

ハーマイオニーが杖《つえ》を取り出した。マルフォイは後ずさりし、クラッブとゴイルはまったくお手上げ状態でマルフォイの命令を仰いだ。

「行こう」マルフォイがそうつぶやくと、三人はたちまち地下牢に続く階段を下り、姿を消した。

「ハーマイオニー！」

ロンがびっくりするやら感動するやらで、また呼びかけた。

「ハリー、クィディッチの優勝戦で、なにがなんでもあいつをやっつけて！」ハーマイオニーが上ずった声で言った。「絶対にお願いよ。スリザリンが勝ったりしたら、私、とってもがまんできないもの！」

「もう『呪文学』の時間だ。早く行かないと」

ロンはまだハーマイオニーをしげしげと眺めながら促した。

三人は急いで大理石の階段を上り、フリットウィック先生の教室に向かった。

「二人とも、遅刻だよ！」

ハリーが教室のドアを開けると、フリットウィック先生が咎《とが》めるように言った。

「早くお入り。杖《つえ》を出して。今日は『元気の出る呪文』の練習だよ。もう二人ずつペアになっているからね――」

ハリーとロンは急いで後ろのほうの机に行き、鞄を開けた。

「ハーマイオニーはどこに行ったんだろ？」振り返ったロンが言った。

ハリーもあたりを見回した。ハーマイオニーは教室に入ってこなかった。でもドアを開けたときは自分のすぐ横にいた。まちがいない。

「変だなぁ」ハリーはロンの顔をじっと見た。「きっと――トイレとかに行ったんじゃないかな？」

しかし、ハーマイオニーはずっと現れなかった。

「ハーマイオニーも『元気の出る呪文』が必要だったのにな」

授業が終わって、全員が笑顔になりながら昼食へと教室を出ていくとき、ロンが言った。「元気呪文」の余韻でクラス全員が大満足の気分に浸っていた。

ハーマイオニーは昼食にもこなかった。アップルパイを食べ終えるころ、「元気呪文」の効き目も切れてきて、ハリーもロンも少し心配になってきた。

「マルフォイがハーマイオニーに、なにかしたんじゃないだろうな？」

グリフィンドール塔への階段を急ぎ足で上りながら、ロンが心配そうに言った。

二人は警備のトロールのそばを通り過ぎ、「太った婦人《レディ》」に合言葉を告げて（「フリバティジベット」）肖像画の裏の穴をくぐり、談話室に入った。

ハーマイオニーはテーブルに「数占い学」の教科書を開き、その上に頭を載せてぐっすり眠り込んでいた。二人はハーマイオニーの両側に腰掛け、ハリーがそっと突ついてハーマイオニーを起こした。

「ど――どうしたの？」

ハーマイオニーは驚いて目を覚まし、あたりをきょろきょろと見回した。

「もう、授業に行く時間？　今度は、な――なんの授業だっけ？」

「『占い学』だ。でもあと二十分あるよ。ハーマイオニー、どうして『呪文学』にこなかったの？」ハリーが聞いた。

「えっ？　ああっ！」ハーマイオニーがさけんだ。「『呪文学』に行くのを忘れちゃった！」

「忘れようがないだろう？　教室のすぐ前まで僕たちと一緒だったのに！」

「なんてことを！」ハーマイオニーは涙声になった。「フリットウィック先生、怒ってらした？　ああ、マルフォイのせいよ。あいつのことを考えてたら、ごちゃごちゃになっちゃったんだわ！」

「ハーマイオニー、言ってもいいかい？」

ハーマイオニーが枕代わりに使っていた分厚い「数占い学」の本を見下ろしながら、ロンが言った。

「君はパンク状態なんだ。あんまりいろんなことをやろうとして」

「そんなことないわ！」

ハーマイオニーは目の上にかかった髪をかき上げ、絶望したような目で鞄を探した。

「ちょっとミスしただけ。それだけよ！　私、いまからフリットウィック先生のところへ行って、謝ってこなくちゃ……。『占い学』の授業でまたね！」

二十分後、ハーマイオニーはトレローニー先生の教室に登る梯子《はしご》のところに現れた。ひどく悩んでいる様子だった。

「『元気の出る呪文』の授業に出なかったなんて、私としたことが！　きっと、これ、試験に出るわよ。フリットウィック先生がそんなことをちらっとおっしゃったもの！」

三人は一緒に梯子を上り、薄暗いむっとするような塔教室《とうきょうしつ》に入った。小さなテーブルの一つひとつに真珠色の靄《もや》が詰まった水晶玉が置かれ、ぼぉっと光っていた。ハリー、ロン、ハーマイオニーは、脚のぐらぐらしているテーブルに揃って座った。

「水晶玉は来学期にならないと始まらないと思ってたけどな」

トレローニー先生がすぐそばに忍び寄っていないか、あたりを警戒するように見回しながら、ロンがひそひそ言った。

「文句言うなよ。これで手相術が終わったってことなんだから」ハリーもひそひそ言った。「僕の手相を見るたびに、先生がぎくっと身を引くのには、もううんざりしてたんだ」

「みなさま、こんにちは！」

おなじみの霧のかなたの声とともに、トレローニー先生がいつものように薄暗がりの中から芝居がかった登場をした。パーバティとラベンダーが興奮して身震いした。二人の顔が、仄明《ほのあか》るい乳白色の水晶玉の光に照らし出された。

「あたくし、計画しておりましたより少し早めに水晶玉をお教えすることにしましたの」

トレローニー先生は暖炉の火を背にして座り、あたりを凝視した。

「六月の試験は球《たま》に関するものだと、運命があたくしに知らせましたの。それで、あたくし、みなさまに十分練習させてさし上げたくて」

ハーマイオニーがフンと鼻を鳴らした。

「あーら、まあ……『運命が知らせましたの』が聞いて呆《あき》れるわ……どなたさまが試験をお出しになるの？　あの人自身じゃない！　なんて驚くべき予言でしょ！」

ハーマイオニーは声を低くする配慮もせず言い切った。トレローニー先生の顔は暗がりに隠れているので、聞こえたのかどうかはわからなかった。ただ、聞こえなかったかのように、話を続けた。

「水晶占いは、とても高度な技術ですのよ」夢見るような口調だ。「球の無限の深奥《しんおう》を覗《のぞ》き込んだとしても、みなさまがはじめからなにかを『見る』とは期待しておりませんわ。まず意識と、外なる眼《め》とをリラックスさせることから練習しましょう」

ロンはクスクス笑いがどうしても止まらなくなり、声を殺すのに、握り拳《こぶし》を自分の口に突っ込むありさまだった。

「そうすれば『内なる眼《め》』と超意識とが現れましょう。幸運に恵まれれば、みなさまの中の何人かは、この授業が終わるまでには『見える』かもしれませんわ」

そこでみな作業に取りかかった。少なくともハリーには、水晶玉をじっと見つめていることがとてもアホらしく感じられた。心を空にしようと努力しても、「こんなこと、くだらない」という思いが始終頭をもたげた。しかも、ロンがのべつクスクス忍び笑いをするわ、ハーマイオニーは舌打ちばかりしているわで、集中などできるわけもない。

「なにか見えた？」

十五分ほど黙って水晶玉を見つめたあと、ハリーが二人に聞いた。

「うん。このテーブル、焼け焦げがあるよ」ロンは指さした。「だれか蠟燭《ろうそく》を垂らしたんだろな」

「まったく時間のむだよ」ハーマイオニーが歯を食いしばったままで言った。「もっと役に立つことを練習できたのに。『元気の出る呪文』の遅れを取りもどすことだって――」

トレローニー先生が衣擦《きぬず》れの音とともにそばを通り過ぎた。

「球の内なる、影のような予兆をどう解釈するか、あたくしに助けてほしい方、いらっしゃること？」

腕輪をチャラつかせながら、トレローニー先生がつぶやくように言った。

「僕、助けなんかいらないよ」ロンがささやいた。「見りゃわかるさ。今夜は霧が深いでしょう、ってとこだな」

ハリーもハーマイオニーも吹き出した。

「まあ、何事ですの！」

先生の声と同時に、みながいっせいに三人のほうを振り向いた。パーバティとラベンダーは「なんて破廉恥《はれんち》な」という目つきをしていた。

「あなた方は、未来を透視する神秘の震えを乱していますわ！」

トレローニー先生は三人のテーブルに近寄り、水晶玉を覗《のぞ》き込んだ。ハリーは気が重くなった。これからなにが始まるか、自分にはわかる……。

「ここに、なにかありますわ！」

トレローニー先生は低い声でそう言うと、水晶玉の高さまで顔を下げた。玉は巨大なメガネに写って二つに見えた。

「なにかが動いている……でも、なにかしら？」

なにかはわからないが、絶対によいことではない。賭けてもいい。ハリーの持っているものを全部、ファイアボルトもひっくるめて全部賭けてもいい。そして、やっぱり……。

「まあ、あなた……」

トレローニー先生はハリーの顔をじっと見つめて、ホーッと息を吐いた。

「ここに、これまでよりはっきりと……ほら、こっそりとあなたのほうに忍び寄り、だんだん大きく……死神犬のグ――」

「いいかげんにしてよ！」ハーマイオニーが大声を上げた。「また、あのばかばかしい死神犬じゃないでしょうね！」

トレローニー先生は巨大な目を上げ、ハーマイオニーを見た。パーバティがラベンダーに何事かささやき、二人もハーマイオニーを睨《にら》んだ。立ち上がったトレローニー先生は、まぎれもない怒りを込めてハーマイオニーを眺め回した。

「まあ、あなた。こんなことを申し上げるのはなんですけど、あなたがこのお教室に最初に現れたときから、はっきりわかっていたことでございますわ。あなたには『占い学』という高貴な技術に必要なものが備わっておりませんの。まったく、こんなに救いようのない『俗』な心を持った生徒に、いまだかつてお目にかかったことがありませんわ」

一瞬の沈黙。そして——。

「結構よ！」

ハーマイオニーは唐突にそう言うと立ち上がり、『未来の霧を晴らす』の本を鞄に詰め込みはじめた。

「結構ですとも！」もう一度そう言うと、ハーマイオニーは鞄を振り回すようにして肩にかけた。危うくロンを椅子からたたき落としそうになりながら。

「やめた！　私、出ていくわ！」

クラス中が呆気《あっけ》に取られる中を、ハーマイオニーは威勢よく出口へと歩き、撥ね戸《はねど》を足で蹴飛ばして開け、梯子《はしご》を降りて姿を消した。

全生徒が落ち着きを取りもどすまでに、数分かかった。トレローニー先生は死神犬のことをころっと忘れてしまったようだ。ぶっきらぼうにハリーとロンのいる机を離れ、透き通ったショールをしっかり体に引き寄せながら、かなり息を荒らげていた。

「おおおお！」突然ラベンダーが声を上げ、みなが驚いた。「おおおおおお、トレローニー先生。わたし、いま思い出しました。ハーマイオニーが立ち去るのを、ご覧になりましたね？　そうでしょう、先生？『イースターのころ、だれか一人が永久に去るでしょう！』先生は、ずいぶん前にそうおっしゃいました！」

トレローニー先生は、ラベンダーに向かって、儚《はかな》げにほほえんだ。

「ええ、そうよ。ミス・グレンジャーがクラスを去ることは、あたくし、わかっていましたの。でも、『兆《しるし》』を読みちがえていればよいのに、と願うこともありますのよ。……『内なる眼《め》』が重荷になることがありますわ……」

ラベンダーとパーバティは深く感じ入った顔つきで、トレローニー先生が自分たちのテーブルに移ってきて座れるよう、場所を空けた。

「ハーマイオニーったら、今日は大変な一日だよ。な？」

ロンが恐れをなしたようにハリーにつぶやいた。

「ああ……」

ハリーは水晶玉をちらりと覗《のぞ》いた。白い霧が渦巻いているだけだ。トレローニー先生は本当にまた死神犬を見たのだろうか？　自分も見るのだろうか？　クィディッチ優勝戦が刻々と近づいている。あんな死ぬような目にあう事故だけは絶対に起こって欲しくない。

イースター休暇はのんびり、というわけにはいかなかった。三年生はかつてないほどの宿題を出された。ネビル・ロングボトムはほとんどノイローゼになり、他の生徒も似たりよったりだった。

「これが休暇だってのかい！」

ある昼下がり、シェーマス・フィネガンが談話室で吠えた。

「試験はまだずうっと先だってのに、先生たちはなにを考えてるんだ？」

それでも、ハーマイオニーほど課題を抱え込んだ生徒はいなかった。「占い学」はやめたものの、それでもまだハーマイオニーは、だれよりもたくさんの科目をとっていた。夜はほとんど談話室に最後まで粘っていたし、朝はだれよりも早く図書室にきていた。目の下にルーピン先生なみのくまができて、いつ見ても、いまにも泣き出しそうな雰囲気だった。

ロンはバックビークの再審理の準備を引き継いで、宿題をこなす時間以外は巨大な本に取り組んだ。『ヒッポグリフの心理』とか、『鳥か盗《と》りか？』、『ヒッポグリフの残忍性に関する研究』などを夢中で読みふけり、クルックシャンクスに当たり散らすことさえ忘れていた。

一方、ハリーは、毎日続くクィディッチの練習に加えて、ウッドとの果てしない作戦会議の合間に、なんとか宿題をこなさなければならなかった。グリフィンドール対スリザリンの試合が、イースター休暇明けの最初の土曜日に迫っていた。スリザリンは、リーグ戦できっちり二〇〇点リードしていた。ということは（ウッドが耳にタコができるほど選手に言い聞かせていたが）、優勝杯を手にするには、それ以上の点差をつけて勝たなければならない。つまり、勝敗はハリーの双肩にかかっていた。スニッチをつかむことで一五〇点獲得できるからだ。

「いいか。スニッチをつかむのは、必ずチームが五〇点以上差をつけたあとだぞ」

ウッドは口を酸っぱくしてハリーに言った。

「ハリー、おれたちが五〇点以上取ったらだ。さもないと、試合に勝っても優勝杯は逃してしまう。わかるな？　スニッチをつかむのは、必ず、おれたちが――」

「わかってるったら、オリバー！」ハリーは大声を出した。

グリフィンドール寮全体が、きたるべき試合に取り憑《つ》かれていた。グリフィンドールが最後に優勝杯を取ったのは、伝説の人物、チャーリー・ウィーズリー（ロンの二番目の兄）のシーカー時代だ。勝ちたいという気持ちでは、寮生のだれも、ウッドでさえも、自分にはかなわないだろうとハリーは思った。ハリーとマルフォイの間の敵意は、いよいよ頂点に達していた。マルフォイはホグズミードでの泥投げ事件をいまだ根に持っていたし、それ以上に、ハリーが処罰を受けずにうまくすり抜けたことががまんならないようだった。ハリーは、レイブンクローとの試合でマルフォイが自分を破滅させようとしたことも忘れはしなかったが、全校の面前でマルフォイをたたきのめすと決意したのは、なんといってもバックビークのことがあるからだ。

試合前にこんなに熱くなったのは、だれの記憶にもはじめてのことだった。休暇が終わったころには、チーム間も、寮の間の緊張も爆発寸前まで高まっていた。廊下のあちこちで小競り合いが起こり、ついにその極限で一大騒動となり、グリフィンドールの四年生とスリザリンの六年生が耳から葱《ねぎ》を生やして、入院する騒ぎになった。

ハリーはとくにひどい目にあっていた。授業に行く途中では、スリザリン生が足を突き出してハリーを引っかけようとするし、クラッブとゴイルはハリーの行く先々に突然現れ、大勢に取り囲まれているハリーを見ては、残念そうにのっそり立ち去るのだった。スリザリン生がハリーをつぶそうとするかもしれないと、ウッドは、どこに行くにもハリーをひとりにしないよう指令を出していた。グリフィンドールは、寮を挙げてこの使命を熱く受け止めたので、ハリーはいつもワイワイガヤガヤと大勢に取り囲まれて、時間どおりに教室に着くことさえできなかった。ハリーは自分の身よりファイアボルトが心配で、飛行していないときはトランクにしっかりとしまい込んでいた。休み時間になるとグリフィンドール塔に飛んで帰り、ちゃんとそこにあるかを確かめることもしばしばだった。

試合前夜、グリフィンドールの談話室では、いつもの活動がいっさい放棄された。ハーマイオニーでさえ本を手放した。

「勉強できないわ。とても集中できない」ハーマイオニーはぴりぴりしていた。

やたら騒がしかった。フレッドとジョージはプレッシャーをはねのけるため、いつもよりやかましく、元気がよかった。オリバー・ウッドは隅のほうでクィディッチ・ピッチの模型の上にかがみ込み、杖《つえ》で選手の人形を突つきながら、一人ブツブツつぶやいていた。アンジェリーナ、アリシア、ケイティの三人は、フレッドとジョージが飛ばす冗談で笑っている。ハリーは騒ぎの中心から離れたところで、ロン、ハーマイオニーと一緒に座り、明日のことは考えないようにしていた。なにしろ、考えるたびに、なにかとても大きなものが胃袋から逃げ出したがっているような恐ろしい気分になるのだ。

「絶対、大丈夫よ」ハーマイオニーはそう言いながら、怖くてたまらない様子だ。

「君にはファイアボルトがあるじゃないか！」ロンが言った。

「うん……」そう言いながらハリーは胃がよじれるような気分だった。

ウッドが急に立ち上がり、一声さけんだのが救いだった。

「選手！　寝ろ！」

ハリーは浅い眠りに落ちた。最初に、寝すごした夢を見た。ウッドがさけんでいる。「いったいどこにいたんだ。代わりにネビルを使わなきゃならなかったんだぞ！」。次は、マルフォイやスリザリン・チーム全員が、ドラゴンに乗って試合にやってきた夢だ。マルフォイの乗ったドラゴンが火を吐き、それを避けてハリーは猛スピードで飛んでいた。が、肝心のファイアボルトを忘れたことに気づいた。ハリーは落下し、驚いて目を覚ました。

数秒経ってやっと、ハリーはまだ試合が始まっていないこと、自分が安全にベッドに寝ていること、スリザリン・チームがドラゴンに乗ってプレイするなど絶対許されるはずがないこと、などに気づいた。とても喉《のど》が渇いていた。ハリーはできるだけそっと四本柱のベッドを抜け出し、窓の下に置いてある銀の水差しから水を飲もうと窓辺に寄った。

校庭はしんと静まり返っている。「禁じられた森」の木々の梢はそよともせず、「暴《あば》れ柳《やなぎ》」は何食わぬ様子で、じっと動かない。どうやら、試合の天候は完璧のようだ。

ハリーはコップを置き、ベッドに入ろうとした。そのとき、なにかが目を引いた。銀色の芝生《しばふ》を動物らしきものが一匹うろついている。

ハリーは全速力でベッドにもどり、メガネを引っつかんでかけ、急いで窓際へと取って返した。死神犬《グリム》であるはずがない――いまはだめだ――試合の直前だというのに――。

ハリーはもう一度校庭を見つめた。一分ほど必死で見回し、その姿を見つけた。今度は「森」の際《きわ》に沿って歩いている……。死神犬とはまったくちがう……猫だ……瓶洗《びんあら》いブラシのような尻尾《しっぽ》を確認して、ハリーはほっと窓縁をにぎりしめた。ただのクルックシャンクスだ……。

いや、本当にただのクルックシャンクスだったろうか？　ハリーは窓ガラスに鼻をぴたりと押しつけ、目を凝らした。クルックシャンクスが立ち止まったように見えた。なにか、木々の影の中で動いているものがほかにいる。ハリーにはたしかにそれが見えた。

次の瞬間、それが姿を現した。もじゃもじゃの毛の巨大な黒い犬だ。それは音もなく芝生を横切り、クルックシャンクスがその脇をトコトコ歩いている。ハリーは目をみはった。いったいどういうことなんだろう？　クルックシャンクスにもあの犬が見えるなら、あの犬がハリーの死の予兆だと言えるのだろうか？

「ロン！」ハリーは声を殺して呼んだ。「ロン！　起きて！」

「うーん？」

「君にもなにか見えるかどうか、見てほしいんだ！」

「まだ真っ暗だよ、ハリー」ロンがどんよりとつぶやいた。「なにを言ってるんだい？」

「こっちにきて——」

ハリーは急いで振り返り、窓の外を見た。

クルックシャンクスも犬も消え去っていた。ハリーは窓枠によじ登って、真下の城影の中を覗《のぞ》き込んだが、そこにもいなかった。いったいどこに行ったのだろう？

大きないびきが聞こえた。ロンはまた寝入ったらしい。

翌日、ハリーは他のグリフィンドール・チームの選手とともに、割れるような拍手に迎えられて大広間に入った。レイブンクローとハッフルパフのテーブルからも拍手が上がるのを見て、ハリーは顔がほころぶのを止められなかった。スリザリンのテーブルからは、通り過ぎる選手たちに向かって嫌味な野次が飛んだ。マルフォイがいつにも増して青い顔をしているのに、ハリーは気づいた。

ウッドは朝食の間ずっと選手に「食え、食え」と勧めながら、自分はなにも口にしなかった。そして、他のグリフィンドール生がだれも食べ終わりもしないうちから、状態をつかんでおくためにピッチに行け、と選手を急かした。選手が大広間を出ていく際には、もう一度みなが拍手をした。

「ハリー、がんばってね！」チョウ・チャンの声に、ハリーは顔が赤らんだ。

「ようし……風らしい風もなし……。太陽は少しまぶしいな。目がくらむかもしれないから用心しろよ……ピッチの状態はかなりしっかりしてる。よし、キック・オフはいい蹴りができる……」

ウッドは後ろにチーム全員を引き連れ、ピッチを往《い》ったり来たりしてしっかり観察した。遠くのほうで、ついに城の正面扉が開くのが見えた。学校中が芝生にあふれ出てきた。

「ロッカールームへ」きびきびとウッドが指示を出す。

真紅のローブに着替える間、選手はだれも口をきかなかった。みな、自分と同じ気分なのだろうか、とハリーは思った。朝食に、やけにもぞもぞ動くものを食べたような気分だ。あっという間に時が過ぎ、ウッドの声が響いた。

「よぉし、時間だ。行くぞ……」

怒涛《どとう》のような歓声の中、選手がピッチに出ていった。観衆の四分の三は真紅のバラ飾りを胸につけて、グリフィンドールのシンボルのライオンを描いた真紅の旗を振るか、「行け！　グリフィンドール！」とか「ライオンに優勝杯《ゆうしょうはい》を！」などと書かれた横断幕を打ち振っている。一方、スリザリンのゴール・ポストの後ろでは、二百人の観衆が緑のローブを着て、スリザリンの旗に、シンボルの銀色の蛇《へび》をきらめかせていた。スネイプ先生は一番前列に陣取り、みなと同じ緑をまとい、暗い笑みを漂わせていた。

「さあ、グリフィンドールの登場です！」

いつものように解説役のリー・ジョーダンの声が響いた。

「ポッター、ベル、ジョンソン、スピネット、ウィーズリー、ウィーズリー、そしてウッド。ホグワーツに何年に一度出るか出ないかの、ベスト・チームと広く認められています――」

リーの解説はスリザリン側からの、嵐のようなブーイングでかき消された。

「そして、こちらはスリザリン・チーム。率いるはキャプテンのマーカス・フリント。メンバーを多少入れ替えたようで、能力よりデカさを狙ったものかと――」

スリザリンからまたブーイングが起こった。しかし、ハリーはリーの言うとおりだと思った。スリザリン・チームでは、どう見てもマルフォイが一番小さく、あとは巨大な猛者《もさ》ばかりだ。

「キャプテン、握手して！」フーチ先生が合図した。

フリントとウッドが歩み寄って互いの手をきつくにぎりしめた。まるで互いの指をへし折ろうとしているかのようだった。

「箒《ほうき》に乗って！」

フーチ先生の号令だ。

「さーん……にー……いちっ！」

十四本の箒がいっせいに飛び上がった。ホイッスルの音は歓声にかき消されてしまった。ハリーは前髪が額から後ろへとかき上げられるのを感じた。飛ぶことで心が躍り、不安が吹き飛んだ。周囲りを見回すと、マルフォイがすぐ後ろにくっついていた。ハリーはスニッチを探してスピードを上げた。

「さあ、グリフィンドールの攻撃です。グリフィンドールのアリシア・スピネット選手、クアッフルを取り、スリザリンのゴールにまっしぐら。いいぞ、アリシア！ああっと、だめか――クアッフルがワリントンに奪われました。スリザリンのワリントン、猛烈な勢いでピッチを飛んでます――ガッツン！――ジョージ・ウィーズリーのすばらしいブラッジャー打ちで、ワリントン選手、クアッフルを取り落としました。拾うは――ジョンソン選手です。グリフィンドール、ふたたび攻撃です。行け、アンジェリーナ――モンタギュー選手をうまくかわしました――アンジェリーナ、ブラッジャーだ。かわせ！――ゴール！　一〇対〇、グリフィンドール得点！」

アンジェリーナがフィールドの端からぐるりと旋回しながら、ガッツポーズをした。下のほうで、真紅の絨毯《じゅうたん》が歓声を上げた。

「あいたっ！」

マーカス・フリントがアンジェリーナに体当たりをかませ、アンジェリーナが危うく箒《ほうき》から落ちそうになった。

観衆が下からブーイングを起こした。

「悪《わり》い！　悪いな、見えなかった！」フリントが言った。

次の瞬間、フレッド・ウィーズリーがビーターの棍棒《こんぼう》をフリントの後頭部に投げつけ、フリントは突んのめって箒の柄《え》にぶつかり、鼻血を出した。

「それまで！」

フーチ先生が一声さけび、二人の間に割って入った。

「グリフィンドール、相手のチェイサーに不意打ちを食らわせたペナルティ！　スリザリン、相手のチェイサーに故意にダメージを与えたペナルティ！」

「そりゃ、ないぜ。先生！」

フレッドがわめいたが、フーチ先生はホイッスルを鳴らし、アリシアがペナルティ・スローのために前に出た。

「行け！　アリシア！」

競技場がいっせいに沈黙に覆われる中、リー・ジョーダンがさけんだ。

「やったー！　キーパーを破りました！　二〇対〇、グリフィンドールのリード！」

ハリーはファイアボルトを急旋回させ、フリントを見守った。まだ鼻血を流しながら、フリントがスリザリン側のペナルティ・スローのために前に飛んだ。ウッドがグリフィンドールのゴールの前に浮かび、歯を食いしばっている。

「なんてったって、ウッドはすばらしいキーパーであります！」

フリントがフーチ先生のホイッスルを待つ間、リー・ジョーダンが観衆に語りかけている。

「すっばらしいのです！　キーパーを破るのは難しいのです——まちがいなく難しい——やったぁ！　信じらんねえぜ！　ゴールを守っちゃった！」

ハリーはほっとしてその場を飛び去り、あたりに目を配ってスニッチを探した。その間もリーの解説を、一言も聞き漏《も》らさないように注意した。グリフィンドールが五〇点の差をつけるまではマルフォイをスニッチに近づけさせないことが肝心だ。

「グリフィンドールの攻撃、いや、スリザリンの攻撃——いや！——グリフィンドールがまたボールを取り返しました。ケイティ・ベルです。グリフィンドールのケイティ・ベルがクアッフルを取りました。ピッチを矢のように飛んでいます——あっ、あいつめ、わざとやりやがった！」

スリザリンのチェイサー、モンタギューがケイティの前方に回り込み、クアッフルを奪う代わりにケイティの頭をむんずとつかんだ。ケイティは空中でもんどり打ったが、なんとか箒《ほうき》からは落ちずにすんだ。しかし、クアッフルは取り落とした。

フーチ先生のホイッスルがまた鳴り響き、先生が下からモンタギューのほうに飛び上がって叱りつけた。一分後、ケイティがスリザリンのキーパーを破ってペナルティ・ゴールを決めた。

「三〇対〇！　ざまぁ見ろ、汚い手を使いやがって。卑怯者《ひきょうもの》──」

「ジョーダン、公平中立な解説ができないなら──！」

「先生、ありのままを言ってるだけです！」

ハリーは興奮でドキッとした。スニッチを見つけたのだ。──グリフィンドールの三本のゴール・ポストの一本の根元で、かすかに光っている。──まだつかむわけにはいかない。しかしもし、マルフォイが気づいたら……。

急になにかに気を取られたふりをして、ハリーはファイアボルトの向きを変え、スピードを上げてスリザリンのゴールに向かって飛んだ。うまくいった。マルフォイは、ハリーがそっちにスニッチを見つけたと思ったらしく、あとを追って疾走してきた……。

ヒューッ。

ブラッジャーがハリーの右耳をかすめて飛んでいった。スリザリンのデカ物ビーター、デリックが打った球だ。

ヒューッ。

もう一個のブラッジャーがハリーの肘《ひじ》をこすった。もう一人のビーター、ボールが迫っていた。

ボールとデリックが棍棒《こんぼう》を振り上げ、自分めがけて飛んでくる。ハリーは二人を視界にとらえた――。

ぎりぎりまで待って、ハリーはファイアボルトを上に向けた。ボールとデリックがボクッといやな音を立てて正面衝突した。

「はっはーだ！」

スリザリンのビーター二人が、頭を抱えてふらふらと離れるのを見て、リー・ジョーダンがさけんだ。

「お気の毒さま！　ファイアボルトに勝てるもんか。顔を洗って出なおせ！　さて、またまたグリフィンドールのボールです。ジョンソンがクアッフルを手にしています――フリントがマークしている――アンジェリーナ、やつの目を突ついてやれ！――あ、ほんの冗談です。先生。冗談ですよ――ああ、だめだ――フリントがボールを取りました。フリント、グリフィンドールのゴールめがけて飛びます。それっ、ウッド、ブロックしろ！――」

しかし、フリントが得点し、スリザリン側から大きな歓声が巻き起こった。リーがさんざん悪態をついたので、マクゴナガル先生は魔法のマイクをリーからひったくろうとした。

「すみません、先生。すみません！　二度と言いませんから！　さて、グリフィンドール、三〇対一〇でリードです。クアッフルはグリフィンドール側——」

試合は、ハリーがいままで参加した中で最悪の泥仕合《どろじあい》となった。グリフィンドールが早々とリードを奪ったことで頭にきたスリザリンは、たちまちクアッフルを奪うためには手段を選ばない戦法に出た。ボールはアリシアを棍棒《こんぼう》でなぐり、「ブラッジャーとまちがえた」と言い逃れようとした。仕返しに、ジョージ・ウィーズリーがボールの横っ面に肘鉄《ひじてつ》を食らわせた。フーチ先生は両チームからペナルティを取り、ウッドが二度目のファイン・プレーで、スコアは四〇対一〇。グリフィンドール、三〇点のリードだ。

スニッチはまた見えなくなった。ハリーは試合の渦中から離れて舞い上がり、スニッチを探したが、マルフォイはまだハリーに密着していた。——ここでグリフィンドールがいったん、五〇点の差をつけたら……。

ケイティが得点し、五〇対一〇。スリザリンが得点者に仕返しをしかねないと、フレッドとジョージ・ウィーズリーが棍棒を振り上げてケイティのまわりを飛び回った。ボールとデリックが双子のいないすきを突き、ブラッジャーでウッドを狙い撃ちした。二個とも続けてウッドの腹に命中し、ウッドはウッと言って宙返りし、辛《かろ》うじて箒《ほうき》にしがみついた。

フーチ先生が怒りでぶっとんだ。

「クアッフルがゴール・エリアに入っていないのに、キーパーを襲うとは何事ですか！」

フーチ先生がボールとデリックに向かってさけんだ。

「ペナルティ・ゴール！　グリフィンドール！」

アンジェリーナが得点。六〇対一〇。その直後、フレッド・ウィーズリーがブラッジャーをワリントンにめがけて強打し、ワリントンが持っていたクアッフルを取り落としたところをアリシアが奪ってゴールを決めた。七〇対一〇。

観客席ではグリフィンドール応援団が声をからしてさけんでいる。――グリフィンドール六〇点のリード。ここでもしハリーがスニッチをつかめば、優勝杯はいただきだ。他の選手より一段高いところで、マルフォイにマークされながらピッチを飛び回っているハリーを、何百という目が追っている。ハリーはその視線を感じた。

そして、見つけた。スニッチが自分の六、七メートル上でキラキラしているのを。

ハリーはスパートをかけた。耳元で風がうなった。ハリーは手を伸ばした。ところが、急にファイアボルトのスピードが落ちた――。

ハリーは愕然《がくぜん》としてあたりを見回した。マルフォイが前に身を乗り出してファイアボルトの尾をにぎりしめ、引っ張っているではないか。

「こいつっ」

怒りのあまり、ハリーはマルフォイをなぐりたかったが、届かない。マルフォイはファイアボルトにしがみつきながら息を切らしていたが、目だけはランランと輝かせていた。マルフォイの狙いどおりになった。――スニッチはまたしても姿をくらましたのだ。

「ペナルティー！　グリフィンドールにペナルティ・ゴール！　こんな手口は見たことがない！」

フーチ先生が、金切り声を上げながら飛んできた。マルフォイは自分のニンバス2001の上にするするともどるところだった。

「このゲス野郎！」

リー・ジョーダンがマクゴナガル先生の手の届かないところへと躍り出ながら、マイクに向かってさけんでいる。

「このカス、卑怯者《ひきょうもの》、この――！」

マクゴナガル先生はリーのことを叱るどころではなかった。自分もマルフォイに向かって拳《こぶし》を振り、帽子が頭から落ちるのもかまわず怒り狂ってさけんでいた。

アリシアがペナルティ・ゴールを狙ったが、怒りで手許が狂い、一、二メートルはずれてしまった。グリフィンドール・チームは乱れて集中力を欠き、逆にスリザリン・チームはマルフォイがハリーに仕掛けたファウルで活気づき、有頂天になった。

「スリザリンの攻撃です。スリザリン、ゴールに向かう――モンタギューのゴール――」リーがうめいた。「七〇対二〇でグリフィンドールのリード……」

今度はハリーがマルフォイをマークした。ぴったり張りついたので、互いの膝《ひざ》が触れるほどだった。マルフォイなど絶対スニッチに近づかせてなるものか……。

「どけよ、ポッター！」

ターンしようとしてハリーにブロックされ、マルフォイがいらついた声を出した。

「アンジェリーナ・ジョンソンがグリフィンドールにクアッフルを奪いました。行け、アンジェリーナ。行けぇっ！」

ハリーはあたりを見回した。マルフォイ以外のスリザリンの選手は、ゴール・キーパーも含めて全員、アンジェリーナを追って疾走していた。――全員でアンジェリーナをブロックする気だ――。

ハリーはくるりとファイアボルトの向きを変え、箒《ほうき》の柄《え》にぴたり張りつくように身をかがめて前方めがけてキックした。まるで弾丸のように、ハリーはスリザリン・チームに突っ込んだ。

「ああアアアーーーッ！」

突進してくるファイアボルトを見て、スリザリン・チームは散り散りになり、アンジェリーナはノー・マーク状態となった。

「アンジェリーナ、ゴール！　アンジェリーナ、決めました！　グリフィンドールのリード、八〇対二〇！」

ハリーはスタンドに真正面から突っ込みそうになったが、空中で急停止し、旋回してピッチの中央に向かって急いだ。

そのとき、ハリーは心臓が止まるようなものを見た。マルフォイが勝ち誇った顔で急降下している――あそこだ。芝生の一、二メートル上に、小さな金色にきらめくものが――。

ハリーはファイアボルトを駆って降下した。しかし、マルフォイがはるかにリードしている。

「行け！　行け！　行け！」

ハリーは箒《ほうき》に鞭《むち》打った。マルフォイに近づいていく……ボールがハリーめがけてブラッジャーを打ち込んだ。ハリーは箒の柄《え》にぴたりと身を伏せた……マルフォイの踵《かかと》まで追いついた……並んだ――。

ハリーは両手を箒から放し、思い切り身を乗り出した。マルフォイの手を払い退《の》け、そして――。

「やった！」

ハリーは急降下から反転し、空中高く手を突き上げた。競技場が爆発した。ハリーは観衆の上を高々と飛んだ。耳の中が奇妙にジンジン鳴っている。しっかりにぎりしめた手の中で、小さな金色《こんじき》のボールが羽をばたつかせてもがいているのを指で感じた。

ウッドがハリーに向かって飛んできた。涙でほとんど目が見えなくなっている。ハリーの首を抱きしめ、ハリーの肩に顔を埋《うず》めて、ウッドは止めどなく泣きに泣いた。ハリーはバシリバシリと二度たたかれた。フレッドとジョージだった。それから、アンジェリーナ、アリシア、ケイティの声が聞こえた。

「優勝杯よ！　わたしたちが優勝よ！」

腕をからませ、抱き合い、もつれ合い、声をからしてさけびながら、グリフィンドール・チームは地上に向かって降下していった。

真紅の応援団が柵を乗り越えて、波のようにピッチになだれ込んだ。選手は雨あられと背中をたたかれた。ごった返す中、歓喜に沸く大勢の生徒たちがどっと押し寄せてきたと思った次の瞬間、ハリーも他の選手たちも、みなの肩車の上にいた。肩車の上で光を浴び、ハリーはハグリッドの姿を見た。真紅のバラ飾りをべたべたつけている――。

「やっつけたぞ、ハリー。おまえさんがやつらをやっつけた！　バックビークに早く教えてやんねえと！」

パーシーもいつもの尊大ぶりはどこへやら、体裁もかまわず。ぴょんぴょん跳びはねている。マクゴナガル先生はウッド顔負けの大泣きで、巨大なグリフィンドールの寮旗で目を拭《ぬぐ》っていた。そして、ハリーに近づこうと必死に人群れをかき分ける、ロンとハーマイオニーの姿があった。二人とも言葉が出ない。肩車でスタンドのほうに運ばれていくハリーに、二人はただにっこりと笑いかけた。その先ではダンブルドアが、大きなクィディッチ優勝杯を持って待っている。

もし、いま、吸魂鬼《ディメンター》がそのあたりにいたら……ウッドがしゃくり上げながら優勝杯をハリーに渡し、ハリーがそれを天高く掲げたいまなら……世界一すばらしい守護霊《パトローナス》を創り出せる、とハリーは思った。

第16章　トレローニー先生の予言

ついにクィディッチ杯を勝ち取った夢見心地は、少なくとも一週間は消えなかった。天気さえも祝ってくれているようだった。六月が近づき、空には雲一つなく、蒸し暑い日が続いていた。だれもがなにをする気にもなれず、ただ校庭をぶらぶら歩いては芝生にべったりと座り、冷たい魔女かぼちゃジュースをたっぷり飲んだり、ゴブストーン・ゲームにたわいなく興じたり、湖上を眠たそうに泳ぐ大イカを眺めたりして過ごしたい、という気分だった。

　ところがそうはさせてくれない。試験が迫っていた。戸外で息抜きするどころか、みなむりやり城の中にとどまって、窓から漂ってくる魅惑的な夏の匂いを嗅《か》ぎながら、気合を入れて脳細胞を集中させなければならなかった。フレッドとジョージでさえ勉強しているのを見かけることがあった。二人ともO・W・L《ふくろう》（普通魔法レベル）試験を控えていた。パーシーはN・E・W・T《いもり》（めちゃくちゃ疲れる魔法テスト）という、ホグワーツ校が授与する最高の資格テストを受ける準備をしていた。魔法省への就職が希望なので、最高の成績を取る必要がある。パーシーは日増しにとげとげしくなり、談話室の夜の静寂を乱す者があれば、だれかれ容赦なく厳しい罰を与えた。ただ一人パーシーより気が立っている者がいるとすれば、それはハーマイオニーだった。

ハリーもロンも、ハーマイオニーがどうやって同時に複数の授業に出席しているのか、聞くのをあきらめていた。しかし、ハーマイオニーが書いた試験の予定表を見て、どうしてもがまんできなくなった。最初の予定はこうだ。

月曜日
9時　数占い　　　　1時　呪文学
9時　変身術　ランチ　1時　古代ルーン語

「ハーマイオニー？」ロンがおずおずと話しかけた。近ごろ、ハーマイオニーは邪魔されるとすぐ爆発するからだ。「あの――この時間表、写しまちがいじゃないのかい？」

「なんですって？」

ハーマイオニーはきっとなって予定表を取り上げ、確かめた。

「大丈夫よ」

「どうやって同時に二つのテストを受けるのか、聞いてもしようがないよね？」

ハリーが聞いた。

「しようがないわ」にべもない答えだ。「あなたたち、私の『数秘学《すうひがく》と文法学』の本、見なかった？」

「ああ、見ましたとも。寝る前の軽い読書のためにお借りしましたよ」

ロンがちゃかしたが、至極《しごく》小さな声だった。ハーマイオニーは本を探して、テーブルの上の羊皮紙《ようひし》の山をガサゴソ動かしはじめた。そのとき、窓辺で羽音がしたかと思うと、ヘドウィグが嘴《くちばし》にしっかりとメモをくわえて舞い降りてきた。

「ハグリッドからだ」ハリーは急いでメモを開いた。「バックビークの再審理――六日に決まった」

「試験が終わる日だわ」ハーマイオニーが、「数占い」の教科書をまだあちこち探しながら言った。

「みんなが審理のためにここにやってくるらしい」ハリーは手紙を読みながら言った。「魔法省からのだれかと――死刑執行人が」

ハーマイオニーが驚いて顔を上げた。

「再審理なのに死刑執行人を連れてくるの！　それじゃ、まるで結論は決まってるみたいじゃない！」

「ああ、そうだね」ハリーは考え込んだ。

「そんなこと、させるか！」ロンが大きな声を出した。「僕、あいつのためにながぁいこと資料を探したんだ。それを全部無視するなんて、そんなことさせるか！」

しかし、マルフォイ氏の言いなりの「危険生物処理委員会」は、もう意思を固めているのでは、とハリーはいやな予感でぞくっとした。クィディッチ優勝戦でグリフィンドールが勝って以来、ドラコは見た目おとなしくしていたが、ここ数日は、昔の威張りくさった態度をやや取りもどしたようだった。バックビークは必ず殺されると自信たっぷりに言い放ち、自分がそのように仕向けたことが愉快でたまらないとマルフォイが嘲《あざけ》っていることを、ハリーは人伝てに聞いた。ハリーは、ハーマイオニーに倣《なら》ってマルフォイの横っ面を張り倒したい衝動を、やっとのことで抑えるのだった。最悪なのは、ハグリッドを訪ねる時間もチャンスもないことだ。厳重な警戒体制はまだ解かれておらず、ハリーは隻眼《せきがん》の魔女の像の下から「透明マント」を取ってくる気にはとてもなれなかった。

試験が始まり、週明けの城は異様な静けさに包まれた。月曜日の昼食時、三年生は

「変身術」の教室から、血の気も失《う》せよれよれになって出てきて、結果を比べ合ったり試験の難しさを嘆いたりしていた。ティーポットを陸亀《りくがめ》に変えるという課題もあった。ハーマイオニーは自分のが陸亀というより海亀に見えたとやきもきして、みなをいらだたせた。他の生徒は、そんな些細《ささい》なレベルの心配どころではないのだ。

「僕のは尻尾《しっぽ》のところがポットの注ぎ口のままさ。悪夢だよ……」

「亀って、そもそも口から湯気を出すんだっけ？」

「僕のなんか、甲羅に柳模様がついたままだ。ねえ、減点されるかなぁ？」

あわただしい昼食の後、すぐに教室に上がって「呪文学」の試験だ。ハーマイオニーの言うとおりだった。フリットウィック先生はやはり「元気の出る呪文」をテストに出した。ハリーは緊張のあまり少しやりすぎてしまい、相手をしたロンは笑いの発作が止まらなくなり、静かな部屋に隔離《かくり》され、一時間休んでからテストを受ける始末となった。夕食後、みな急いで談話室にもどった。のんびりするためではなく、残りの試験科目、「魔法生物飼育学」、「魔法薬学」、「天文学」の勉強をするためだ。

次の日の午前中は「魔法生物飼育学」の試験だった。試験監督のハグリッドは、よほどの心配事がある様子で、まったく心ここにあらずの態だ。取れたばかりの「レタス食い虫《フロバーワーム》」を大きな盥《たらい》一杯に入れ、一時間後に自分の「レタス食い虫」がまだ生きていたら合格だと言い渡した。「レタス食い虫」は放っておくと最高に調子がよいので、こんな楽な試験はまたとなかった。ハリー、ロン、ハーマイオニーにとっては、ハグリッドと話をするいいチャンスになった。

「ビーキーは少し滅入っとる」

ハリーの虫がまだ生きているかどうか調べるふりをしてかがみ込みながら、ハグリッドが三人に話しかけた。

「長いこと狭いとこに閉じ込められてるしな。そんでもまだ……明後日《あさって》にははっきりする——どっちかにな」

午後は「魔法薬学」で、完璧に大失敗だった。どうがんばっても、ハリーの「混乱薬」は濃くならず、そばに立って恨みを晴らすかのようにそれを楽しんで見ていたスネイプは、次の生徒に移る前に、どうやらゼロのような数字をノートに書き込んだ。

そのあとは真夜中に一番高い塔に登っての「天文学」で、水曜の朝は「魔法史」。中世の魔女狩《がり》について、フローリアン・フォーテスキュー店のおやじさんが教えてくれたことをすべて書き綴《つづ》りながらハリーは、この息の詰まるような教室でいま、あの店のチョコ・ナッツ・サンデーが食べられたらどんなにいいだろうと思った。水曜の午後は、焼けつくような太陽の下で、温室に入っての「薬草学」だった。みな首筋を日焼けでひりひりさせながら談話室にもどり、すべてが終わる明日のいまごろを待ち焦がれた。

最後から二番目のテストは木曜の午前中、「闇の魔術に対する防衛術」だった。ルーピン先生はこれまでだれも受けたことがないような、独特の試験を出題した。戸外での障害物競走のようなもので、水魔のグリンデローが入った深いプールを渡り、赤帽のレッドキャップがいっぱい潜《ひそ》んでいる穴だらけの場所を横切り、道を迷わせようと誘うおいでおいで妖怪のヒンキーパンクをかわして沼地を通り抜け、最後に、最近捕まったまね妖怪ボガートが閉じ込められている大きなトランクに入り込んで戦うというものだ。

「上出来だ、ハリー」

ハリーがにっこりしながらトランクから出てくると、ルーピンが低い声で「満点」と言った。

うまくいったことで気分が高揚し、ハリーはしばらくそこでロンとハーマイオニーの様子を見た。ロンはレッドキャップまではうまくやったが、ヒンキーパンクに惑わされて泥沼に腰まで沈んでしまった。ハーマイオニーはすべて完璧にこなし、ボガートが潜むトランクに入ったが、一分ほどしてさけびながら飛び出してきた。

「ハーマイオニー」ルーピンが驚いて声をかけた。「どうしたんだ？」

「マ、マ、マクゴナガル先生が！　先生が、私、全科目落第だって！」

ハーマイオニーはトランクを指して絶句した。

ハーマイオニーを落ち着かせるのに、しばらく時間がかかった。ようやくいつもの自分を取りもどしたところで、ハーマイオニーはハリー、ロンと連れ立って城へと向かった。ロンはハーマイオニーのボガート騒ぎをちくちくとからかったが、口げんかにならずにすんだのは、正面玄関の階段の上にいる人物を目にしたからだった。コーネリウス・ファッジが、細縞《ほそじま》のマントを着て、汗をかきながら校庭を見つめている。ハリーの姿を見つけ、ファッジが驚いた。

「やあ、ハリー！　試験の最中かね？　そろそろ試験も全部終わりかな？」

「はい」ハリーが答えた。

ハーマイオニーとロンは魔法大臣と親しく話すような仲ではないので、後ろでなんとなくうろうろしていた。

「いい天気だ」ファッジは湖のほうを見やった。「それなのに……それなのに」

ファッジは深いため息をつくと、ハリーを見下ろした。

「ハリー、あまりうれしくないお役目できたんだがね。『危険生物処理委員会』が、私に狂暴なヒッポグリフの処刑に立ち会って欲しいと言うんだ。ブラック事件の状況を調べるのにホグワーツにくる必要もあったので、ついでに立ち会ってくれというわけだ」

「もう再審理は終わったということですか？」ロンが思わず進み出て口を挟んだ。

「いや、いや。今日の午後の予定だがね」ファッジは興味深げにロンを見た。

「それだったら、処刑に立ち会う必要なんか全然なくなるかもしれないじゃないですか！」ロンが頑《がん》として言った。「ヒッポグリフは自由になるかもしれない！」

ファッジが答える前に、その背後の扉を開けて、城の中から二人の魔法使いが現れた。一人はよぼよぼで、見ている目の前で萎《しな》び果てていくような大年寄り。もう一人は真っ黒な細い口ひげを生やした、がっしりと大柄の魔法使いだ。「危険生物処理委員会」の委員にちがいない、とハリーは納得した。大年寄りが目をしょぼつかせてハグリッドの小屋のほうを見ながら、か細い声でこう言ったからだ。

「やぁれやれ、わしゃ年じゃで、こんなことはもう……ファッジ、二時じゃったかな？」

黒ひげの男はベルトに挟んだなにかを指でいじっていた。ハリーがよく見ると、太い親指でピカピカの斧の刃をなで上げている。ロンが口を開いてなにか言いかけたが、ハーマイオニーがロンの脇腹を小突《こづ》いて玄関ホールへと顎《あご》で促した。

「なんで止めたんだ？」昼食を食べに大広間に入りながら、ロンが怒って聞いた。「あいつら、見たか？　斧まで用意してきてるんだぜ。どこが公正審理だって言うんだ！」

「ロン、あなたのお父さま、魔法省で働いてるんでしょ？　お父さまの上司に向かって、そんなこと言えないわよ！」

ハーマイオニーはそう言いながらも、自身も相当うろたえているようだった。

「ハグリッドが今度は冷静になって、ちゃんと弁護しさえすれば、バックビークを処刑できるはずないじゃない……」

ハーマイオニー自身、自分の言っていることを信じていないことが、ハリーにはよくわかった。まわりではみなが昼食をとりながら、午後には試験がすべて終わるのを楽しみに、興奮してはしゃいでいた。しかし、ハリーとロン、ハーマイオニーは、ハグリッドとバックビークのことが心配で、とてもはしゃぐ気にはなれなかった。

ハリーとロンの最後の試験は「占い学」、ハーマイオニーは「マグル学」だった。大理石の階段を三人一緒に上り、二階の廊下でハーマイオニーが去り、ハリーとロンは八階まで上がった。トレローニー先生の教室に上る螺旋《らせん》階段にはクラスの他の生徒が大勢腰掛け、最後の詰め込みをしていた。

二人が座ると、「一人ひとり試験するんだって」と隣のネビルが教えた。ネビルの膝《ひざ》には、『未来の霧を晴らす』の教科書が置かれ、水晶玉のページが開かれていた。

「君たち、水晶玉の中に、なんでもいいんだけど、なにか見えたことある？」ネビルは惨《みじ》めそうに聞いた。

「ないさ」ロンは気のない返事をした。始終時計を気にしている。バックビークの再審理まであとどのくらいなのかが気になるのだ、とハリーにはわかった。

教室の外で待つ列は、なかなか短くならなかった。銀色の梯子《はしご》を一人降りてくるたびに、待っている生徒が小声で聞いた。

「先生になんて聞かれた？　大したことなかった？」

全員が答えを拒否した。

「もしそれを君たちにしゃべったら、僕、ひどい事故にあうって、トレローニー先生が水晶玉にそう出てるって言うんだ！」梯子を下りてきたネビルが、順番が進んで踊り場のところまできていたハリーとロンにかん高い声でそう言った。

「勝手なもんだよな」ロンがフフンと鼻を鳴らした。「ハーマイオニーが当たってたような気がしてきたよ（ロンは頭上の撥《は》ね戸《ど》に向かって親指を突き出した）。まったくインチキばあさんだ」

「まったくだ」ハリーも自分の時計を見た。すでに二時だった。「急いでくれないかなぁ……」

パーバティが誇らしげに顔を輝かせて梯子《はしご》を降りてきた。

「わたし、本物の占い師としての素質をすべて備えてるんですって」ハリーとロンにそう告げた。「わたし、いろぉんなものが見えたわ……じゃ、がんばってね！」

パーバティは螺旋階段を下り、急いでラベンダーのところに行った。

「ロナルド・ウィーズリー」聞きなれた、あの霧のかなたの声が、頭の上から聞こえてきた。ロンはハリーに向かってしかめ面をして見せ、それから銀の梯子を上って姿が見えなくなった。ハリーが最後の一人だった。床に座り、背中を壁にもたせかけ、夏の陽射しを受けた窓辺でハエがブンブン飛び回る音を聞きながら、ハリーの心は校庭の向こうのハグリッドのところに飛んでいた。

二十分も経ったろうか。やっとロンの大足が梯子の上に現れた。

「どうだった?」ハリーは立ち上がりながら聞いた。

「あほくさ。なんにも見えなかったからでっち上げたよ。先生が納得したとは思わないけどさ……」

トレローニー先生の声が「ハリー・ポッター!」と呼んだ。

「談話室で会おう」ハリーが小声で言った。

塔のてっぺんの部屋はいつもよりいっそう暑かった。カーテンは閉め切られ、火は燃えさかり、いつものむっとするような香りでハリーは咽《む》せ込んだ。大きな水晶玉の前で待っているトレローニー先生のところまで、椅子やテーブルがごった返している中をハリーはつまずきながら進んだ。

「こんにちは。いい子ね」先生は静かに言った。「この玉をじっと見てくださらないこと……ゆっくりでいいのよ……。それから、中になにが見えるか、教えてくださいましな……」

ハリーは水晶玉に覆いかぶさるようにしてじっと見た。白い靄《もや》が渦巻いている以外になにか見えますようにと、必死で見つめた。しかし、なにも起こりはしない。

「どうかしら？」トレローニー先生がそれとなく促した。「なにか見えて？」

暑くてたまらない。それに、すぐ横の暖炉から煙とともに漂ってくる香りが、ハリーの鼻の穴を刺激する。ハリーはロンがいましがた言ったことを思い出し、見えるふりをすることにした。

「えぇっと、黒い影……ふーむ……」

「なんに見えますの？」トレローニー先生がささやいた。「よぉく考えて……」

ハリーはあれこれ思い巡らして、バックビークにたどり着いた。

「ヒッポグリフです」ハリーはきっぱり答えた。

「まあ！」

トレローニー先生はささやくようにそう言うと、膝《ひざ》の上にちょこんと載っている羊《よう》皮紙《ひし》になにやら熱心に走り書きをした。

「あなた、気の毒なハグリッドと魔法省の揉《も》め事の行方を見ているのかもしれませんわ。よぉくご覧なさい……ヒッポグリフの様子を……。首はついているかしら？」

「はい」ハリーはきっぱりと言った。

「本当に？」先生は答えを促した。「本当に、そう？　もしかしたら、地面でのた打ち回っている姿が見えないかしら。その後ろで斧を振り上げている黒い影が見えないこと？」

「いいえ！」ハリーは吐き気がしてきた。

「血は？　ハグリッドが泣いていませんこと？」

「いいえ！」

ハリーは繰り返した。とにかくこの部屋を出たい、暑さから逃れたいと、ますます強く願った。

「元気そうです。それに――飛び去るところです……」

トレローニー先生がため息をついた。

「それじゃ、ね、ここでおしまいにいたしましょう。……ちょっと残念でございますわ……でも、あなたはきっとベストを尽くしたのでしょう」

ハリーはほっとして立ち上がり、鞄を取り上げて帰りかけた。すると、ハリーの背後から、太い荒々しい声が聞こえた。

「事は今夜起こるぞ」

ハリーはくるりと振り返った。トレローニー先生が、虚ろな目をして口をだらりと開け、肘掛椅子《ひじかけ》に座ったまま硬直していた。

「な、なんですか？」ハリーが聞いた。

しかし、トレローニー先生はまったく聞こえていないようだ。目がぎょろぎょろ動きはじめた。ハリーは戦慄《せんりつ》してその場に立ちすくんだ。先生はいまにも引きつけの発作を起こしそうだった。ハリーは医務室に駆けつけるべきかどうか迷った。――すると、トレローニー先生がまた話しはじめた。いつもの声とはまったくちがう、さっき聞いた荒々しい声だった。

「闇の帝王は、友もなく孤独に、朋輩《ほうばい》に打ち棄てられて横たわっている。その召使いは十二年間鎖につながれていた。今夜、真夜中になる前、その召使いは自由の身となり、ご主人様のもとに馳《は》せ参ずるであろう。闇の帝王は、召使いの手を借り、ふたたび立ち上がるであろう。以前よりさらに偉大に、より恐ろしくなって。今夜だ……真夜中前……召使いが……そのご主人様の……もとに……馳せ参ずるであろう……」

トレローニー先生の頭がガクッと前に傾き、胸の上に落ちた。ウゥーッとうめくような声を出したかと思うと、先生の首がまたピンと起き上がった。

「あら、ごめんあそばせ」先生が夢見るように言った。「今日のこの暑さでございましょ……あたくし、ちょっとうとうとと……」

ハリーはその場に突っ立ったままだった。

「まあ、あなた、どうかしまして？」

「先生は――先生はたったいまおっしゃいました。――闇の帝王がふたたび立ち上がる……その召使いが帝王のもとにもどる……」

トレローニー先生は仰天した。

「闇の帝王？『名前を言ってはいけないあの人』のことですの？　まあ、坊や、そんなこと、冗談にも言ってはいけませんわ……ふたたび立ち上がるなんて……」

「でも、先生がたったいまおっしゃいました！　先生が、闇の帝王が――」

「坊や、きっとあなたもうとうとしたのでございましょう！　あたくし、そこまでとてつもない予言をするほど、厚かましくございませんことよ！」

ハリーは梯子《はしご》を降り、螺旋《らせん》階段を下りながら考え込んだ。……トレローニー先生が本物の予言をするのを聞いてしまったのだろうか？　それとも試験の最後を飾る、先生独特の演出だったのだろうか？

五分後、ハリーは、グリフィンドール塔の入口を警備するトロールの横を大急ぎで通り過ぎた。トレローニー先生の言葉が頭の中でまだ響いている。笑いさざめく人波が冗談を飛ばしながら、ハリーと逆の方向に元気よく流れていった。待ち焦がれていた自由を、校庭で少しばかり楽しもうというわけだ。ハリーが肖像画の穴にたどり着き談話室に入るころには、もうほとんどだれもいなくなっていた。しかし隅に、ロンとハーマイオニーの二人が座っていた。

「トレローニー先生が」ハリーが息をはずませながら言った。「いましがた僕に言ったんだ――」

しかし、二人の顔を見て、ハリーはハッと言葉を呑《の》んだ。

「バックビークが負けた」ロンが弱々しく言った。「ハグリッドがいまこれを送ってよこした」

ハグリッドの手紙は、今度は涙が滲《にじ》んで濡れてはいなかった。しかし書きながら激しく手が震えたらしく、ほとんど字が判読できなかった。

再審理もだめだった。日没に処刑だ。おまえさんたちにできるこたぁなんにもねえんだから、くるなよ。おまえさんたちには見せたくねえ。

「行かなきゃ」ハリーが即座に言った。「ハグリッドが一人で死刑執行人を待つなんて、そんなことさせられないよ」

「でも、日没だ」死んだような目つきで窓の外を見つめながらロンが言った。「絶対許可してもらえないだろうし……ハリー、とくに君は……」

「『透明マント』さえあればなあ……」ハリーは頭を抱えて考え込んだ。

「どこにあるの？」ハーマイオニーが聞いた。

ハリーは、隻眼《せきがん》の魔女像の下にある抜け道に置いてきた次第を説明し、締《し》めくくりにこう言った。

「……あの辺でまたスネイプに見つかったりしたら、僕、とっても困ったことになるよ」

「それはそうだわ」ハーマイオニーが立ち上がった。「スネイプが見かけるのがあたならね。……魔女の背中のコブはどうやって開けばいいの？」

「それは――それは、杖《つえ》でたたいて『ディセンディウム――降下』って唱えるんだ。でも――」

ハーマイオニーは最後まで聞かずにさっさと談話室を横切り、「太った婦人《レディ》」の肖像画を開け、姿を消した。

「まさか、取りにいったんじゃ？」ロンが目をみはってその後ろ姿を追った。

その、まさかだった。十五分後、ハーマイオニーは、大事そうにたたんだ銀色の「透明マント」をローブの下に入れて現れた。

「ハーマイオニー、最近、どうかしてるんじゃないのか！」ロンが度胆《どぎも》を抜かれたように言った。「マルフォイはひっぱたくわ、トレローニー先生のクラスは飛び出すわ――」

ハーマイオニーはちょっと得意げな顔をした。

三人は他の生徒たちと一緒に夕食に下りたが、そのあとグリフィンドール塔へはもどらなかった。ハリーは「透明マント」をローブの前に隠し、ふくらみを隠すのに両腕はずっと組んだままでいた。玄関ホールの隅にある、だれもいない小部屋に三人はこっそり隠れ、聞き耳を立ててみながいなくなるのを確かめた。最後の二人組がホールを急ぎ足で横切り、扉がバタンと閉まる音を聞いてから、ハーマイオニーが小部屋から首を突き出して扉のあたりを見回した。

「オッケーよ」ハーマイオニーがささやいた。「だれもいないわ。──『マント』を着て──」

だれにも見えないよう、三人はぴったりくっついて歩いた。マントに隠れ、抜き足差し足で玄関ホールを横切り、石段を下りて校庭に出た。太陽はすでに「禁じられた森」の向こうに沈みかけ、木々の梢が金色《こんじき》に輝いていた。

ハグリッドの小屋にたどり着いて戸をノックする。一分ほど、答えがなかった。やっと現れたハグリッドは、蒼《あお》ざめた顔で震えながらだれがきたのかとそこら中を見回した。

「僕たちだよ」ハリーがひそひそ声で言った。「『透明マント』を着てるんだ。中に入れて。そしたらマントを脱ぐから」

「きちゃなんねえだろうが！」ハグリッドはそうささやきながらも、一歩下がった。三人は中に入った。ハグリッドが急いで戸を閉め、ハリーはマントを脱いだ。ハグリッドは泣いてもおらず、三人の首にかじりついてもこなかった。自分がいったいどこにいるのか、どうしたらいいのか、まったく意識がない様子だった。茫然《ぼうぜん》自失のハグリッドを見るのは、涙を見るより辛《つら》かった。

「茶、飲むか？」ヤカンに伸びたハグリッドの大きな手が、ブルブル震えていた。

「ハグリッド、バックビークはどこ？」ハーマイオニーがためらいがちに聞いた。

「おれ――おれ、あいつを外に出してやった」

ハグリッドはミルクを容器に注ごうとして、テーブル一杯にこぼした。

「おれのかぼちゃ畑さ、つないでやった。木やなんか見たほうがいいだろうし――新鮮な空気も吸わせて――そのあとで――」

ハグリッドの手が激しく震え、持っていたミルク入れが手から滑り落ち、粉々になって床に飛び散った。

「私がやるわ、ハグリッド」

ハーマイオニーが急いで駆け寄り、床をきれいに拭《ふ》きはじめた。

「戸棚にもう一つある」

ハグリッドは座り込んで額《ひたい》を袖《そで》で拭《ぬぐ》った。ハリーはロンをちらりと見たが、ロンもどうしようもないという目つきでハリーを見返した。

「ハグリッド、だれでもいい、なんでもいいから、できることはないの?」

ハリーはハグリッドと並んで腰掛け、語気を強めて聞いた。

「ダンブルドアは――」

「ダンブルドアは努力なさった。だけんど、委員会の決定を覆す力はお持ちじゃねえ。ダンブルドアは連中に、バックビークは大丈夫だって言いなすった。――だけんど、連中は怖気《おじけ》づいて……ルシウス・マルフォイがどんなやつか知っちょろうが……連中を脅《おど》したんだ、そうなんだ……。そんで、処刑人のマクネアはマルフォイの昔っからのダチだし……。だけんど、あっという間にスッパリいく……おれがそばについててやるし……」

ハグリッドはゴクリと唾を飲み込んだ。わずかの望み、慰めのかけらを求めるかのように、ハグリッドの目が小屋のあちこちを虚《うつ》ろにさまよった。

「ダンブルドアがおいでなさる。ことが――事《こと》が行われるときに。今朝手紙をくださった。おれの――おれのそばにいたいとおっしゃる。偉大なお方だ、ダンブルドアは……」

代わりのミルク入れを探して、ハグリッドの戸棚をかき回していたハーマイオニーが、こらえ切れずに小さく、短く、すすり泣きを漏《も》らした。ミルク入れを手に持ち、ハーマイオニーは背筋を伸ばして、ぐっと涙をこらえた。

「ハグリッド、私たちもあなたと一緒にいるわ」

しかし、ハグリッドはもじゃもじゃ頭を振った。

「おまえさんたちは城にもどるんだ。言っただろうが、おまえさんたちにゃ見せたくねえ。それに、はじめっから、ここにきてはなんねえんだ……ファッジやダンブルドアが、おまえさんたちが許可ももらわずに外にいるのを見つけたら、ハリー、おまえさん、やっかいなことになるぞ」

声もなく、ハーマイオニーの頬を涙が流れ落ちていた。しかし、ハグリッドに見せまいと、ハーマイオニーはお茶の支度にせわしなく動き回っていた。ミルクを瓶《びん》から容器に注ごうとしていたハーマイオニーが、突然さけび声を上げた。

「ロン！　し——信じられないわ——スキャバーズよ！」

ロンは口をポカンと開けてハーマイオニーを見た。

「なにを言ってるんだい？」

ハーマイオニーがミルク入れをテーブルに持ってきてひっくり返した。キーキー大騒ぎしながら、ミルク入れの中にもどろうともがいているネズミのスキャバーズが、テーブルの上に滑り落ちてきた。

「スキャバーズ！」ロンは呆気《あっけ》に取られた。「スキャバーズ、こんなところで、いったいなにをしてるんだ？」

ロンはジタバタするスキャバーズを鷲《わし》づかみにし、明かりにかざした。スキャバーズはボロボロだった。前よりやせこけ、毛がバッサリ抜けてあちらこちらが大きく禿《は》げている。しかもロンの手の中で身をよじって、必死に逃げようとしている。

「大丈夫だってば、スキャバーズ！　猫はいないよ！　ここにはおまえを傷つけるものはなんにもないんだから！」

ハグリッドが急に立ち上がった。目は窓に釘づけになり、いつもの赤ら顔が羊皮紙《ようひし》色になっていた。

「連中がきおった……」

ハリー、ロン、ハーマイオニーが振り向いた。遠くの城の階段を何人かが下りてくる。先頭はアルバス・ダンブルドア。銀色のひげが沈みかけた太陽を映して輝いている。その隣をせかせか歩いているのはコーネリウス・ファッジだ。二人の後ろからは、委員会メンバーの一人のよぼよぼの大年寄りと死刑執行人のマクネア。

「おまえさんら、行かねばなんねえ」ハグリッドは体の隅々まで震えていた。「ここにいるとこを連中に見つかっちゃなんねえ……行け、はよう……」

ロンはスキャバーズをポケットに押し込み、ハーマイオニーは「マント」を取り上げた。

「裏口から出してやる」ハグリッドが言った。

ハグリッドについて、三人は裏庭に出た。ハリーはなんだか現実のこととは思えなかった。ほんの数メートル先、かぼちゃ畑の後ろの木につながれているバックビークを見ると、ますます本当のこととは思えなかった。バックビークはなにかが起こっていると感じているらしい。猛々しい頭を左右に振り、不安げに地面をかいている。

「大丈夫だ、ビーキー」ハグリッドがやさしく言った。「大丈夫だぞ……」そして三人を振り返り、「行け」と言った。「もう行け」

三人は動かなかった。

「ハグリッド、そんなことできないよ――」

「僕たち、本当はなにがあったのか、あの連中に話すよ――」

「バックビークを殺すなんて、だめよ――」

「行け!」ハグリッドがきっぱりと言った。「おまえさんたちが面倒なことになったら、ますます困る。そんでなくても最悪なんだ!」

しかたなかった。ハーマイオニーがハリーとロンに「マント」をかぶせると同時に、小屋の前で人声がした。ハグリッドは三人が消えたあたりを見た。

「急ぐんだ」ハグリッドの声がかすれた。「聞くんじゃねえぞ……」

だれかが戸をたたいている。同時にハグリッドが大股で小屋に入っていった。

ゆっくりと、ハリー、ロン、ハーマイオニーは、恐怖で魂が抜けたかのように押し黙ってハグリッドの小屋を離れた。小屋の反対側に出ると、表の戸がバタンと閉まるのが聞こえた。

「お願い、急いで」ハーマイオニーがささやいた。「耐えられないわ、私、とっても……」

三人は城に向かう芝生を登った。太陽は沈む速度を速め、空はうっすらと紫を帯びた透明な灰色に変わっている。だが、西の空はまだルビーのように紅《あか》く燃えていた。

ロンはぴたっと立ち止まった。

「ロン、お願いよ」ハーマイオニーが急かした。

「スキャバーズが──こいつ、どうしても──じっとしてないんだ──」

ロンは、スキャバーズをポケットに押し込もうと前屈《かが》みになったが、ネズミは大暴れで狂ったようにキーキー鳴き、ジタバタと身をよじりロンの手に噛《か》みつこうとした。

「スキャバーズ、僕だよ。このバカヤロ、ロンだってば」ロンが声を殺して言った。

三人の背後で戸が開く音がして、人声が聞こえた。

「ねえ、ロン、お願いだから、行きましょう。いよいよやるんだわ！」

ハーマイオニーがひそひそ声で言った。

「ああ――スキャバーズ、じっとしてろったら――」

三人は前進した。ハリーは、ハーマイオニーと同じ気持ちで、背後の低く響く声を聞くまいと努力した。ロンがまた立ち止まった。

「こいつを押さえてられないんだ。――スキャバーズ、こら、黙れ。みんなに聞こえっちまうよ――」

ネズミはキーキーわめき散らしていたが、その声でさえハグリッドの庭から聞こえてくる音をかき消すことはできなかった。交じり合い、だれという区別もつかない男たちの声がふと静かになったかと思うと、突如、シュッ、ドサッとまぎれもない斧の音。

ハーマイオニーがよろめいた。

「やってしまった！」ハリーに向かってハーマイオニーが小さな声で言った。

「し、信じられないわ――あの人たち、やってしまったんだわ！」

第17章　猫、ネズミ、犬

ハリーはショックで頭の中が真っ白になった。「透明マント」の中で、三人は恐怖に立ちすくんでいた。沈みゆく太陽の最後の光が血のような明かりを投げかけ、地上に長い影を落としていた。三人の背後から、荒々しく吠えるような声が聞こえた。

「ハグリッドだ」

ハリーがつぶやいた。我を忘れ、ハリーは引き返そうとした。しかし、ロンとハーマイオニーがハリーの両腕を押さえた。

「もどれないよ」ロンが蒼白《そうはく》な顔で言った。「僕たちが会いにいったことが知れたら、ハグリッドの立場はもっと困ったことになる……」

ハーマイオニーは浅く乱れた息をしていた。

「どうして――あの人たち――こんなことができるの？」ハーマイオニーは声を詰っまらせた。「本当にどうして――こんなことが――できるっていうの？」

「行こう」ロンは歯をガチガチ言わせていた。

三人は「マント」にしっかり隠れるようにゆっくり歩き、また城へと向かった。急速に日が陰ってきた。広い校庭に出るころには、闇がとっぷりと呪文のように三人を覆った。

「スキャバーズ、じっとしてろ」

ロンが手で胸をぐっと押さえながら、低い声で言った。ネズミは狂ったようにもがいていた。ロンが突然立ち止まり、スキャバーズをむりやりポケットのさらに奥へ押し込もうとした。

「いったいどうしたんだ？　このばかネズミめ。じっとしてろ——あいたっ！　こいつ噛《か》みやがった！」

「ロン、静かにして！」ハーマイオニーがさし迫った声でささやいた。「ファッジがいまにもここにやってくるわ——」

「こいつめ——なんでじっと——してないんだ——」

スキャバーズはひたすら怖がっていた。ありったけの力で身をよじり、にぎりしめているロンの手からなんとか逃れようとしている。

「まったく、こいつったら、いったいどうしたんだろう？」

しかし、まさにそのとき、ハリーは見た——地を這《は》うように身を伏せてこちらに向かって忍びよるものを。暗闇に無気味に光る大きな黄色い目――クルックシャンクスだ。三人の姿が見えるのか、それともスキャバーズのキーキー声を追ってくるのか、ハリーにはわからなかった。

「クルックシャンクス！」ハーマイオニーがうめいた。「だめ。クルックシャンクス、あっちに行きなさい！　行きなさいったら！」

しかし、猫はますます近づいてきた――。

「スキャバーズ――だめだ！」

遅かった――ネズミはしっかりにぎったロンの指の間をすり抜け、地面にボトッと落ちると遮二無二《しゃにむに》逃げ出した。クルックシャンクスがひとっ跳《と》びしてそのあとを追いかける。ハリーとハーマイオニーが止める間もなく、ロンは「透明マント」をかなぐり捨て、猛スピードで暗闇の中に消え去った。

「ロン！」ハーマイオニーがうめいた。

二人は顔を見合わせ、それから大急ぎで追いかけた。マントをかぶっていたのでは、全速力で駆けるのはむりだ。二人はマントを脱ぎ捨て、後ろに旗のようになびかせながら、ロンを追って疾走《しっそう》した。前方にロンの駆ける足音と、クルックシャンクスをどなりつける声が聞こえる。

「スキャバーズから離れろ――離れるんだ――スキャバーズこっちへおいで――」

ドサッと大きな音がした。

「捕まえた！　とっとと消えろ、いやな猫め――」

ハリーとハーマイオニーは、危うくロンにつまずくところだった。ロンのぎりぎり手前で二人は急ブレーキをかけた。ロンは地面にべったり腹這《はらば》いになっている。スキャバーズをポケットにしまい、その震えるポケットのふくらみを、ロンは両手でしっかり押さえていた。

「ロン――早く――マントに入って――」ハーマイオニーがゼイゼイ言いながら促した。「ダンブルドア――大臣――みんなもうすぐもどってくるわ――」

しかし息を整える間もなく、ふたたびマントをかぶる前に三人は、なにか巨大な生き物が忍びやかに走る足音を聞いた。暗闇の中、なにかがこちらに向かって跳躍してくる。――巨大な、薄灰色の目をした、真っ黒な犬だ。

ハリーは杖《つえ》に手をかけた。しかし、遅かった。――犬は大きくジャンプした前足でハリーの胸を打ち、ハリーはのけ反って倒れた。倒れ際にハリーは、渦巻く黒い毛の中に熱い息を感じ、数センチもの長い牙《きば》が並んでいる犬の口を見た――。

しかし、犬は勢い余ってハリーを通り越し、離れた芝生の上にもんどり打った。肋骨《ろっこつ》が折れたような痛みを感じ、くらくらしながらもハリーは立ち上がろうとした。犬が態勢を立て直し、新たな攻撃《こうげき》をかけようとうなっているのが聞こえる。

ロンは立っていた。犬がもう一度三人に跳びかかってくるや、ロンはハリーを押して逃がした。犬の両顎《りょうあご》が、ハリーを押すために伸ばしたロンの腕をとらえた。ハリーは野獣《やじゅう》につかみかかり、むんずと毛をにぎったが、犬はまるでボロ人形でもくわえていくように、やすやすとロンを引きずっていく。

突然、どこからともなく、なにかがハリーの横っ面を張り、ハリーはまたしても仰向けに倒れてしまった。ハーマイオニーが痛みで悲鳴を上げ、倒れる音が聞こえた。ハリーは目に流れ込む血を瞬《まばた》きで払い退《の》けて、杖をまさぐった――。

「ルーモス！　光よ！」ハリーは小声で唱えた。

杖灯《つえあか》りに照らし出されたのは、太い木の幹だった。スキャバーズを追って、「暴《あば》れ柳《やなぎ》」の樹の下に入り込んでいたのだ。まるで強風にあおられるかのように枝を軋《きし》ませ、「暴れ柳」は二人をそれ以上近づけまいと、前に後ろに枝をたたきつけている。

そして、その「暴れ柳」の木の根元に、あの犬がいた。根元に大きく開いた隙間に、ロンを頭から引きずり込もうとしている――ロンは激しく抵抗していたが、頭が、そして胴が次第に見えなくなっていった――。

「ロン！」ハリーは大声を出し、あとを追おうとしたが、太い枝が空を切って殺人パンチを繰り出してくるので、ハリーはまた後ずさりせざるをえなかった。

もうロンの片足しか見えなくなった。それ以上地中に引き込まれまいと、ロンは足をくの字に曲げて根元に引っかけ、食い止めていた。やがて、バシッとまるで銃声のような恐ろしい音が闇に響いた。ロンの足が折れたのだ。次の瞬間、ロンの足が見えなくなった。

「ハリー――助けを呼ばなくちゃ――」ハーマイオニーがさけんだ。血を流している。「柳」がハーマイオニーの肩を切っていた。

「だめだ！　あいつはロンを食ってしまうほど大きいんだ。助けを呼んでる時間なんてない――」

「だれか呼ばないと、絶対あそこには入れないわ――」

大枝がまたしても二人になぐりかかってきた。小枝が握り拳《こぶし》のように固く結ばれている。

「あの犬が入れるなら、僕たちにもできるはずだ」

ハリーはあちらこちらを跳び回り、息を切らしながら、凶暴な大枝の攻撃をかいくぐる道をなんとかして見つけようとした。しかし、パンチの届かない距離から、一歩も根元に近づくことはできない。

「ああ、だれか、助けて」ハーマイオニーは、その場でおろおろ走り回りながら、半狂乱になってつぶやき続けた。「だれか、お願い……」

クルックシャンクスがさーっと前に出た。なぐりかかる大枝の間を、まるで蛇《へび》のようにすり抜け、両前足を木の節《ふし》の一つに乗せた。

突如、「柳」はまるで大理石の置物になったように動きを止めた。木の葉一枚そよともしない。

「クルックシャンクス！」ハーマイオニーはわけがわからず小声でつぶやいた。「この子、どうしてわかったのかしら――？」

ハーマイオニーはハリーの腕を痛いほどきつくにぎっていた。

「あの犬の仲間なんだ」ハリーは厳しい顔で言った。「僕、二匹が連れ立っているところを見たことがある。行こう――君も杖《つえ》を出しておいて――」

木の幹までは一気に近づいたが、二人が根元の隙間にたどり着く前に、クルックシャンクスが瓶洗《びんあら》いブラシのような尻尾《しっぽ》を打ち振り、するりと先に滑り込んだ。ハリーが続いた。頭を先にして、這《は》って進み、傾斜のある狭い土のトンネルをハリーは底まで滑り降りた。クルックシャンクスが少し先を歩いている。ハリーの杖灯《つえあか》りに照らされ、目がランランと光っていた。すぐあとからハーマイオニーが滑り降りてきて、ハリーと並んだ。

「ロンはどこ？」ハーマイオニーが怖々《こわごわ》ささやいた。

「こっちだ」ハリーはクルックシャンクスのあとを、背中を丸めてついていった。

「このトンネル、どこに続いているのかしら？」後ろからハーマイオニーが息を切らして聞いた。

「わからない……『忍《しの》びの地図《ちず》』には書いてあるんだけど、フレッドとジョージはこの道はだれも通ったことがないって言ってた。この道の先は地図の端からはみ出してる。でもどうもホグズミードに続いてるみたいなんだ……」

二人はほとんど体を二つ折りにして、急ぎに急いだ。クルックシャンクスの尻尾《しっぽ》が見え隠れしている。通路は延々と続く。少なくとも、ハニーデュークス店に続く通路と同じくらい長く感じられた。ハリーはロンのことしか頭になかった。あの巨大な犬はロンになにかしてはいないだろうか……背を丸めて走りながら、ハリーの息遣《いきづか》いは荒く、苦しくなっていた。

トンネルが上り坂になった。やがて道がねじ曲がり、クルックシャンクスの姿が消えた。代わりに、小さな穴から漏《も》れるぼんやりした明かりがハリーの目に入った。

ハリーとハーマイオニーは小休止して息を整え、ふたたびじりじりと前進した。二人とも明かりの向こうにあるものを見ようと杖を構えた。

部屋があった。雑然とした埃《ほこり》っぽい部屋だ。壁紙ははがれかけ、床は染みだらけで、家具という家具は、まるでだれかが打ち壊したかのように破損していた。窓という窓にはすべて板が打ちつけてある。

ハリーはハーマイオニーと目を合わせた。恐怖に強ばりながらもハーマイオニーは、こくりとうなずいている。

ハリーは穴をくぐり抜け、まわりを見回した。部屋にはだれもいない。しかし、右側のドアが開け放たれていて、薄暗いホールに続いていた。ハーマイオニーがまたハリーの腕をきつくにぎった。目を見開き、ハーマイオニーは板の打ちつけられた窓をぐるりと見回していた。

「ハリー、ここ、『叫《さけ》びの屋敷《やしき》』だわ」ハーマイオニーがささやいた。

ハリーもまわりを見回した。そばにあった木製の椅子に目が止まった。一部が大きく抉《えぐ》れ、脚の一本が完全にもぎ取られていた。

「ゴーストがやったんじゃないな」少し考えてからハリーが言った。

頭上で軋《きし》む音がした。なにかが上の階で動いたのだ。二人は天井を見上げた。ハーマイオニーがあまりにきつくハリーの腕をにぎるので、ハリーの指の感覚がなくなりかけていた。眉をちょっと上げてハーマイオニーに合図する。ハーマイオニーはまたこくりとうなずいて腕を放した。

できるだけ音を立てないよう二人は隣のホールに忍び入り、崩れ落ちそうな階段に進んだ。どこもかしこも厚い埃をかぶっている中、床と階段面だけには、なにかが引きずり上げられた跡が幅広い縞模様になって光っていた。

二人は踊り場まで上がった。

「ノックス！　消えよ！」

二人同時に唱え、二つの杖先《つえさき》の灯《あか》りが消えた。開いているドアが一つだけあった。こっそり二人が近づくと、ドアの向こうから物音が聞こえてくる。低いうめき声と、太い、大きなゴロゴロという声。二人はいよいよだと、三度目の目配せをし、三度目のこっくりをした。

杖をしっかり構えて、ハリーはドアをバンと蹴り開けた。

埃《ほこり》っぽいカーテンの掛かった壮大な四本柱の天蓋《てんがい》ベッドに、クルックシャンクスが寝《ね》そべり、二人の姿を見ると大きくゴロゴロ鳴いた。その横の床には、妙な角度に曲がった足を投げ出して、ロンが座っていた。

ハリーとハーマイオニーはロンに駆け寄った。

「ロン――大丈夫？」

「犬はどこ？」

「犬じゃなかったんだ」ロンがうめいた。痛みで歯を食いしばっている。「ハリー、罠《わな》だ――」

「えっ――？」

「あいつが犬なんだ……あいつは『動物もどき《アニメーガス》』なんだ……」

ロンがハリーの肩越しに背後を見つめた。ハリーはくるりと振り向いた。影の中に立つ男が、二人の入ってきたドアをピシャリと閉めた。

汚れ切った髪がもじゃもじゃになって肘《ひじ》まで垂れている。暗い落ち窪《くぼ》んだ眼窩《がんか》の奥にぎらぎらする目が見えなければ、まるで死体が立っていると言ってもいい。血の気のない皮膚が顔の骨にぴったりと貼りついて、まるで髑髏《どくろ》のようだ。ニヤリと笑うと黄色い歯がむき出しになった。シリウス・ブラックだ。

「エクスペリアームス！　武器よ去れ！」

ロンの杖《つえ》を二人に向け、ブラックがしわがれた声で唱えた。

ハリーとハーマイオニーの杖が二人の手から飛び出し、高々と宙を飛んでブラックの手に収まった。ブラックが一歩近づいた。その目はハリーを見据《みす》えている。

「君なら友を助けにくると思った」

かすれた声だった。声の使い方を長いこと忘れていたかのような響きだった。

「君の父親もわたしのためにそうしたにちがいない。君は勇敢だ。教師の助けを求めなかった。ありがたい……そのほうがずっと事は楽だ……」

父親についての嘲《あざけ》るような言葉が、あたかもブラックが大声で罵《ののし》ったようにハリーの耳に鳴り響いた。ハリーの胸は憎しみで煮えたぎり、恐れのかけらの入り込む余地《よち》もなかった。杖を取りもどしたかった。生まれてはじめてハリーは、身を守るためにではなく、攻撃のために杖《つえ》が欲しかった……殺すために欲しかった。我を忘れ、ハリーは身を乗り出した。するとハリーの両脇から、二組の手がハリーをつかんで引きもどした。

「ハリー、だめ！」

ハーマイオニーが凍りついたようなか細い声で言った。しかし、ロンはブラックに向かって言い放った。

「ハリーを殺すのなら、僕たちも殺すことになるぞ！」

激しい口調だった。しかし、立ち上がろうとしたことで、ロンはますます血の気を失い、しゃべりながらわずかによろめいた。

ブラックの影のような目に、なにかがキラリと光った。

「座っていろ」ブラックが静かにロンに言った。「足のけががよけいひどくなるぞ」

「聞こえたのか？」ロンの声は弱々しい。それでもロンは、痛々しい姿でハリーの肩にすがり、まっすぐ立とうとした。「僕たち三人を殺さなきゃならないぞ！」

「今夜殺すのはただ一人だ」ブラックのニヤリ笑いがますます広がった。

「なぜなんだ？」ロンとハーマイオニーの手を振り解こうとしながら、ハリーが吐き捨てるように聞いた。「以前は、そんなこと気にもしなかったじゃないか？ペティグリューを殺《や》るために、たくさんのマグルを無残に殺したじゃないか？……どうしたんだ。アズカバンで骨抜きになったのか？」

「ハリー！」ハーマイオニーが哀願するように言った。「黙って！」

「こいつが僕の父さんと母さんを殺したんだ！」

ハリーは大声を上げた。そして渾身《こんしん》の力で二人の手を振り解き、前方めがけて跳びかかった――。

魔法を忘れ、自分がやせて背の低い十三歳であることも忘れ、相手のブラックが背の高いおとなの男であることも頭になかった。できるだけ酷《むご》くブラックを傷つけてやりたい、その思い一筋だった。返り討ちにあって自分がどんなに傷ついてもかまわない……。

ハリーがそんな愚かな行為に出たのがショックだったのか、ブラックは杖を上げ遅れた。ハリーは片手でやせこけたブラックの手首をつかみ、ひねって杖先を逸《そ》らせると、もう一方の手の拳《こぶし》でブラックの横顔をなぐりつけた。二人は仰向けに倒れ壁にぶつかった――。

ハーマイオニーが悲鳴を上げ、ロンはわめいていた。ブラックの持っていた三本の杖から火花が噴射し、危うくハリーの顔を逸《そ》れたが、目もくらむような閃光《せんこう》が走った。ハリーの指は、にぎっている萎《しな》びた腕が激しくもがくのもかまわず、むしゃぶりついて放さなかった。もう一方の手は、ブラックの体のどこそこかまわず、手当たり次第になぐり続けていた。

しかし、ブラックは自由なほうの手でハリーの喉《のど》をとらえた。「もう待てない――」

「いいや」ブラックが食いしばった歯の間から言った。

指が絞《し》めつけてきた。ハリーは息が詰まり、メガネがずり落ちかけた。

すると、ブラックの体に蹴りを入れるハーマイオニーの足が見えた。ブラックは痛みにうめきながらハリーを放した。次にはロンがブラックの杖《つえ》を持った腕に体当たりし、カタカタというかすかな音がハリーの耳に入った――。

もつれ合いをやっと振り解いて立ち上がると、自分の杖が床に転がっているのが見えた。ハリーは杖に飛びついた。しかし――。

「うわーっ！」クルックシャンクスが乱闘に加わってきた。前足二本の爪《つめ》全部がハリーの腕に深々と食い込んだ。ハリーが払い退《の》けるすきに、クルックシャンクスがすばやくハリーの杖に飛びついた。

「取るな！」

ハリーは大声を出し、クルックシャンクスめがけて蹴りを入れた。猫はシャーッと鳴いて横に跳び退いた。ハリーは杖を引っつかみ、振り向いた――。

「どいてくれ！」ハリーはロンとハーマイオニーに向かってさけんだ。

いい潮時だった。ハーマイオニーは唇から血を流し、息も絶え絶えながら自分の杖と引ったくったロンの杖を持って急いで脇へ避けた。ロンは天蓋ベッドに這っていき、ばったり倒れて息をはずませていた。蒼白《そうはく》な顔がますます青ざめ、折れた足を両手でしっかりにぎっている。

ブラックは壁の下で伸びていた。やせた胸を激しく波打たせ、ブラックは、ハリーが杖をまっすぐブラックの心臓に向けながらゆっくりと近づくのを見ていた。

「ハリー、わたしを殺すのか？」ブラックがつぶやいた。

ハリーはブラックにまたがるような位置で止まった。杖をブラックの胸に向けたまま、ハリーはブラックを見下ろした。ブラックの左目の周囲は黒くあざになり、鼻血を流している。

「おまえは僕の両親を殺した」

ハリーの声は少し震えていたが、杖腕《つえうで》は微動だにしなかった。

ブラックは落ち窪《くぼ》んだ目でハリーをじっと見上げた。

「否定はしない」ブラックは静かに言った。「しかし、君がすべてを知ったら――」

「すべて？」怒りで耳の中がガンガン鳴っていた。「おまえは僕の両親をヴォルデモートに売った。それだけ知ればたくさんだ！」

「聞いてくれ」ブラックの声には緊迫《きんぱく》したものがあった。「聞かないと、君は後悔する……君にはわかっていないんだ……」

「おまえが思っているより、僕はたくさん知っている」ハリーの声がますます震えた。「おまえはあの声を聞いたことがないんだ。僕の母さんが……ヴォルデモートが僕を殺すのを止めようとして……。おまえがやったんだ……おまえが……」

どちらも次の言葉を言わないうちに、オレンジ色のものがハリーのそばをさっと通り抜けた。クルックシャンクスがジャンプしてブラックの胸の上に陣取ったのだ。ブラックの心臓の真上だ。ブラックは目を瞬《しばたた》いて猫を見下ろした。

「どけ」ブラックはそうつぶやくと、クルックシャンクスを払い退《の》けようとした。

しかし、クルックシャンクスはブラックのローブに爪を立て、てこでも動かない。つぶれたような醜い顔をハリーに向け、クルックシャンクスは大きな黄色い目でハリーを見上げた。その右で、ハーマイオニーが涙を流さずにしゃくり上げている。

ハリーはブラックとクルックシャンクスを見下ろし、杖《つえ》をますます固くにぎりしめた。猫も殺さなければならないとしたら？　だから、どうだって言うんだ。猫はブラックとグルだ……ブラックを護って死ぬ覚悟なら、勝手にすればいい……ブラックが猫を救いたいとでも言うなら、それはハリーの両親よりクルックシャンクスのほうが大切だと思っている証拠ではないか……。

ハリーは杖を構えた。やるならいまだ。いまこそ両親の敵《かたき》を取るときだ。ブラックを殺してやる。ブラックを殺さねば。いまがチャンスだ……。

何秒かがのろのろと過ぎた。そして、ハリーはまだ杖を構えたまま、凍りついたようにその場に立ち尽くしていた、ブラックはハリーをじっと見つめ、クルックシャンクスはその胸に乗ったままだった。ロンの、喘《あえ》ぐような息遣《いきづか》いがベッドのあたりから聞こえてくる。ハーマイオニーはしんとしたままだ。

新しい物音が聞こえてきた――。

床にこだまする、くぐもった足音だ。――だれかが階下で動いている。

「ここよ！」ハーマイオニーが急にさけんだ。「私たち、上にいるわ――シリウス・ブラックよ――早く！」

ブラックは驚いて身動きし、クルックシャンクスは振り落とされそうになった。ハリーは発作的に杖をにぎりしめた――やるんだ、いま！　頭の中で声がした――足音がバタバタと上がってくる。しかし、ハリーは行動に出なかった。

赤い火花が飛び散り、ドアが勢いよく開いた。ハリーが振り向くと、蒼白《そうはく》な顔で杖を構え、ルーピン先生が飛び込んできた。ルーピンの目が、床に横たわるロンをとらえ、ドアのそばですくみ上がっているハーマイオニーに移り、杖でブラックを捕らえて突っ立っているハリーを見、それからハリーの足下で血を流し、伸びているブラックその人で止まった。

「エクスペリアームス！　武器よ去れ！」ルーピンがさけんだ。

ハリーの杖がまたしても手を離れて飛び、ハーマイオニーの持っていた二本の杖も飛んだ。ルーピンは三本とも器用に捕まえ、ブラックを見据《みす》えたまま部屋の中に入ってきた。クルックシャンクスは、相変わらずブラックを護るように胸の上に横たわったままだった。

ハリーは急に虚《うつ》ろな気持ちになって立ちすくんだ。——とうとうできなかった。弱気になったんだ。ブラックは吸魂鬼《ディメンター》に引き渡される。

ルーピンが口を開いた。なにか感情を押し殺して震えているような、緊張した声だった。

「シリウス、あいつはどこだ？」

ハリーは一瞬ルーピンを見た。なにを言っているのか、理解できなかった。だれのことを話しているのだろう？　ハリーはまたブラックを見た。

ブラックは無表情だった。数秒間、ブラックはまったく動かなかった。それから、ゆっくりと手を上げたが、その手はまっすぐにロンを指していた。いったいなんなのだと訝《いぶか》りながら、ハリーはロンをちらりと見た。ロンも当惑しているようだ。

「しかし、それなら……」

ルーピンはブラックの心を読もうとするかのように、じっと見つめながらつぶやいた。

「……なぜいままで正体を現さなかったんだ？　もしかしたら――」

ルーピンは急に目を見開いた。まるでブラックを通り越してなにかを見ているような、他のだれにも見えないものを見ているような目だ。

「――もしかしたら、あいつがそうだったのか……もしかしたら、君はあいつと入れ替わりになったのか……私になにも言わずに？」

落ち窪《くぼ》んだまなざしでルーピンを見つめ続けながら、ブラックがゆっくりとうなずいた。

「ルーピン先生」ハリーが大声で割って入った。「いったいなにが――？」

ハリーの問いが途切れた。そのとき目の前で起こったことが、ハリーの声を喉元《のどもと》で押し殺してしまったからだ。ルーピンが構えた杖を下ろした。次の瞬間、ルーピンはブラックのほうに歩いていき、手を取って助け起こした。――クルックシャンクスが床に転がり落ちた。――そして、兄弟のようにブラックを抱きしめたのだ。

ハリーは胃袋の底が抜けたような気がした。

「なんてことなの！」ハーマイオニーがさけんだ。

ルーピンはブラックを放し、ハーマイオニーを見た。ハーマイオニーは床から腰を上げ、目をランランと光らせ、ルーピンを指さした。

「先生は――先生は――」

「ハーマイオニー――」

「――その人とグルなんだわ！」

「ハーマイオニー、落ち着きなさい――」

「私、だれにも言わなかったのに！」ハーマイオニーがさけんだ。「先生のために、私、隠していたのに――」

「ハーマイオニー、話を聞いてくれ。頼むから！」ルーピンも声を大きくした。「説明するから――」

ハリーはまた震えはじめるのを感じた。恐怖からではなく、新たな怒りからだった。

「僕は先生を信じてた」抑え切れずに、声を震わせ、ハリーはルーピンに向かってさけんだ。「それなのに、先生はずっとブラックの友達だったんだ！」

「それはちがう」ルーピンが言った。「この十二年間、私はシリウスの友ではなかった。しかし、いまはそうだ……説明させてくれ……」

「だめよ！」ハーマイオニーがさけんだ。「ハリー、だまされないで。この人はブラックが城に入る手引きをしてたのよ。この人もあなたの死を願ってるんだわ。――この人、狼人間なのよ！」

痛いような沈黙が流れた。いまやすべての目がルーピンに集まっていた。ルーピンは蒼《あお》ざめてはいたが、驚くほど落ち着いていた。

「いつもの君らしくないね、ハーマイオニー。残念ながら、三問中一問しか合っていない。私はシリウスが城に入る手引きはしていないし、もちろんハリーの死を願ってなどいない……」

ルーピンの顔に奇妙な震えが走った。

「しかし、私が狼人間であることは否定しない」

ロンは雄々しくも立とうとしたが、痛みに小さく悲鳴を上げてまた座り込んだ。ルーピンは心配そうにロンのほうに行きかけたが、ロンが喘《あえ》ぎながら阻止した。

「僕に近寄るな、狼男め！」

ルーピンは、はたと足を止めた。それから、ぐっとこらえて立ちなおり、ハーマイオニーに向かって話しかけた。

「いつごろから気づいていたのかね？」

「ずうっと前から」ハーマイオニーがささやくように言った。「スネイプ先生のレポートを書いたときから……」

「スネイプ先生がお喜びだろう」

ルーピンは落ち着いていた。

「スネイプ先生は、私の症状がなにを意味するのかだれか気づいてほしいと思って、あの宿題を出したんだ。月の満ち欠け図を見て、私の病気が満月と一致することに気づいたんだね？　それとも『まね妖怪《ボガート》』が私の前で月に変身するのを見て気づいたのかね？」

「両方よ」ハーマイオニーが小さな声で言った。

ルーピンはむりに笑って見せた。

「ハーマイオニー、君は、私がいままで出会った、君と同年齢の魔女のだれよりも賢いね」

「ちがうわ」ハーマイオニーが小声で言った。「私がもう少し賢かったら、みんなにあなたのことを話してたわ！」

「しかし、もう、みんな知ってることだ」ルーピンが言った。「少なくとも先生方は知っている」

「ダンブルドアは、狼人間と知っていて雇ったって言うのか？」ロンが息を呑《の》んだ。「正気かよ？」

「先生の中にもそういう意見があった」ルーピンが続けた。「ダンブルドアは、私が信用できる者だと、何人かの先生を説得するのにずいぶんご苦労なさった」

「そして、ダンブルドアはまちがってたんだ！」ハリーがさけんだ。「あなたはずっとこいつの手引きをしてたんだ！」

ハリーはブラックを指さしていた。ブラックは天蓋《てんがい》つきベッドへ歩いてゆき、震える片手で顔を覆いながらベッドに身を埋《うず》めた。クルックシャンクスがベッドに飛び上がってブラックの傍《かたわ》らにより、膝《ひざ》に乗って喉《のど》を鳴らした。ロンは足を引きずりながら、その両方からじりじりと離れた。

「私はシリウスの手引きはしていない」ルーピンが言った。「わけを話させてくれれば、説明するよ。ほら――」

ルーピンは三本の杖《つえ》を一本ずつ、ハリー、ロン、ハーマイオニーのそれぞれに放り投げ、持ち主に返した。ハリーは、呆気《あっけ》に取られて自分の杖を受け取った。

「ほぉら」

ルーピンは自分の杖をベルトに挟み込んだ。

「君たちには武器がある。私たちは丸腰だ。聞いてくれるかい？」

ハリーはどう考えていいやらわからなかった。罠《わな》だろうか？

「ブラックの手助けをしていなかったって言うなら、こいつがここにいるって、どうしてわかったんだ？」

ブラックに激しい怒りのまなざしを向けながら、ハリーが言った。

「地図だよ」ルーピンが答えた。「『忍《しの》びの地図《ちず》』だ。研究室で地図を調べていたんだ――」

「使い方を知ってるの？」ハリーが疑わしげに聞いた。

「もちろん、知っているよ」ルーピンは先を急ぐように手を振った。「私もこれを書いた一人だからね。私はムーニーだよ。――学生時代、友人は私のことをそう呼んでいた」

「先生が、書いた――？」

「そんなことより、私は今日の夕方、地図をしっかり見張っていたんだ。というのも、君と、ロン、ハーマイオニーが城をこっそり抜け出して、ヒッポグリフの処刑の前に、ハグリッドを訪ねるのではないかと思ったからだ。思ったとおりだった。そうだね？」

ルーピンは三人を見ながら、部屋を往《い》ったり来たりしはじめた。その足下で埃《ほこり》が小さな塊《かたまり》になって舞った。

「君はお父さんの『透明マント』を着ていたかもしれないね、ハリー――」

「どうして『マント』のことを？」

「ジェームズがマントに隠れるのを何度見たことか……」

ルーピンはまた先を急ぐように手を振った。

「要するに、『透明マント』を着ていても、『忍びの地図』に表れるということだよ。私は君たちが校庭を横切り、ハグリッドの小屋に入るのを見ていた。二十分後、君たちはハグリッドのところを離れ、城にもどりはじめた。しかし、今度は君たちのほかにだれかが一緒だった」

「え?」ハリーが言った。「いや、僕たちだけだった!」

「私は目を疑ったよ」

ルーピンはハリーの言葉を無視して、往ったり来たりを続けていた。

「地図がおかしくなったかと思った。あいつがどうして君たちと一緒なんだ?」

「だれもほかにはいなかった!」ハリーが言った。

「すると、もう一つの点が見えた。急速に君たちに近づいている。シリウス・ブラックと書いてあった。……ブラックが君たちにぶつかるのが見えた。君たちの中から二人を『暴《あば》れ柳《やなぎ》』に引きずり込むのを見た――」

「一人だろ!」ロンが怒ったように言った。

「ロン、ちがうね」ルーピンが言った。「二人だ」

ルーピンは歩くのをやめ、ロンを眺め回した。

「ネズミを見せてくれないか?」ルーピンは感情を抑えた言い方をした。

「なんだよ?　スキャバーズになんの関係があるんだい?」

「大ありなんだ」ルーピンが言った。「頼む。見せてくれないか?」

ロンはためらったが、ローブに手を突っ込んだ。スキャバーズが必死にもがきながら現れた。逃げようとするのを、ロンはその裸の尻尾《しっぽ》を捕まえて止めた。クルックシャンクスがブラックの膝《ひざ》の上で立ち上がり、低くうなった。

ルーピンがロンに近づいた。じっとスキャバーズを見つめながら、ルーピンは息を殺しているようだった。

「なんだよ?」ロンはスキャバーズを抱きしめ、脅えながら同じことを聞いた。「僕のネズミがいったいなんの関係があるって言うんだ?」

「それはネズミじゃない」突然シリウス・ブラックのしわがれ声がした。

「どういうこと——こいつはもちろんネズミだよ——」

「いや、ネズミじゃない」ルーピンが静かに言った。「こいつは魔法使いだ」

「『動物もどき《アニメーガス》』だ」ブラックが言った。

「名前はピーター・ペティグリュー」

第18章　ムーニー、ワームテール、パッドフット、プロングズ

突拍子もない言葉を呑《の》み込むまでに、数秒かかった。

しばらくして、ロンが、ハリーの思っていたとおりのことを口にした。

「二人ともどうかしてる」

「ばかばかしい！」ハーマイオニーもひそっと言った。

「ピーター・ペティグリューは死んだんだ！」ハリーが言った。「こいつが十二年前に殺した！」

ハリーはブラックを指さしていた。ブラックの顔がぴくりと痙攣《けいれん》した。

「殺そうと思った」ブラックが黄色い歯をむき出してうなった。

「だが、小賢《こざか》しいピーターめにしてやられた……今度はそうはさせない！」

突然ブラックがスキャバーズに襲いかかり、その勢いでクルックシャンクスは床に投げ出された。折れた足にブラックの重みがのしかかって、ロンは痛さにさけび声を

上げた。

「シリウス、よせ！」

ルーピンが飛びついて、ブラックをロンから引き離しながらさけんだ。

「待ってくれ！　そういうやり方をしてはだめだ――みんなにわかってもらわねば――説明しなければいけない――」

「あとで説明すればいい！」

ブラックはうなりながらルーピンを振りはらおうとした。片手はスキャバーズを捕らえようと空をかき続けている。スキャバーズは子豚のようにビービー鳴きながら、ロンの顔や首を引っかいて逃げようと必死だった。

「みんな――すべてを――知る――権利が――あるんだ！」

ルーピンはブラックを押さえようとして、息を切らしながら言った。

「ロンはあいつをペットにしていたんだ！　私にもまだわかっていない部分がある！　それにハリーだ。――シリウス、君はハリーに真実を話す義務がある！」

ブラックはあがくのをやめた。しかし、その落ち窪《くぼ》んだ目だけはまだスキャバーズを見据《みす》えたままだった。ロンは、噛《か》みつかれ引っかかれて血が出ているその手に、スキャバーズをしっかりにぎりしめていた。

「いいだろう。それなら」ブラックはネズミから目を離さずに言った。

「君がみんなになんとでも話してくれ。ただ、急げよ、リーマス。わたしを監獄《かんごく》に送り込んだ原因の殺人を、いまこそ実行したい……」

「正気じゃないよ。二人とも」

ロンは声を震わせ、ハリーとハーマイオニーに同意を求めるように振り返った。

「もうたくさんだ。僕は行くよ」

ロンは、折れていないほうの足でなんとか立ち上がろうとした。しかし、ルーピンがふたたび杖《つえ》を構え、スキャバーズを指した。

「ロン、最後まで私の話を聞きなさい」ルーピンが静かに言った。「ただし、聞いている間、ピーターをしっかり捕まえておいてくれ」

「ピーターなんかじゃない。こいつはスキャバーズだ！」

大声で主張しながら、ロンはネズミを胸ポケットにむりやり押しもどそうとした。しかし、スキャバーズは大暴れで逆らった。ロンはよろめき、倒れそうになった。ハリーがロンを支え、ベッドに押しもどした。それから、ハリーはブラックを無視してルーピンに言った。

「ペティグリューが死ぬところを見届けた証人がいるんだ。通りにいた、何人もの人たちが……」

「見てはいない。見たと思っただけだ」

ロンの手の中でジタバタしているスキャバーズから目を離さずに、ブラックが荒々しく言った。

「シリウスがピーターを殺したと、だれもがそう思った」ルーピンがうなずいた。「私自身もそう信じていた――今夜地図を見るまではね。『忍《しの》びの地図《ちず》』はけっして嘘はつかない。だから……ピーターは生きている。ロンがあいつをにぎっているんだよ、ハリー」

ハリーはロンを見下ろした。二人の目が合い、無言で二人とも同じことを考えた。――ブラックとルーピンはどうかしている。言っていることはまったくナンセンスだ。スキャバーズがピーターであるはずがないだろう？　やはり、ブラックはアズカバンでおかしくなったんだ。――しかし、なぜルーピンはブラックと調子を合わせる必要がある？

ハーマイオニーが、震えながら冷静を保とうと努力し、ルーピン先生にまともに話して欲しいと願うかのように話した。

「でもルーピン先生……スキャバーズがペティグリューのはずがありません。……そんなこと、あるはずないんです。先生はそのことをご存知のはずです……」

「どうしてかね？」

ルーピンは静かに言った。まるで授業中に、ハーマイオニーが水魔《グリンデロー》の実験の問題点を指摘したかのような言い方だった。

「だって……だって、もしピーター・ペティグリューが『動物もどき《アニメーガス》』なら、みんなそのことを知っているはずです。マクゴナガル先生の授業で『動物もどき』の勉強をしました。その宿題で、私、『動物もどき』を全部調べたんです。──魔法省が動物に変身できる魔法使いや魔女を記録していて、なにに変身するとか、その特徴などを書いた登録簿があります。──私、登録簿で、マクゴナガル先生が載っているのを見つけました。それに、今世紀にはたった七人しか『動物もどき』がいないんです。ペティグリューの名前はリストに載っていませんでした──」

ハーマイオニーはこんなに真剣に宿題に取り組んでいたのだ、とハリーは内心舌を巻いた。しかし驚いている間もなく、ルーピン先生が笑い出した。

「またしても正解だ、ハーマイオニー。でも、魔法省は、未登録の『動物もどき』が三匹、ホグワーツを徘徊《はいかい》していたことを知らなかったのだ」

「その話をみんなに聞かせるつもりなら、リーマス、さっさとすませてくれ」

必死にもがくスキャバーズの動きをじっと監視《かんし》し続けながら、ブラックがうなる。

「わたしは十二年も待った。もうそう長くは待てない」

「わかった……だが、シリウス、君にも助けてもらわないと。私はそもそもの始まりしか知らない……」

ルーピンの言葉が途切れた。背後で大きく軋《きし》む音がしたのだ。ベッドルームのドアがひとりでに開いた。五人がいっせいにドアを見つめた。そしてルーピンが足早にドアのほうに進み、階段の踊り場を見た。

「だれもいない……」

「ここは呪われてるんだ！」ロンが言った。

「そうではない」不審そうにドアに目を向けたままで、ルーピンが言った。『叫《さけ》びの屋敷《やしき》』はけっして呪われてはいなかった……村人がかつて聞いたというさけびや吠《ほ》え声は……私の出した声だ」

ルーピンは目にかかる白髪の交じりはじめた髪をかき上げ、一瞬思いにふけり、それから話し出した。

「話はすべてそこから始まる。――私が人狼《じんろう》になったことから。私が噛《か》まれたりしなければ、こんなことはいっさい起こらなかっただろう……そして、私があんなにも向こう見ずでなかったなら……」

ルーピンはまじめに、疲れた様子で話した。ロンが口を挟もうとしたが、ハーマイオニーが「シーッ」と言って遮《さえぎ》った。ハーマイオニーは真剣な顔でルーピンを見つめていた。

「噛まれたのは私がまだ小さいころだった。両親は手を尽くしたが、あのころは治療法がなかった。スネイプ先生が私に調合してくれた魔法薬は、ごく最近発明されたばかりだ。あの薬で私は無害になる。わかるね。満月の夜の前の一週間、あれを飲みさえすれば、変身しても自分の心を保つことができる……。自分の研究室で丸まっているだけの、無害な狼でいられる。そしてふたたび月が欠けはじめるのを待つ」

「トリカブト系の脱狼薬《だつろうやく》が開発されるまでは、私は月に一度、完全に成熟した怪物に成り果てた。ホグワーツに入学するのは不可能だと思われた。他の生徒の親にしてみれば、自分の子供を、私のような危険なものの前にさらしたくないはずだ」

「しかし、ダンブルドア先生が校長になって、私に同情してくださった。きちんと予防措置を取りさえすれば、私が学校にきてはいけない理由などないと、先生はおっしゃった……」

ルーピンはため息をついた。そしてまっすぐにハリーを見た。

「何か月も前に君に言ったと思うが、『暴《あば》れ柳《やなぎ》』は、私がホグワーツに入学した年に植えられた。本当を言うと、私がホグワーツに入学したから植えられたのだ。この屋敷は――」

ルーピンはやるせない表情で部屋を見回した。

「――ここに続くトンネルは――私が使うために作られた。一か月に一度、私は城からこっそり連れ出され、変身するためにここに連れてこられた。私が危険な状態にある間は、だれも私に出会わないようにと、あの木がトンネルの入口に植えられた」

ハリーには、この話がどういう結末になるのか見当もつかなかった。にもかかわらず、ハリーは話にのめり込んでいた。ルーピンの声のほかに聞こえるものといえば、スキャバーズが怖がってキーキー鳴く声だけだった。

「そのころの私の変身ぶりといったら——それは恐ろしいものだった。狼人間になるのはとても苦痛に満ちたことだ。噛《か》むべき対象の人間から引き離され、代わりに私は自分を噛み、引っかいた。村人はその騒ぎやさけびを聞いて、とてつもなく荒々しい霊の声だと思った。ダンブルドアはむしろ噂《うわさ》をあおった……いまでも、もうこの屋敷が静かになって何年も経つというのに、村人は近づこうともしない……」

「しかし、変身することだけを除けば、人生であんなに幸せだった時期はない。生まれてはじめて友人ができた。三人のすばらしい友が。シリウス・ブラック……ピーター・ペティグリュー……それから、言うまでもなく、ハリー、君のお父さん——ジェームズ・ポッターだ」

「さて、三人の友人が、私が月に一度姿を消すことに気づかないはずはない。私はいろいろ言い訳を考えた。母親が病気で、見舞いに家に帰らなければならなかったとか……。私の正体を知ったらとたんに私を見捨てるのではないかと、それが怖かったんだ。しかし三人は、ハーマイオニー、君と同じように、本当のことを悟ってしまった……」

「それでも三人は、私を見捨てはしなかった。それどころか私のために、あることをしてくれた。おかげで変身は辛《つら》いものでなくなったばかりか、生涯で最高の時になった。三人とも『動物もどき《アニメーガス》』になってくれたんだ」

「僕の父さんも？」ハリーは驚いて聞いた。

「ああ、そうだとも」ルーピンが答えた。「どうやればなれるのか、三人はほぼ三年の時間を費やしてやっと方法を会得した。君のお父さんもシリウスも学校一の賢い生徒だった。それが幸いした。なにしろ『動物もどき』変身は、まかりまちがえばとんでもないことになる。魔法省がこの種の変身をしようとする者を、厳しく見張っているのもそのせいなんだ。ピーターだけはジェームズやシリウスにさんざん手伝ってもらわなければならなかった。五年生になって、やっと、三人はやり遂げた。それぞれが、意のままに特定の動物に変身できるようになった」

「でも、それがどうしてあなたを救うことになったの？」ハーマイオニーが不思議そうに聞いた。

「人間だと私と一緒にいられない。だから動物として私につき合ってくれた。狼人間は人間にとって危険なだけだからね。三人は、ジェームズの『透明マント』に隠れて毎月一度こっそり城を抜け出し、そして、変身した。……ピーターは一番小さかったので、『暴れ柳《あばれやなぎ》』の枝攻撃をかいくぐり、下に滑り込んで、木を硬直させる節に触った。それから三人でそっと柳の下にあるトンネルを降り、私と一緒になった。友達の影響で、私は以前ほど危険ではなくなった。体はまだ狼のようだったが、三人と一緒にいる間、私の心は以前ほど狼ではなくなった」

「リーマス、早くしてくれ」

殺気だった凄《すさ》まじい形相でスキャバーズを睨《ね》めつけながら、ブラックがうなった。

「もうすぐだよ、シリウス。もうすぐ終わる。……そう、全員が変身できるようになったので、わくわくするような可能性が開けた。ほどなく私たちは夜になると『叫《さけ》びの屋敷《やしき》』から抜け出し、校庭や村を歩き回るようになった。シリウスとジェームズは大型の動物に変身していたので、狼人間を抑制できた。ホグワーツで、私たちほど校庭やホグズミードの隅々まで詳しく知っていた学生はいないだろうね……こうして、私たちが『忍びの地図』を作り上げ、それぞれのニックネームで地図にサインした。シリウスはパッドフット、ピーターはワームテール、ジェームズはプロングズ」

「どんな動物に——？」

ハリーが質問しかけたが、それを遮《さえぎ》って、ハーマイオニーが口を挟んだ。

「それでもまだとっても危険だわ！　暗い中を狼人間と走り回るなんて！　もし狼人間がみんなをうまく撒《ま》いて、だれかに噛《か》みついていたらどうなったと思うの？」

「それを思うと、いまでもぞっとする」

ルーピンの声は重苦しかった。

「あわや、ということがあった。何回もね。あとになってみんなで笑い話にしたものだ。若かったし、浅はかだった。――自分たちの才能に酔っていたんだ」

「もちろん、ダンブルドアの信頼を裏切っているという罪悪感を、私はときおり感じていた。……ほかの校長ならけっして許さなかっただろうに、ダンブルドアは私がホグワーツに入学することを許可した。私と周囲の者の両方の安全のためにダンブルドアが決めたルールを、私が破っているとは夢にも思わなかっただろう。私のために、三人の学友を非合法の『動物もどき《アニメーガス》』にしてしまったことを、ダンブルドアは知らなかった。しかし、みんなで翌月の冒険を計画するたびに、私は都合よく罪の意識を忘れた。そして、私はいまでもそのときと変わっていない……」

ルーピンの顔が強ばり、声には自己嫌悪の響きがあった。

「この一年というもの、私は、シリウスが『動物もどき』だとダンブルドアに告げるべきかどうか迷い、心の中でためらう自分と闘ってきた。しかし、告げはしなかった。なぜかって？　それは、私が臆病者だからだ。告げれば、学生時代にダンブルドアの信頼を裏切っていたことを認めることになり、私がほかの者を引き込んだと認めることになる。……ダンブルドアの信頼が私にとってはすべてだったのに。ダンブルドアは少年の私をホグワーツに入れてくださったし、おとなになっても、すべての社会から閉め出され、正体が正体なのでまともな仕事にも就《つ》けない私に、職場を与えてくださった。だから、私はシリウスが学校に入り込むのに、ヴォルデモートから学んだ闇の魔術を使っているにちがいないと思いたかったし、『動物もどき《アニメーガス》』であることは、それとはなんのかかわりもないと自分に言い聞かせた。……だから、ある意味ではスネイプの言うことが正しかったわけだ」

「スネイプだって？」

ブラックが鋭い声を上げた。はじめてスキャバーズから目を離し、ルーピンを見上げた。

「スネイプが、なんの関係がある？」

「シリウス、スネイプがここにいるんだ」ルーピンが重苦しく言った。「あいつもここで教えているんだ」

ルーピンは、ハリー、ロン、ハーマイオニーを見た。

「スネイプ先生は私たちと同期なんだ。私が『闇の魔術の防衛術』の教職に就くことに、先生は強硬に反対した。ダンブルドアに、私は信用できないと、この一年間言い続けていた。スネイプにはスネイプなりの理由があった。……それはね、このシリウスが仕掛けた悪戯《いたずら》で、スネイプは危うく死にかけたんだ。その悪戯には私もかかわっていた――」

ブラックが嘲《あざけ》るような声を出した。

「当然の見せしめだったよ」ブラックがせせら笑った。「こそこそ嗅《か》ぎ回って、我々のやろうとしていることを詮索《せんさく》して……。我々を退学に追い込みたかったんだ……」

「セブルスは、私が月に一度どこに行くのか、非常に興味を持った」

ルーピンは、ハリー、ロン、ハーマイオニーに向かって話し続けた。

「私たちは同学年だったんだ。それに――つまり――うむ――お互いに好きになれなくてね。セブルスはとくにジェームズを嫌っていた。妬《ねた》み、それだったと思う。クィディッチ競技のジェームズの才能をね。……とにかく、セブルスはある晩、私が校医のポンフリー先生と一緒に校庭を歩いているのを見つけた。ポンフリー先生は私の変身のために『暴《あば》れ柳《やなぎ》』へ引率していくところだった。

シリウスが――その――からかってやろうと思って、木の幹のコブを長い棒で突けば、あとをつけて穴に入ることができるよ、とスネイプに教えてやった。そう、もちろん、彼は試してみた。――もし、スネイプがこの屋敷までつけてきていたなら、完全に人狼《じんろう》になり切った私に出会っていただろう。――しかし、君のお父さんが、シリウスのやったことを聞くなり、自分の身の危険も顧みず、スネイプのあとを追いかけて、引きもどしたんだ。……しかし、スネイプは、トンネルの向こう端にいる私の姿をちらりと見てしまった。ダンブルドアが、けっして人に言ってはいけないと口止めをしたのだが、そのときから、スネイプは私が何物なのかを知ってしまった……」

「だからスネイプはあなたが嫌いなんだ」

ハリーは考えながら言った。

「スネイプはあなたもその悪ふざけにかかわっていたと思ったわけですね？」

「そのとおり、もちろんだ」

ルーピンの背後の壁のあたりから、冷たい嘲《あざけ》るような声がした。

セブルス・スネイプが「透明マント」を脱ぎ捨て、杖《つえ》をぴたりとルーピンに向けて立っていた。

第19章　ヴォルデモート卿の召使い

ハーマイオニーが悲鳴を上げた。ブラックはさっと立ち上がった。ハリーはまるで電気ショックを受けたように飛び上がった。

「『暴《あば》れ柳《やなぎ》』の根元でこれを見つけましてね」

スネイプが、杖《つえ》をまっすぐルーピンの胸に突きつけたまま、「透明マント」を脇《わき》に投げ捨てた。

「ポッター、なかなか役に立ったよ。感謝する……」

スネイプは少し息切れしてはいたが、勝利の喜びを抑え切れない顔だった。

「我輩《わがはい》がどうしてここを知ったのか、諸君は不思議に思っているだろうな？」

スネイプの目がギラリと光った。

「君の部屋に行ったのだよ、ルーピン。今夜、例の薬を飲むのを忘れていたようだから、我輩がゴブレットに入れて持っていった。持っていったのは、まことに幸運だった……我輩にとってはだがね。君の机になにやら地図があってね。一目見ただけで、我輩に必要なことはすべてわかった。君がこの通路を走っていき、姿を消すのを見たのだ」

「セブルス――」

ルーピンが言いかけたが、スネイプはかまわず続けた。

「我輩は校長に繰り返し進言した。君が旧友のブラックを手引きして城に入れているとね。ルーピン、これがいい証拠だ。いけ図々しくもこの古巣を隠れ家に使うとは、さすがの我輩も夢にも思いつかなかったよ――」

「セブルス、君は誤解している」ルーピンが切羽詰《せっぱ》まったように言った。「君は、話を全部聞いていないんだ。――説明させてくれ。――シリウスはハリーを殺しにきたのではない――」

「今夜、また二人、アズカバン行きが出る」スネイプの目がいまや狂気を帯びて光っていた。「ダンブルドアがどう思うか、見物ですな……ダンブルドアは君が無害だと信じ切っている。わかるだろうね、ルーピン……飼いならされた人狼《じんろう》さん……」

「愚かな」ルーピンが静かに言った。「学生時代の恨みで、無実の者をまたアズカバンに送り返すというのかね？」

バーン！

スネイプの杖《つえ》から細い紐《ひも》が蛇のように噴き出て、ルーピンの口、手首、足首に巻きついた。ルーピンはバランスを崩し、床に倒れて身動きできなくなった。怒りのうなり声を上げ、ブラックがスネイプを襲おうとした。しかし、スネイプはブラックの眉《み》間《けん》にまっすぐ杖を突きつけた。

「やれるものならやるがいい」スネイプが低い声で言った。「我輩《わがはい》にきっかけさえくれれば、確実に仕留めてやる」

ブラックはぴたりと立ち止まった。二人の顔に浮かんだ憎しみは、甲乙つけがたい激しさだった。

ハリーは金縛りにあったようにそこに突っ立っていた。だれを信じてよいかわからない。ロンとハーマイオニーを見た。ロンも、ハリーと同じくらいわけがわからないという顔をして、ジタバタもがくスキャバーズを押さえつけるのに奮闘していた。しかし、ハーマイオニーはスネイプのほうにおずおずと一歩を踏み出し、怖々《こわごわ》言った。

「スネイプ先生――あの――この人たちの言い分を聞いてあげても、害はないのでは、あ、ありませんか？」

「ミス・グレンジャー。君は停学処分を待つ身ですぞ」スネイプが吐《は》き出すように言った。「君もポッターもウィーズリーも、許容されている境界線を越えた。しかもお尋《たず》ね者の殺人鬼や人狼《じんろう》と一緒とは。君も一生に一度ぐらい、黙っていたまえ」

「でも、もし――もし、誤解だったら――」

「黙れ、このばか娘！」スネイプが突然狂ったように、わめきたてた。「わかりもしないことに口を出すな！」

ブラックの顔に突きつけたままのスネイプの杖先《つえさき》から、火花が数個パチパチと飛んだ。ハーマイオニーは黙りこくった。

「復讐《ふくしゅう》は蜜《みつ》より甘い」スネイプがささやくようにブラックに言った。「おまえを捕まえるのが我輩であったらと、どんなに願ったことか……」

「お生憎《あいにく》だな」ブラックが憎々しげに言った。「しかしだ、この子がそのネズミを城まで連れていくなら――」ブラックはロンを顎《あご》で指した。「――それならわたしはおとなしくついて行くがね……」

「城までかね？」スネイプがいやに滑らかに言った。「そんなに遠くに行く必要はないだろう。『柳《やなぎ》』の木を出たらすぐに、我輩が吸魂鬼《ディメンター》を呼べばそれですむ。連中は、ブラック、君を見てお喜びになることだろう。……喜びのあまりキスをする。そんなところだろう……」

ブラックの顔にわずかに残っていた色さえ消え失せた。

「聞け――最後まで、わたしの言うことを聞け」ブラックの声がかすれた。「ネズミだ――ネズミを見るんだ――」

しかし、スネイプの目には、ハリーがいままで見たこともない狂気の光があった。もはや理性を失っている。

「こい、全員だ」スネイプが指を鳴らすと、ルーピンを縛っていた縄目の端がスネイプの手元に飛んできた。「我輩《わがはい》が人狼《じんろう》を引きずっていこう。吸魂鬼《ディメンター》がこいつにもキスをしてくれるかもしれん――」

ハリーは我を忘れて飛び出し、たった三歩で部屋を横切り、次の瞬間ドアの前に立ち塞がっていた。

「どけ、ポッター。おまえはもう十分規則を破っているんだぞ」スネイプがうなった。「我輩がここにきておまえの命を救っていなかったら――」

「ルーピン先生が僕を殺す機会は、この一年に何百回もあったはずだ。僕は先生と二人きりで、何度も吸魂鬼防衛術の訓練を受けた。もし先生がブラックの手先だったとしたら、そのときに僕を殺してしまわなかったのはなぜなんだ？」

「人狼がどんな考え方をするか、我輩に推し量れとでも言うのか」スネイプが凄《すご》んだ。「どけ、ポッター」

「恥を知れ！」ハリーがさけんだ。「学生時代に、からかわれたからというだけで、話も聞かないなんて――」

「黙れ！　我輩に向かってそんな口のきき方は許さん！」

スネイプはますます狂気じみてさけんだ。

「蛙《かえる》の子は蛙だな、ポッター！　我輩はいまおまえのその首を助けてやったのだ。ひれ伏して感謝するがいい！　こいつに殺されれば、自業自得だったろうに！　おまえの父親と同じような死に方をしたろうに。ブラックのことで、親も子も自分が判断を誤ったとは認めない高慢さよ。――さあ、どくんだ。さもないと、どかせてやる。どくんだ、ポッター！」

ハリーは瞬時に意を決した。スネイプがハリーのほうに一歩も踏《ふ》み出さないうちに、ハリーは杖《つえ》を構えた。

「エクスペリアームス！　武器よ去れ！」

ハリーがさけんだ――が、さけんだのはハリーだけではなかった。ドアの蝶番《ちょうつがい》が音を立てるほどの衝撃が走り、スネイプは足元から吹き飛んで壁に激突し、ずるずると床に滑り落ちた。たらりと額《ひたい》に血が流れてきた。ノックアウトされたのだ。

ハリーは振り返った。ロンとハーマイオニーも、ハリーとまったく同時にスネイプの武器を奪おうとしていたのだ。スネイプの杖は高々と舞い上がり、クルックシャンクスのいるベッドの上に落ちた。

「こんなこと、君がしてはいけなかった」ブラックがハリーを見ながら言った。「わたしにまかせておくべきだった……」

ハリーはブラックの目を避けた。果たしてこれでよかったのかどうか、ハリーにはいまだに自信がなかった。

「先生を攻撃してしまった……先生を攻撃して……」ハーマイオニーは、ぐったりしているスネイプを怯《おび》えた目で見つめながら、泣きそうな声を出した。「ああ、私たち、ものすごい規則破りになるわ——」

ルーピンが縄目を解こうともがいていた。ブラックがすばやくかがみ込んで縄を解いた。ルーピンは立ち上がり、紐《ひも》が食い込んでいた腕をさすった。

「ハリー、ありがとう」ルーピンが言った。

「僕、まだあなたを信じるとは言ってません」ハリーが反発した。

「それでは、君に証拠を見せるときがきたようだ」ブラックが言った。

「君——ピーターを渡してくれ。さあ」

ロンはスキャバーズをますますしっかりと胸に抱きしめた。

「冗談はやめてくれ」ロンが弱々しく言った。「スキャバーズなんかに手を下すために、わざわざアズカバンを脱獄したって言うのかい？　つまり……」

ロンは助けを求めるようにハリーとハーマイオニーを見上げた。

「ねえ。ペティグリューがネズミに変身できたとしても——ネズミなんて何百万といるじゃないか——アズカバンに閉じ込められていたら、どのネズミが自分の探しているネズミかなんて、この人、どうやったらわかるって言うんだい？」

「そうだとも、シリウス。まともな疑問だよ」ルーピンがブラックに向かってちょっと眉根を寄せた。「あいつの居場所を、どうやって見つけ出したんだい？」

ブラックは骨が浮き出るような手をローブに突っ込み、クシャクシャになった紙の切れ端を取り出した。しわを伸ばし、ブラックはそれを突き出してみなに見せた。

一年前の夏、「日刊予言者新聞《にっかんよげんしゃしんぶん》」に載ったロンと家族の写真だった。そしてそこに、ロンの肩に、スキャバーズがいた。

「いったいどうしてこれを？」雷に打たれたような声でルーピンが聞いた。

「ファッジだ」ブラックが答えた。「去年、アズカバンの視察にきた際にファッジがくれた新聞だ。ピーターがそこにいた。一面に……この子の肩に乗って……わたしにはすぐわかった。……こいつが変身するのを何度見たと思う？　それに、写真の説明には、この子がホグワーツにもどると書いてあった……ハリーのいるホグワーツへと……」

「なんたることだ」

ルーピンがスキャバーズから新聞の写真へと目を移し、またスキャバーズのほうをじっと見つめながら静かに言った。

「こいつの前足だ……」

「それがどうしたって言うんだい？」ロンが食ってかかった。

「指が一本ない」ブラックが言った。

「まさに」ルーピンがため息をついた。「なんと単純明快なことだ……なんと小賢しい……あいつは自分で切ったのか？」

「変身する直前にな」ブラックが言った。「あいつを追いつめたとき、あいつは道行く人全員に聞こえるようにさけんだ。このブラックがジェームズとリリーを裏切ったのだと。それから、わたしがやつに呪いをかけるより先に、やつは隠し持った杖《つえ》で道路を吹き飛ばし、自分の周囲五、六メートル以内にいた人間を皆殺しにした。――そしてすばやく、ネズミがたくさんいる下水道に逃げ込んだ……」

「ロン、聞いたことはないかい？」ルーピンが言った。「ピーターの残骸で一番大きなのが指だったって」

「だって、たぶん、スキャバーズはほかのネズミとけんかしたかなにかだよ！　こいつは何年も家族の中で〝お下がり〟だった。たしか――」

「十二年だね、たしか」ルーピンが言った。「どうしてそんなに長生きなのか、変だと思ったことはないのかい？」

「僕たち――僕たちが、ちゃんと世話してたんだ！」ロンが答えた。

「いまはあんまり元気じゃないようだね。どうだね？」ルーピンが続けた。「私の想像だが、シリウスが脱獄してまた自在に動ける身になったと聞いて以来、やせ衰《おとろ》えてきたのだろう……」

「こいつは、その狂った猫が怖《こわ》いんだ！」

ロンは、ベッドでゴロゴロ喉《のど》を鳴らしているクルックシャンクスを顎《あご》で指した。

それはちがう、とハリーは急に思い出した。……スキャバーズはクルックシャンクスに出会う前から弱っているようだった……ロンがエジプトから帰って以来ずっとだ……ブラックが脱獄して以来ずっと……。

「この猫は狂ってはいない」

ブラックのかすれ声がした。骨と皮ばかりになった手を伸ばし、ブラックはクルックシャンクスのふわふわした頭をなでた。

「わたしの出会った猫の中で、こんなに賢い猫はまたといない。ピーターを見るなり、すぐ正体を見抜いた。わたしに出会ったときも、わたしが犬でないことを見破っている。わたしを信用するまでにしばらくかかった。やっとのことで、わたしの狙いをこの猫に伝えることができ、それ以来わたしを助けてくれた……」

「それ、どういうこと？」ハーマイオニーが息をひそめた。

「ピーターを、わたしのところに連れてこようとした。しかし、できなかった。……そこでわたしのためにグリフィンドール塔への合言葉を盗み出してくれた……だれか男の子のベッド脇の小机から持ってきたらしい……」

　ハリーは話を聞きながら、混乱して、頭が重く感じられた。そんなばかな……でも、やっぱり……。

「しかし、ピーターは事の成り行きを察知して、逃げ出した。……この猫は――クルックシャンクスという名だね？　――ピーターがベッドのシーツに血の痕《あと》を残していったと教えてくれた。……たぶん自分で自分を噛《か》んだのだろう……そう、死んだと見せかけるのは、前にも一度うまくやっているのだしね……」

　この言葉でハリーはハッと我に返った。

「それじゃ、なぜピーターは自分が死んだと見せかけたんだ？」ハリーは激しい語調で聞いた。「おまえが、僕の両親を殺したと同じように、自分をも殺そうとしていると気づいたからじゃないか！」

「ちがう。ハリー――」ルーピンが口を挟んだ。

「それで、今度は止《とど》めを刺そうとやってきたんだろう！」

「そのとおりだ」ブラックは殺気だった目でスキャバーズを見た。

「じゃあ、僕はスネイプにおまえを引き渡すべきだったんだ！」ハリーはさけんだ。

「ハリー」ルーピンが急き込んで言った。「わからないのか？　私たちは、ずっと、シリウスが君の両親を裏切ったと思っていた。ピーターがシリウスを追いつめたと思っていた。――しかし、それは逆だったんだ。わからないかい？　ピーターが君のお父さんお母さんを裏切ったんだ。――シリウスがピーターを追いつめたんだ――」

「嘘だ！」ハリーがさけんだ。「ブラックが『秘密《ひみつ》の守人《もりびと》』だった！　ブラック自身があなたがくる前にそう言った。こいつは、自分が僕の両親を殺したと言ったんだ！」

ハリーはブラックを指さしていた。ブラックはゆっくりと首を振った。落ち窪《くぼ》んだ目が急に潤んだように光った。

「ハリー……わたしが殺したも同然だ」ブラックの声がかすれた。「最後の最後になって、ジェームズとリリーに、ピーターを守人にするように勧めたのはわたしだ。ピーターに代えるように勧めた……わたしが悪いのだ。たしかに……二人が死んだ夜、わたしはピーターのところに行く手はずになっていた。ピーターが無事かどうか、確かめにいくために。ところが、ピーターの隠れ家に行ってみると、もぬけの殻《から》だ。しかも争った跡がない。どうもおかしい。わたしは不吉な予感がして、すぐ君のご両親のところへ向かった。そして、家が壊され、二人が死んでいるのを見て――わたしは悟った。ピーターがなにをしたのかを、わたしがなにをしてしまったのかを」

涙声になり、ブラックは顔をそむけた。

「話はもう十分だ」

ルーピンの声には、ハリーがこれまで聞いたことがないような、情け容赦《ようしゃ》のない響きがあった。

「本当はなにが起こったのか、証明する道はただ一つだ。ロン、そのネズミをよこしなさい」

「こいつを渡したら、なにをしようというんだ？」

ロンが緊張した声でルーピンに聞いた。

「むりにでも正体を顕《あらわ》させる。もし本当のネズミだったら、これで傷つくことはない」ルーピンが答えた。

ロンはためらったが、とうとうスキャバーズをさし出し、ルーピンが受け取った。スキャバーズはキーキーとわめき続けてのた打ち回り、小さな黒い目が飛び出しそうになっていた。

「シリウス、準備は？」ルーピンが言った。

ブラックはすでに、スネイプの杖《つえ》をベッドから拾い上げていた。ブラックが、ルーピンとジタバタするネズミに近づく。涙で潤んだ目が、突然燃え上がったかのようだった。

「一緒にするか？」ブラックが低い声で言った。

「そうしよう」ルーピンはスキャバーズを片手にしっかりつかみ、もう一方の手で杖《つえ》をにぎった。

「三つ数えたらだ。いち――に――さん！」

青白い光が二本の杖からほとばしった。一瞬、スキャバーズは宙に浮き、そこに静止した。小さな黒い姿が激しくよじれ――ロンがさけび声を上げた――ネズミは床にボトリと落ちた。もう一度、目もくらむような閃光《せんこう》が走り、そして――。

木が育つのを早送りで見ているようだった。頭が床からシュッと上に伸び、手足が生え、次の瞬間には、スキャバーズがいたところに一人の男が、手をよじり後ずさりしながら立っていた。クルックシャンクスがベッドで背中の毛を逆立て、シャーッシャーッと烈《はげ》しい声でうなっていた。

小柄な男だ。ハリーやハーマイオニーの背丈とあまり変わらない。まばらな色あせた髪はくしゃくしゃで、てっぺんに大きな禿《は》げがあった。太った男が急激に体重を落として萎《しな》びた感じだ。皮膚はまるでスキャバーズの体毛と同じように薄汚れ、尖《とが》った鼻やことさら小さい潤んだ目には、なんとなくネズミ臭さが漂っていた。男はハァハァと浅く速い息遣《いきづか》いで、周囲の全員を見回した。男の目がすばやくドアへと走り、また元にもどるのを、ハリーはしっかり見た。

「やあ、ピーター」

ネズミがにょきにょきと旧友に変身して身近に現れるのを見慣れているかのような口ぶりで、ルーピンが朗らかに声をかけた。

「しばらくだったね」

「シ、シリウス……リ、リーマス……」

ペティグリューは、声までキーキーとネズミ声だ。またしても、目がドアにすばやく走った。

「友よ……なつかしの友よ……」

ブラックの杖腕《つえうで》が上がったが、ルーピンがその手首を押さえ、たしなめるような目でブラックを見た。それからまたペティグリューに向かって、さりげない軽い声で言った。

「ジェームズとリリーが死んだ夜、なにが起こったのか、いま話していたんだがね、ピーター。君はあのベッドでキーキーわめいていたから、細かいところを聞き逃したかもしれないな――」

「リーマス」ペティグリューが喘《あえ》いだ。その不健康そうな顔から、ドッと汗が噴き出すのが見えた。「君はブラックの言うことを信じたりしないだろうね。……あいつはわたしを殺そうとしたんだ、リーマス……」

「そう聞いていた」ルーピンの声は一段と冷たかった。「ピーター、二つ三つ、すっきりさせておきたいことがあるんだが、君がもし――」

「こいつは、またわたしを殺しにやってきた！」ペティグリューは突然ブラックを指差して金切り声を上げた。なくなった人差し指の代わりに中指で指している。「こいつはジェームズとリリーを殺した。今度はわたしをも殺そうとしてるんだ。……リーマス、助けておくれ……」

暗い底知れない目でペティグリューを睨《にら》みつけたブラックの顔が、いままで以上に骸骨《がいこつ》のような形相に見えた。

「少し話の整理がつくまでは、だれも君を殺しはしない」ルーピンが言った。

「整理？」

ペティグリューはまたきょろきょろとあたりを見回し、その目が板張りした窓を確かめ、一つしかないドアにもう一度走った。

「こいつがわたしを追ってくるとわかっていた！　こいつがわたしを狙ってもどってくると！　十二年も、わたしはこのときを待っていた！」

「シリウスがアズカバンを脱獄するとわかっていたと言うのか？」ルーピンは眉根を寄せた。「いまだかつて脱獄した者はだれもいないのに？」

「こいつは、わたしたちのだれもが、夢の中でしか叶《かな》わないような闇の力を持っている！」ペティグリューのかん高い声が続いた。「それがなければ、どうやってあそこから出られる？　おそらく『名前を言ってはいけないあの人』がこいつになにか術を教え込んだんだ！」

ブラックが笑い出した。ぞっとするような、虚《うつ》ろな笑いが部屋中に響いた。

「ヴォルデモートがわたしに術を？」

ペティグリューは、ブラックに鞭《むち》打たれたかのように身を縮めた。

「どうした？　懐かしいご主人様の名前を聞いて怖気《おじけ》づいたか？」ブラックが言った。「むりもないな、ピーター。昔の仲間はおまえのことをあまり快く思っていないようだ。ちがうか？」

「なんのことやら――シリウス、君がなにを言っているのやら――」

ペティグリューはますます荒い息をしながらもごもごつぶやいた。いまや汗だくで、顔がてかてかしている。

「おまえは十二年もの間、わたしから逃げていたのではない。ヴォルデモートの昔の仲間から逃げ隠れしていたのだ。アズカバンでいろいろ耳にしたぞ、ピーター。……みんなおまえが死んだと思っている。さもなければ、おまえはみんなから落とし前をつけさせられたはずだ……わたしは囚人たちが寝言でいろいろさけぶのをずっと聞いてきた。どうやらみんな、裏切り者がまた寝返って自分たちをはめたと思っているようだ。ヴォルデモートはおまえの情報でポッターの家に行った……そこでヴォルデモートが破滅した。ところがヴォルデモートの仲間は、一網打尽でアズカバンに入れられたわけではない。そうだな？　まだその辺にたくさんいる。時を待っているのだ。悔い改めたふりをして……。ピーター、その連中が、もしおまえがまだ生きていると風の便りに聞いたら——」

「なんのことやら……なにを話しているやら……」

ペティグリューの声はますますかん高くなっていた。袖《そで》で顔を拭《ぬぐ》い、ルーピンを見上げて、ペティグリューが言った。

「リーマス、君は信じないだろう——こんなばかげた——」

「はっきり言って、ピーター、なぜ無実の者が、十二年もネズミに身をやつして過ごしたいと思ったのかは、理解に苦しむ」

感情の起伏を示さず、ルーピンが言った。

「無実だ。でも怖かった！」ペティグリューがキーキー言った。「闇の帝王の支持者がわたしを追っているとすれば、それは、大物の一人をわたしがアズカバンに送ったからだ——スパイのシリウス・ブラックだ！」

ブラックの顔が歪んだ。

「よくもそんなことを」

ブラックは、突然、あの熊のように大きな犬にもどったごとくうなった。

「わたしが、ヴォルデモートのスパイ？　わたしがいつ、自分より強く力のある者たちにへつらった？　えっ？　しかし、ピーター、おまえは――おまえがスパイだということを、なぜはじめから見抜けなかったのか、それが悔やまれる。迂闊《うかつ》だった。おまえはいつも、自分の面倒をみてくれる親分にくっついているのが好きだった。そうだな？　かつてはそれが我々だった……わたしとリーマス……それにジェームズだった……」

ペティグリューはまた顔を拭《ぬぐ》った。いまや息も絶え絶えだ。

「わたしが、スパイなんて……正気の沙汰《さた》じゃない……けっして……どうしてそんなことが言えるのか、わたしにはさっぱり――」

「ジェームズとリリーは、わたしが勧めたからおまえを『秘密《ひみつ》の守人《もりびと》』にしたんだ」ブラックは歯噛《はが》みをした。その激しさに、ペティグリューはたじたじと一歩下がった。「わたしはこれこそ完璧な計画だと思った……目くらましだ……ヴォルデモートはきっとわたしを追う。おまえのような弱虫の、能なしを利用しようとは夢にも思わないだろう。……ヴォルデモートにポッター一家を売ったときは、さぞかしおまえの惨《みじ》めな生涯の、最高の瞬間だったろうな」

ペティグリューはわけのわからないことをつぶやいていた。ハリーの耳には、「とんだお門違《かどちが》い」とか「頭がおかしい」とかが聞こえてきたが、むしろ気になったのは、ペティグリューの蒼《あお》ざめた顔と、相変わらず窓やドアにちらちら走る視線だった。

「ルーピン先生」ハーマイオニーがおずおず口を開いた。「あの――聞いてもいいですか？」

「どうぞ、ハーマイオニー」ルーピンが丁寧に答えた。

「あの――スキャバーズ――いえ、この――この人――ハリーの寮で三年間同じ寝室にいたんです。『例のあの人』の手先なら、いままでハリーを傷つけなかったのは、どうしてかしら？」

「そうだ！」ペティグリューが指の一本欠けた手でハーマイオニーを指さし、かん高い声を上げた。「ありがとう！　リーマス、聞いたかい？　ハリーの髪の毛一本傷つけてはいない！　そんなことをする理由がありますか？」

「その理由を教えてやろう」ブラックが言った。

「おまえは、自分のために得になることがなければ、だれのためにもなにもしないやつだ。ヴォルデモートは十二年も隠れたままで、半死半生だと言われている。アルバス・ダンブルドアの目と鼻の先で、しかもまったく力を失った残骸のような魔法使いのために、殺人などするおまえか？　『あの人』のもとに馳《は》せ参ずるなら、『あの人』がお山の大将で一番強いことを確かめてからにするつもりだったんだろう？　そもそも魔法使いの家族に入り込んで飼ってもらったのはなんのためだ？　情報が聞ける状態にしておきたかったんだろう？　え？　おまえの昔の保護者が力を取りもどし、またその下に帰っても安全だという事態に備えて……」

ペティグリューは何度か口をパクパクさせた。話す能力をなくしたかに見えた。

「あの――ブラックさん――シリウス？」ハーマイオニーがおずおず声をかけた。

ブラックは飛び上がらんばかりに驚いた。こんなに丁寧に話しかけられたのは遠い昔以来のことで、もう忘れてしまっていたというように、ハーマイオニーをじっと見つめた。

「お聞きしてもいいでしょうか。ど――どうやってアズカバンから脱獄したのでしょう？　もし闇の魔術を使ってないのなら」

「ありがとう！」ペティグリューは息を呑《の》み、ハーマイオニーに向かって激しくうなずいた。「そのとおり！　それこそ、わたしが言いた――」

ルーピンが睨《にら》んでペティグリューを黙らせた。ブラックはハーマイオニーに向かってちょっと顔をしかめたが、聞かれたことを不快に思っている様子ではなかった。自分もその答えを探しているように見えた。

「どうやったのか、自分でもわからない」ゆっくりと考えながらブラックが答えた。「わたしが正気を失わなかった理由はただ一つ、自分が無実だと知っていることだ。これは幸福な気持ちではなかったから、吸魂鬼《ディメンター》はその思いを吸い取ることはできない……しかし、その想いがわたしの正気を保った。自分が何者であるか意識し続けていられた……わたしの力を保たせてくれた……だからいよいよ……耐えがたくなったときは……わたしは独房で変身することができた……犬になれた。吸魂鬼は目が見えないのだ……」

ブラックはゴクリと唾を飲んだ。

「連中は人の感情を感じ取って人に近づく……わたしが犬になると、連中はわたしの感情が――人間的でなくなり、複雑でなくなるのを感じ取った……しかし、連中はもちろんそれを、ほかの囚人と同じくわたしも正気を失ったのだろうと考え、気にもかけなかった。とはいえ、わたしは弱っていた。とても弱っていて、杖《つえ》なしには連中を追いはらうことなどとてもできないとあきらめていた……」

「そんなとき、わたしはあの写真にピーターを見つけた……ホグワーツでハリーと一緒だということがわかった。……闇の陣営がふたたび力を得たとの知らせがちらとでも耳に入ったら、行動を起こせる完璧な態勢だ……」

ペティグリューは声もなく口をパクつかせながら首を振っていたが、まるで催眠術にかかったようにブラックを見つめ続けていた。

「……味方の力に確信が持てたら、とたんに襲えるよう準備万端だ……ポッター家最後の一人を味方に引き渡す。ハリーをさし出せば、やつがヴォルデモート卿《きょう》を裏切ったなどとだれが言おうか？　やつは栄誉をもってふたたび迎え入れられる……」

「だからこそ、わたしがなんとかせねばならなかった。ピーターがまだ生きていると知っているのはわたしだけだ……」

ハリーはウィーズリー氏と夫人とが話していたことを思い出した。

「看守が、ブラックは寝言を言っていると言うんだ……いつも同じ寝言だ……『あいつはホグワーツにいる』って」

「まるでだれかがわたしの心に火を点《つ》けたようだった。しかも吸魂鬼はその思いを砕くことはできない……幸福な気持ちではないからだ……妄執《もうしゅう》だった……しかし、その気持ちがわたしに力を与えた。心がしっかり覚めた。そこである晩、連中が食べ物を運んできて独房の戸を開けた隙に、わたしは犬になって連中の脇をすり抜けた……連中にとって獣の感情を感じるのは非常に難しいことなので、混乱した……わたしはやせ細っていた。とても……鉄格子の隙間をすり抜けられるほどやせていた……わたしは犬の姿で泳ぎ、島からもどってきた……北へと旅し、ホグワーツの校庭に犬の姿で入り込んだ……それからずっと森に棲《す》んでいた……もちろん、一度だけクィディッチの試合を見にいったが、それ以外は…………。ハリー、君はお父さんに負けないぐらい飛ぶのがうまい……」

ブラックはハリーを見た。ハリーも目を逸《そ》らさなかった。

「信じてくれ」かすれた声でブラックが言った。「信じてくれ、ハリー。わたしはけっしてジェームズやリリーを裏切ったことはない。裏切るくらいなら、わたしは死を選ぶだろう」

ようやくハリーはブラックを信じることができた。喉《のど》が詰まり、声が出なかった。ハリーはうなずいた。

「だめだ！」

ペティグリューは、ハリーがうなずいたことが自分の死刑宣告でもあるかのように、ガックリと膝《ひざ》をついた。そのままにじり出て、祈るように手をにぎり合わせ、這《は》いつくばった。

「シリウス――わたしだ……ピーターだ……君の友達の……まさか君は……」

ブラックが蹴飛ばそうと足を振ると、ペティグリューは後ずさりした。

「わたしのローブは十分に汚れてしまった。この上おまえの手で汚されたくはない」ブラックが言った。

「リーマス！」ペティグリューはルーピンのほうに向きなおり、哀れみを請うように身をよじりながら金切り声を上げた。「君は信じないだろうね……計画を変更したなら、シリウスは君に話したはずだろう？」

「ピーター、私をスパイだと疑ぐったら話さなかっただろうな」ルーピンが答えた。

「シリウス、たぶんそれで私に話してくれなかったのだろう？」

ペティグリューの頭越しに、ルーピンがさりげなく言った。

「すまない、リーマス」ブラックが言った。

「気にするな。わが友、パッドフット」ルーピンは袖《そで》をまくり上げながら言った。

「その代わり、私が君をスパイだと思いちがいしていたことを許してくれるか？」

「もちろんだとも」ブラックのげっそりした顔に、ふとかすかな笑みが漏《も》れた。ブラックも袖をまくりはじめた。「一緒にこいつを殺《や》るか？」

「ああ、そうしよう」ルーピンが厳粛《げんしゅく》に言った。

「やめてくれ……やめて……」

ペティグリューが喘《あえ》いだ。そして、ロンのそばに転がり込んだ。

「ロン……わたしはいい友達……いいペットだったろう？　わたしを殺させないでくれ、ロン。お願いだ……君はわたしの味方だろう？」

しかし、ロンは思い切り不快そうにペティグリューを睨《にら》んだ。

「自分のベッドにおまえを寝かせてたなんて！」

「やさしい子だ……情け深いご主人様……」

ペティグリューはロンに這《は》い寄った。

「殺させないでくれ……わたしは君のネズミだった……いいペットだった……」

「人間よりネズミのほうがさまになるなんてのは、ピーター、あまり自慢にはならない」

ブラックが厳しく言った。ロンは痛みでいっそう蒼白《そうはく》になりながら、折れた足をペティグリューの手の届かないところへとねじった。ペティグリューは膝《ひざ》を折ったまま向きを変え、前にのめりながらハーマイオニーのローブの裾《すそ》をつかんだ。

「やさしいお嬢さん……賢いお嬢さん……あなたは――あなたならそんなことをさせないでしょう……助けて……」

ハーマイオニーはローブを引っ張り、しがみつくペティグリューの手からもぎ取り、怯《おび》え切った顔で壁際まで下がった。

ペティグリューは、止めどなく震えながら、ひざまずき、ハリーに向かってゆっくりと顔を上げた。

「ハリー……ハリー……君はお父さんに生き写しだ……そっくりだ……」

「ハリーに話しかけるとは、どういう神経だ？」ブラックが大声を出した。「ハリーに顔向けができるか？　この子の前で、ジェームズのことを話すなんて、どの面下げてできるんだ？」

「ハリー」ペティグリューが両手を伸ばし、ハリーに向かって膝《ひざ》で歩きながらささやいた。「ハリー、ジェームズならわたしが殺されることを望まなかっただろう……ジェームズならわかってくれたよ、ハリー……ジェームズならわたしに情けをかけてくれただろう……」

ブラックとルーピンが大股にペティグリューに近づき、肩をつかんで床の上に仰向けにたたきつけた。ペティグリューは座り込んで、恐怖にひくひく痙攣《けいれん》しながら二人を見つめた。

「おまえは、ジェームズとリリーをヴォルデモートに売った」ブラックも体を震わせていた。「否定するのか？」

ペティグリューはわっと泣き出した。おぞましい光景だった。育ちすぎた、頭の禿《は》げかけた赤ん坊が、床の上ですくんでいるようだった。

「シリウス、シリウス、わたしになにができたと言うのだ？　闇の帝王は……君にはわかるまい……あの方には君の想像もつかないような武器がある……わたしは怖かった。シリウス、わたしは、君やリーマスやジェームズのように勇敢ではなかった。わたしはやろうと思ってやったのではない……あの『名前を言ってはいけないあの人』がむりやり――」

「嘘をつくな！」ブラックが割れるような大声を出した。「おまえは、ジェームズとリリーが死ぬ一年も前から、『あの人』に密通していた！　おまえがスパイだった！」

「あの方は――あの方は、あらゆるところを征服していた！」ペティグリューが喘《あえ》ぎながら言った。「あの方を拒《こば》んで、な、なにが得られたろう？」

「史上で最も邪悪な魔法使いに抗《あらが》って、なにが得られたかって？」ブラックの顔には凄《すさ》まじい怒りが浮かんでいた。「それは罪もない人々の命だ、ピーター！」

「君にはわかってないんだ！」ペティグリューが哀れみをためて訴えた。「シリウス、わたしが殺されかねなかったんだ！」

「それなら、死ねばよかったんだ」ブラックが吠えた。「友を裏切るくらいなら死ぬべきだった。我々も君のためにそうしただろう」

ブラックとルーピンが肩を並べて立ち、杖《つえ》を上げた。

「おまえは気づくべきだったな」ルーピンが静かに言った。「ヴォルデモートがおまえを殺さなければ、我々が殺すと。ピーター、さらばだ」

ハーマイオニーが両手で顔を覆い、壁のほうを向いた。

「やめて！」ハリーがさけんだ。

ハリーは駆け出して、ペティグリューの前に立ちふさがり、杖に向き合った。

「殺してはだめだ」ハリーは喘《あえ》ぎながら言った。「殺しちゃいけない」

ブラックとルーピンはショックを受けたようだった。

「ハリー、このクズのせいで、君は両親を亡くしたんだぞ」ブラックがうなった。「このへこへこしているろくでなしは、あのとき、君も死んでいたら、それを平然と眺めていたはずだ。聞いただろう。小汚い自分の命のほうが、君の家族全員の命より大事だったのだ」

「わかってる」ハリーは喘《あえ》いだ。「こいつを城まで連れていこう。僕たちの手で吸魂鬼《ディメンター》に引き渡すんだ。こいつはアズカバンに行けばいい……殺すのだけはやめて」

「ハリー！」

ペティグリューが息を呑《の》んだ。そして両腕でハリーの膝《ひざ》をひしと抱いた。

「君は――ありがとう――こんなわたしに――ありがとう――」

「放せ」

ハリーは汚らわしいとばかりにペティグリューの手を撥《は》ねつけ、吐き捨てるように言った。

「おまえのために止めたんじゃない。僕の父さんは、親友が――おまえみたいなもののために――殺人者になるのを望まないと思っただけだ」

だれ一人動かなかった。物音一つ立てなかった。ただ、胸を押さえたペティグリューの息が、ゼイゼイと聞こえるだけだった。ブラックとルーピンは互いに顔を見合わせていた。それから二人同時に杖《つえ》を下ろした。

「ハリー、君だけが決める権利を持つ」ブラックが言った。「しかし、考えてくれ……こいつのやったことを……」

「こいつはアズカバンに行けばいいんだ」ハリーは繰り返し言った。「あそこがふさわしい者がいるとしたら、こいつしかいない……」

ペティグリューはハリーの陰で、まだゼイゼイ言っていた。

「いいだろう。ハリー、脇にどいてくれ」ルーピンが言った。

ハリーは躊躇《ちゅうちょ》した。

「縛り上げるだけだ。誓ってそれだけだ」ルーピンが言った。

ハリーは脇に避けた。今度はルーピンの杖の先から細い紐《ひも》が噴き出て、次の瞬間にはペティグリューは縛られ、さるぐつわを噛《か》まされて床の上でもがいていた。

「しかし、ピーター、もし変身したら」ブラックも杖をペティグリューに向け、うなるように言った。「やはり殺す。いいね、ハリー？」

ハリーは床に転がった哀れな姿を見下ろし、ペティグリューに見えるようにうなずいた。

「よし」ルーピンが急にてきぱきとさばきはじめた。「ロン、私はマダム・ポンフリーほどうまく骨折を治すことができないから、医務室に行くまでの間、包帯で固定しておくのが一番いいだろう」

ルーピンはさっとロンのそばに行き、かがんでロンの足を杖で軽くたたき、「フェルーラ！　巻け！」と唱えた。副え木で固定したロンの足に包帯が巻きついた。ルーピンが手を貸してロンを立たせ、ロンは恐る恐る足に体重をかけたが、痛さに顔をしかめることもなかった。

「よくなりました。ありがとう」ロンが言った。

「スネイプ先生はどうしますか？」ハーマイオニーが、首うなだれて伸びているスネイプを見下ろしながら、小声で言った。

「こっちは別に悪いところはない」

かがんでスネイプの脈を取りながら、ルーピンが言った。

「君たち三人とも、ちょっと――過激にやりすぎただけだ。スネイプはまだ気絶したままだ。うむ――我々が安全に城にもどるまで、このままにしておくのが一番いいだろう。こうして運べばいい……」

ルーピンが「モビリコーパス！　体よ動け！」と唱えると、手首、首、膝《ひざ》に見えない糸が張られたように体が持ち上がり、意識のないスネイプが立ち上がった。頭部はまだぐらぐらと据《す》わりが悪そうに垂れ下がったままで、まるで異様な操り人形のようだ。足をぶらぶらさせ、床から数センチ上に吊るし上げられている。ルーピンは

「透明《とうめい》マント」を拾い上げ、ポケットにきちんとしまった。

「だれか二人、こいつとつながっておかないと」

ブラックが足の爪先でペティグリューを小突きながら言った。

「万一のためだ」

「わたしがつながろう」ルーピンだ。

「僕も」ロンが片足を引きずりながら進み出て、乱暴に言った。

ブラックは空中からひょいと重い手錠《てじょう》を取り出した。ふたたびペティグリューは二本足で立ち、その左腕はルーピンの右腕に、そして右腕はロンの左腕につながれた。ロンは口を真一文字に結んでいる。スキャバーズの正体を、ロンはまるで自分への屈辱《くつじょく》と受け取ったように見えた。クルックシャンクスがひらりとベッドから飛び降り、先頭に立って部屋を出た――瓶《びん》洗いブラシのような尻尾《しっぽ》を誇らしげにきりっと上げながら。

第20章　吸魂鬼のキス

こんな奇妙な一団に加わったのは、ハリーにとってはじめてだった。クルックシャンクスを先頭に、ルーピン、ペティグリュー、ロンの順に、まるでムカデ競走のようにつながって階段を下りた。シリウスが当人の杖《つえ》を使ってスネイプを宙吊りにし、トンネルを進ませている。不気味に宙を漂うスネイプの爪先《つまさき》が、一段下りるたびに階段にぶつかった。ハリーとハーマイオニーがしんがりを務めた。

トンネルを進むのがひと苦労だった。ルーピン、ペティグリュー、ロンの組は横向きになって歩かざるをえなかった。ルーピンはペティグリューに杖を突きつけている。ハリーからは、三人が一列になって、歩きにくそうにトンネルを蟹《かに》歩きしていくさまが見えた。先頭は相変わらずクルックシャンクスだ。

ハリーは、シリウスのすぐ後ろを歩いていた。シリウスによって宙吊りにされたスネイプが三人の前を漂っていたが、がくりと垂れた頭が低い天井にぶつかってばかりいる。ハリーは、シリウスがわざと避けないようにしているような気がした。

「このことの意味がどういうことなのか、わかるかい？」

トンネルをのろのろと進みながら、出し抜けにシリウスがハリーに話しかけた。

「ペティグリューを引き渡すということが」

「あなたが自由の身になる」

「そうだ……」シリウスが続けた。「しかし、それだけではない。――だれかに聞いたかも知らないが――わたしは君の名付け親でもあるんだよ」

「ええ、知っています」

「つまり……君の両親が、わたしを君の後見人に決めたのだ」

シリウスの声が緊張《きんちょう》した。

「もし自分たちの身になにかあればと……」

ハリーは次の言葉を待った。シリウスの言おうとしていることが、自分の考えていることと同じだったら？

「もちろん、君がおじさんやおばさんとこのまま一緒に暮らしたいというなら、その気持ちはよくわかるつもりだ。しかし……まあ……考えてくれないか。わたしの汚名が晴れたら……もし君が……別の家族が欲しいと思うなら……」シリウスが言った。

ハリーの胸の奥で、なにかが爆発した。

「えっ？――あなたと暮らすということ？」

思わずハリーは、天井から突き出ている岩にいやというほど頭をぶつけた。

「ダーズリー一家と別れるということ？」

「むろん、君はそんなことは望まないだろうと思ったが」シリウスがあわてて言った。「よくわかるよ。ただ、もしかしたらわたしと、と思ってね……」

「とんでもない！」ハリーの声は、シリウスに負けず劣らずかすれていた。「もちろん、ダーズリーのところなんか出たいです！　住む家はありますか？　僕、いつ引越せますか？」

シリウスがくるりと振り返ってハリーを見た。スネイプの頭が天井をゴリゴリこすっていたが、シリウスは気にも止めない様子だ。

「そうしたいのかい？　本気で？」

「ええ、本気です！」ハリーが答えた。

シリウスのげっそりした顔が、急に笑顔になった。ハリーがはじめて見る、シリウスの本当の笑顔だった。その笑顔がもたらした変化は驚異的だった。骸骨《がいこつ》のようなお面の後ろに十歳若返った顔が輝いて見えるようだった。ほんの一瞬、シリウスはハリーの両親の結婚式で快活に笑っていたあの人だ、とわかる顔になった。

トンネルの出口に着くまで、二人はもうなにも話さなかった。クルックシャンクスが最初に飛び出し、木の幹のあのコブを押してくれたらしい。ルーピン、ペティグリュー、ロンのひと組が這《は》い上がっていったが、獰猛《どうもう》な枝の音は聞こえてこなかった。シリウスはまずスネイプを穴の外に送り出し、それから一歩下がって、ハリーとハーマイオニーを先に通した。そして、ついに全員が外に出た。

校庭はすでに真っ暗だった。明かりといえば、遠くに見える城の窓からもれる灯だけだ。無言で、全員が歩き出した。ペティグリューは相変わらずゼイゼイと息をし、ときおりヒーヒー泣いている。

ハリーは胸が一杯だった。ダーズリー家を離れるんだ。父さん母さんの親友だったシリウス・ブラックと一緒に暮らすんだ。……ハリーはぼうっとした……ダーズリー一家に、テレビに出ていたあの囚人と一緒に暮らすと言ったら、どうなるだろうか！

「ちょっとでも変なまねをしてみろ、ピーター」

前のほうで、ルーピンが脅《おど》すように言った。ペティグリューの胸に、ルーピンの杖《つえ》が横から突きつけられている。

みな無言でひたすら校庭を歩いた。窓の灯が次第に大きくなってきた。スネイプは顎《あご》をガクガクと胸にぶっつけながら、相変わらず不気味に宙を漂い、シリウスの前を移動している。すると、そのとき――。

雲が切れ、突然校庭にぼんやりとした影が落ちた。一行は月明かりを浴びていた。宙吊りのスネイプが、ふいに立ち止まったルーピン、ペティグリュー、ロンの一団にぶつかった。シリウスが立ちすくんだ。シリウスは片手をさっと上げてハリーとハーマイオニーを制止する。

ハリーは、ルーピンの黒い影のような姿を見た。その姿は硬直していた。そして、手足が震え出した。

「どうしましょう――あの薬を今夜飲んでないわ！　危険よ！」ハーマイオニーが絶句した。

「逃げろ」シリウスが低い声で言った。「逃げろ！　早く！」

しかし、ハリーは逃げなかった。ロンがペティグリューとルーピンにつながれたままだ。ハリーは前に飛び出した。だが、シリウスが両腕をハリーの胸に回してぐいと引きもどした。

「わたしにまかせて――逃げるんだ！」

恐ろしいうなり声がした。ルーピンの頭が長く伸びる。体も伸びる。背中が盛り上がる。顔と言わず手と言わず、見る見る毛が生え出した。丸まった手には鉤爪《かぎづめ》が生えている。クルックシャンクスは毛をふたたび逆立たせながら、たじたじと後ずさりしていた――。

狼人間が後ろ足で立ち上がりバキバキと牙《きば》を打ち鳴らしたとき、シリウスの姿もハリーのそばから消えていた。変身したのだ。巨大な、クマのような犬が躍り出た。狼人間が自分を縛っていた手錠《てじょう》を捻《ね》じ切った。犬は狼人間の首に食らいついて後ろに引きもどし、ロンやペティグリューから遠ざけた。二匹は、牙と牙とががっちりと噛《か》み合い、鉤爪《かぎづめ》が互いを引き裂き合っていた——。

ハリーはこの光景に立ちすくみ、その戦いに心を奪《うば》われるあまり、他のことが意識から飛んでいた。ハーマイオニーの悲鳴で、ハリーはハッと我に返った——。

ペティグリューがルーピンの落とした杖《つえ》に飛びついていた。包帯をした足で不安定なロンは転倒した。バンという音と炸裂する光——そして、ロンは倒れたまま動かなくなった。またバンという音——クルックシャンクスが宙を飛び、地面に落ちてクシャッとなった。

「エクスペリアームス！　武器よ去れ！」

ペティグリューに杖を向け、ハリーがさけんだ。ルーピンの杖が空中に高々と舞い上がり、見えなくなった。

「動くな！」ハリーは前方に向かって走りながらさけんだ。

遅かった。ペティグリューはすでに変身していた。だらりと伸びたロンの腕にかかっている手錠を、ペティグリューの禿《は》げた尻尾《しっぽ》がシュッとかいくぐるのをハリーは目撃した。草むらをあわてて走り去る音が聞こえた。

一声高く吠える声と低くうなる声とが響いた。振り返ると、狼人間が逃げ出すところだった。森に向かって疾駆《しっく》していく。

「シリウス、あいつが逃げた。ペティグリューが変身した！」ハリーが大声を上げた。

シリウスは血を流していた。鼻面と背に深手を負っていた。しかし、ハリーの言葉にすばやく立ち上がり、足音を響かせて校庭を走り去った。その足音もたちまち夜の静寂《しじま》に消えていった。

ハリーとハーマイオニーは、ロンに駆け寄った。

「ペティグリューはいったいロンになにをしたのかしら？」

ハーマイオニーがささやくように言った。ロンは目を半眼《はんめ》に見開き、口はだらりと開いていた。生きているのは確かだ。息をしているのが聞こえる。しかし、ロンは二人の顔がわからないようだった。

「さあ、わからない」

ハリーはすがる思いでまわりを見回した。ブラックもルーピンも行ってしまった。……そばにいるのは、宙吊りになって、気を失っているスネイプだけだ。

「二人を城まで連れていって、だれかに話をしないと」

ハリーは目にかかった髪をかき上げ、筋道立てて考えようとした。

「行こう――」

しかしそのとき、暗闇の中から、キャンキャンと苦痛を訴えるような犬の鳴き声が聞こえてきた。

「シリウス」ハリーは闇を見つめてつぶやいた。

一瞬、ハリーは意を決しかねた。しかし、いまここにいても、ロンにはなにもしてやることができない。しかもいま聞こえたあの声からすると、ブラックは窮地《きゅうち》に陥っている――。

ハリーは駆け出した。ハーマイオニーもあとに続いた。かん高い鳴き声は湖のそばから聞こえてくるようだ。二人は湖の方向に疾走した。全力で走りながらも、ハリーは寒気を感じた。しかし、寒気の意味まで気が回らなかった――。

キャンキャンという鳴き声が急にやんだ。湖のほとりにたどり着いて、それがなぜなのかを二人は目撃した。――シリウスは人の姿にもどっていた。うずくまり、両手で頭を抱えている。

「やめろおおお」シリウスがうめいた。「やめてくれえええええ……頼む……」

そして、ハリーは見た。吸魂鬼《ディメンター》だ。少なくとも百人。真っ黒な塊《かたまり》になって、湖の周囲からこちらに向かって、滑るように近づいてくる。ハリーはあたりをぐるりと見回した。いつもの氷のように冷たい感覚が体の芯《しん》を貫き、目の前が霧のようにかすんできた。四方八方の闇の中から次々と吸魂鬼が現れてくる。いつの間にか三人を包囲している……。

「ハーマイオニー、なにか幸せなことを考えるんだ！」

ハリーが杖《つえ》を上げながらさけんだ。目の前の霧を振りはらおうと、激しく目を瞬《しばた》き、内側から聞こえはじめたかすかな悲鳴を振り切ろうと、頭を振った――。

僕は名付け親と暮らすんだ。ダーズリー一家と別れるんだ。

ハリーは、必死でシリウスのことを、そのことだけを考えようとした。そして、唱えはじめた。

「エクスペクト・パトローナム、守護霊よきたれ！　エクスペクト・パトローナム！」

ブラックは大きく身震いしてひっくり返り、地面に横たわり動かなくなった。死人のように蒼白《あおじろ》い顔だった。

シリウスは大丈夫だ。僕はシリウスと行く。シリウスと暮らすんだ。

「エクスペクト・パトローナム！　ハーマイオニー、助けて！　エクスペクト・パトローナム！」

「エクスペクト――」

ハーマイオニーもささやくように唱えた。

「エクスペクト――エクスペクト――」

しかし、ハーマイオニーはうまくできなかった。吸魂鬼《ディメンター》が近づいてくる。もう三メートルと離れていない。ハリーとハーマイオニーのまわりを、吸魂鬼が壁のように囲んで迫ってくる……。

「エクスペクト・パトローナム！」

ハリーは、耳の中に響く声をかき消そうと、大声でさけんだ。

「エクスペクト・パトローナム！」

杖の先から、銀色のものが一筋流れ出て、目の前に霞のように漂った。と同時に、ハリーは隣のハーマイオニーが気を失うのを感じた。ハリーはひとりになった。……たった一人だった……。

「エクスペクト――エクスペクト・パトローナム――」

ハリーは膝《ひざ》に冷たい下草を感じた。目に霧がかかった。渾身《こんしん》の力を振りしぼり、ハリーは記憶を失うまいと戦った。――シリウスは無実だ――無実なんだ――僕たちは大丈夫だ――僕はシリウスと暮らすんだ――。

「エクスペクト・パトローナム！」

ハリーは喘《あえ》ぐように言った。

形にならない守護霊の弱々しい光で、ハリーは、吸魂鬼がすぐそばに立ち止まるのを見た。吸魂鬼は、ハリーが創り出した銀色の靄《もや》を通り抜けることができなかった。マントの下から、ぬめぬめした死人《しびと》のような手がスルスルと伸びてきて、守護霊を振りはらうかのような仕草をした。

「やめろ――やめろ――」ハリーは喘いだ。

「あの人は無実だ……エクスペクト――エクスペクト・パトローナム――」

吸魂鬼たちが自分を見つめているのを感じた。ザーザーという息が邪悪な風のようにハリーを取り囲んでいる。一番近くの吸魂鬼がハリーをじっくりと眺め回した。そして、腐乱した両手を上げ――フードを脱いだ。

目があるはずのところには、虚《うつ》ろな眼窩《がんか》と、のっぺりとそれを覆っている灰色の薄いかさぶた状の皮膚があるだけだった。しかし、口はあった。……がっぽり空いた形のない穴が、死に際の息のように、ザーザーと空気を吸い込んでいる。

恐怖がハリーの全身を麻痺させ、動くことも声を出すこともできない。守護霊は揺らぎ、果てた。

真っ白な霧が目を覆った。戦わなければ……エクスペクト・パトローナム……なにも見えない……すると、遠くのほうから聞き覚えのあるあのさけび声が聞こえてきた……エクスペクト・パトローナム……霧の中で、ハリーは手探りでシリウスを探し、その腕に触れた……あいつらにシリウスを連れていかせてなるものか……。

しかし、べっとりした冷たい二本の手が、突然ハリーの首にがっちりと巻きつき、むりやりハリーの顔を仰向けにした……ハリーはその息を感じた……僕を最初に始末するつもりなんだ……腐ったような息がかかる……耳元で母さんがさけんでいる……生きている僕が、最後に聞く声が母さんの声なんだ——。

そのとき、ハリーをすっぽり包み込んでいる霧を貫いて、銀色の光が見えるような気がした。だんだん強く、明るく……。ハリーは自分の体が、うつ伏せに草の上に落ちるのを感じた。

うつ伏せのまま身動きする力もなく、吐き気がし、震えながらハリーは目を開けた。目もくらむような光が、あたりの草むらを照らしている。……耳元のさけび声はやみ、冷気は徐々に退いていった……。

なにかが、吸魂鬼《ディメンター》を追いはらっている……なにかが、ハリー、シリウス、ハーマイオニーの周囲をぐるぐる回っている……ザーザーという吸魂鬼の息が次第に消えていく。吸魂鬼が去っていく……暖かさがもどってきた……。

あらんかぎりの力を振りしぼり、ハリーは顔をほんの少し持ち上げた。そして、光の中に、湖を疾駆《しっく》していく動物を見た。

汗でかすむ目を凝らし、ハリーはその姿がなにかを見きわめようとした。……それは一角獣《ユニコーン》のように輝いていた。薄れゆく意識を奮い起こし、ハリーはそれが向こう岸に着いて足並みを緩め、止まるのを見つめていた。まばゆい光の中で、ハリーは一瞬、だれかがそれを迎えているのを見た……それをなでようと手を上げている……なんだか不思議に見覚えのある人だ……でも、まさか……。

ハリーにはわからなかった。もう考えることもできなかった。最後の力が抜けていくのを感じ、頭がガックリと地面に落ち、ハリーは気を失った。

第21章　ハーマイオニーの秘密

「言語道断……あろうことか……だれも死ななかったのは奇跡だ……こんなことは前代未聞……いや、まったく、スネイプ、君が居合わせたのは幸運だった」

「恐れ入ります、大臣閣下」

「マーリン勲章、勲二等、いや、もし私が口やかましく言えば、勲一等ものだ」

「まことにありがたいことです、閣下」

「ひどい切り傷があるねえ……ブラックの仕業、だろうな？」

「実は、ポッター、ウィーズリー、グレンジャーの仕業です、閣下……」

「まさか！」

「ブラックが三人に魔法をかけたのです。我輩《わがはい》にはすぐわかりました。三人の行動から察しますに、『錯乱《さくらん》の呪文《じゅもん》』でしょうな。三人はブラックが無実である可能性があると考えていたようです。三人の行動に責任はありません。しかしながら、三人がよけいなことをしたため、ブラックを取り逃がしたやもしれないわけでありまして……三人は明らかに、自分たちだけでブラックを捕まえようと思ったわけですな。この三人は、これまでもいろいろとうまくやりおおせておりまして……どうも自分たちの力を過信している節があるようで……。それに、もちろん、ポッターの場合、校長が特別扱いで、相当な自由を許してきましたし――」

「ああ、それは、スネイプ……なにしろ、ハリー・ポッターだ……我々はみな、この子に関しては多少甘いところがある」

「しかし、それにしましても――あまりの特別扱いは本人のためにならぬのでは？　我輩、個人的には、ほかの生徒と同じように扱うよう心がけております。そこでですが、ほかの生徒であれば、停学でしょうな――少なくとも――友人をあれほどの危険に巻き込んだのですから。閣下、お考えください。校則のすべてに違反し――しかもポッターを護るために、あれだけの警戒措置が取られたにもかかわらずですぞ――規則を破り、夜間、人狼《じんろう》や殺人者と連んで――。それにポッターは、規則を犯して、ホグズミードに出入りしていたと信じるに足る証拠を我輩はつかんでおります――」

「まあまあ……スネイプ、いずれそのうち、またそのうち……あの子はたしかに愚かではあった……」

ハリーは目をしっかり閉じ、横になったまま聞いていた。なんだかとてもふらふらしている。言葉が、耳から脳にのろのろと移動するような感じで、なかなか理解できなかった。手足が鉛のようだ。まぶたが重くて開けられない……ここにこのまま横わっていたい。この心地よいベッドに、いつまでも……。

「一番驚かされたのが、吸魂鬼《ディメンター》の行動だよ……どうして退却したのか、君、本当に思い当たる節はないのかね、スネイプ？」

「ありません、閣下。我輩が意識を取りもどしたときには、吸魂鬼は全員、それぞれの持ち場に向かってもどるところでした……」

「不思議千万《せんばん》だ。しかも、ブラックも、ハリーも、それにあの女の子も――」

「全員、我輩《わがはい》が追いついたときには意識不明の状態でした。我輩は当然、ブラックを縛り上げ、さるぐつわを噛《か》ませ、担架《たんか》を作り出して、全員をまっすぐ城まで連れてきました」

しばし会話が途切れた。ハリーの頭は少し速く回転するようになった。それと同時に、胸の奥がざわめいた。

ハリーは目を開けた。

なにもかもぼんやりしていた。だれかがハリーのメガネをはずしたのだ。ハリーは暗い病室に横たわっていた。部屋の一番端に、校医のマダム・ポンフリーがこちらに背中を向けて、ベッドの上にかがみ込んでいるのがやっと見える。ハリーは目を細めた。ロンの赤毛がマダム・ポンフリーの腕の下に垣間見えた。

ハリーは枕の上で頭を動かした。右側のベッドにハーマイオニーが寝ている。月光がそのベッドを照らしている。ハーマイオニーも目を開けていた。緊張で張りつめているようだった。ハリーが目を覚ましているのに気づいたハーマイオニーは、唇に人差し指を当て、それから病室のドアを指さした。廊下にいるコーネリウス・ファッジとスネイプの声が、半開きになったドアから入り込んでくる。

マダム・ポンフリーが、きびきびと暗い病室を歩き、今度はハリーのベッドにやってくる。ハリーは寝返りを打ってそちらを見た。マダム・ポンフリーは、ハリーが見たこともないほど大きなチョコレートをひと塊《かたまり》手にしていた。ちょっとした小岩のようだ。

「おや、目が覚めたんですか！」張りのある声だ。チョコレートをハリーのベッド脇の小机に置き、マダム・ポンフリーはそれを小さいハンマーで細かく砕きはじめた。

「ロンは、どうですか？」ハリーとハーマイオニーが同時に聞いた。

「死ぬことはありません」マダム・ポンフリーは深刻な表情で言った。「あなたたち二人は……ここに入院です。わたしが大丈夫と言うまで。——ポッター、なにをしてるんですか？」

ハリーは上半身を起こし、メガネをかけ、杖《つえ》を取り上げていた。

「校長先生にお目にかかるんです」ハリーが言った。

「ポッター」マダム・ポンフリーがなだめるように言った。「大丈夫ですよ。ブラックは捕まえました。上の階に閉じ込められています。吸魂鬼《ディメンター》が間もなく『キス』を施します――」

「えぇっ！」

ハリーはベッドから飛び降りた。ハーマイオニーも同じだった。しかし、ハリーのさけび声が廊下まで聞こえたらしく、すぐにコーネリウス・ファッジとスネイプが病室に入ってきた。

「ハリー、ハリー、何事だね？」ファッジがあわてふためいて言った。

「寝てないといけないよ――ハリーにチョコレートをやったのかね？」

ファッジが心配そうにマダム・ポンフリーに聞いた。

「大臣、聞いてください！　シリウス・ブラックは無実です！　ピーター・ペティグリューは自分が死んだと見せかけたんです！　今夜、ピーターを見ました！　大臣、吸魂鬼にあれをやらせてはだめです。シリウスは――」

しかし、ファッジはかすかに笑いを浮かべて首を振っている。

「ハリー、ハリー、君は混乱している。あんな恐ろしい試練を受けたのだから、当然だ。横になりなさい。さあ。すべて我々が掌握《しょうあく》しているのだから……」

「してません！」ハリーは大声を出した。「捕まえる人をまちがえています！」

「大臣、聞いてください。お願いです」ハーマイオニーも急いでハリーのそばにきて、ファッジを見つめ、必死に訴えた。「私もピーターを見ました。ロンのネズミだったんです。『動物もどき《アニメーガス》』だったんです、ペティグリューは。それに――」

「おわかりでしょう、閣下《かっか》？」スネイプが言った。「『錯乱《さくらん》の呪文《じゅもん》』です。二人とも……ブラックは見事に二人に術をかけたものですな……」

「僕たち、錯乱なんかしていません！」ハリーはふたたび大声を出した。

「大臣！　先生！」マダム・ポンフリーが怒った。「二人とも出ていってください。ポッターはわたしの患者です。患者を興奮させてはなりません！」

「僕、興奮してません。なにがあったのか、本当のことを二人に伝えようとしてるんです」ハリーは激しい口調で言った。「僕の言うことを聞いてさえくれたら――」

しかし、マダム・ポンフリーは、突然大きなチョコレートの塊《かたまり》をハリーの口に押し込み、咽《む》せるハリーを間髪《かんはつ》を入れずベッドに押しもどした。

「さあ、大臣、お願いです。この子たちは手当てが必要です。どうか出ていってください――」

ふたたびドアが開いた。今度はダンブルドアだった。ハリーはやっとのことで口一杯のチョコレートを飲み込み、また立ち上がった。

「ダンブルドア先生、シリウス・ブラックは――」

「なんてことでしょう！」マダム・ポンフリーは癇癪《かんしゃく》を起こした。「病室をいったいなんだと思っているのですか？　校長先生、失礼ですが、どうか――」

「すまないね、ポピー。だが、わしはミスター・ポッターとミス・グレンジャーに話があるんじゃ」ダンブルドアが穏やかに言った。「たったいま、シリウス・ブラックと話をしてきたばかりじゃよ――」

「さぞかし、ポッターに吹き込んだと同じお伽噺《とぎばなし》をお聞かせしたことでしょうな？」スネイプが吐き捨てるように言った。「ネズミがどうだとか、ペティグリューが生きているとか――」

「さよう、ブラックの話はまさにそれじゃ」

ダンブルドアは半月メガネの奥から、スネイプを観察していた。

「我輩《わがはい》の証言はなんの重みもないということで？」スネイプがうなった。「ピーター・ペティグリューは『叫《さけ》びの屋敷《やしき》』にはいませんでしたぞ。校庭でも影も形もありませんでした」

「それは、先生がノックアウト状態だったからです！」ハーマイオニーが必死になった。「先生はあとからきたので、お聞きになっていない――」

「ミス・グレンジャー。口出しするな！」

「まあ、まあ、スネイプ」ファッジが驚いてなだめた。「このお嬢さんは、気が動転しているのだから、それを考慮してあげないと――」

「わしは、ハリーとハーマイオニーと三人だけで話したいのじゃが――」

ダンブルドアが突然言った。

「コーネリウス、セブルス、ポピー――席をはずしてくれないかの」

「校長先生！」マダム・ポンフリーがあわてた。「この子たちは治療が必要なんです。休息が必要で――」

「事は急を要する」ダンブルドアが言った。「どうしてもじゃ」

マダム・ポンフリーは口をきっと結び、病室の隣にある医務室にもどるため、バタンとドアを閉めて出ていった。ファッジはベストにぶら下げていた大きな金の懐中時計を見た。

「吸魂鬼《ディメンター》がそろそろ着くころだ。迎えに出なければ。ダンブルドア、上の階でお目にかかろう」

ファッジは病室の外で、スネイプのためにドアを開けて待っていた。しかし、スネイプは動かなかった。

「ブラックの話など、一言も信じてはおられないでしょうな？」

スネイプはダンブルドアを見据《みす》えたまま、ささやくように言った。

「わしは、ハリーとハーマイオニーと三人だけで話したいのじゃ」ダンブルドアが繰り返した。

スネイプがダンブルドアのほうに一歩踏み出した。

「シリウス・ブラックは十六のときに、すでに人殺しの能力をあらわにした」スネイプが息をひそめた。「お忘れになってはいますまいな、校長？　ブラックがかつて私を殺そうとしたこと、忘れてはいますまい？」

「セブルス、わしの記憶力は、まだ衰えてはおらんよ」静かにダンブルドアが言った。

スネイプは踵《きびす》を返し、ファッジが開けて待っていたドアから肩を怒らせて出ていった。ドアが閉まると、ダンブルドアはハリーとハーマイオニーのほうを向いた。二人が同時に、堰《せき》を切ったように話し出した。

「先生、ブラックの言っていることは全部本当です。――僕たち、本当にペティグリューを見たんです――」

「――ペティグリューは、ルーピンが狼に変身した隙に逃げたんです」

「ペティグリューはネズミです――」

「ペティグリューの前足の鉤爪《かぎづめ》、じゃなかった指。それも、自分で切断したんです

「ペティグリューがロンを襲ったんです。シリウスじゃありません――」

しかし、ダンブルドアは手を上げて、洪水のような説明を制止した。

「今度はきみたちが聞く番じゃ。頼むから、わしの言うことを途中で遮《さえぎ》らんでくれ。なにしろ時間がないのじゃ」

静かな口調だった。

「ブラックの言っていることを証明するものはなにひとつない。きみたちの証言だけじゃ。――十三歳の魔法使いが二人、なにを言おうと、だれも納得はせん。あの通りには、シリウスがペティグリューを殺したと証言する目撃者が、いっぱいいたのじゃ。わし自身、魔法省に、シリウスがポッターの『秘密《ひみつ》の守人《もりびと》』だったと証言した」

「ルーピン先生が話してくださいます――」どうしてもがまんできず、ハリーが口を挟んだ。

「ルーピン先生はいまは森の奥深くにいて、だれにもなにも話すことができん。ふたたび人間にもどるころにはもう遅すぎるじゃろう。シリウスは死よりも惨《むご》い状態になっておろう。さらに言うておくが、狼人間は、我々の仲間うちでは信用されておらんからの。狼人間が支持したところでほとんど役には立たんじゃろう――それに、ルーピンとシリウスは旧知の仲でもある――」

「でも――」

「よくお聞き、ハリー。もう遅すぎる。わかるかの？　スネイプ先生の語る真相のほうが、きみたちの話より説得力があるということを知らねばならん」

「スネイプ先生はシリウスを憎んでいます」ハーマイオニーが必死で訴えた。「シリウスが自分にばかな悪戯《いたずら》を仕掛けたというだけで――」

「シリウスも無実の人間らしい振る舞いをしなかった。『太った婦人《レディ》』を襲った。――グリフィンドールにナイフを持って押し入った。――生きていても死んでいても、とにかくペティグリューがいなければ、シリウスに対する判決を覆すのはむりというものじゃ」

「でも、ダンブルドア先生は、僕たちを信じてくださってます」

「そのとおりじゃ」ダンブルドアは落ち着いていた。「しかし、わしには、ほかの人間に真実を悟らせる力はないし、魔法大臣の判決を覆すことも……」

ダンブルドアの深刻な顔を見上げたハリーは、足下の地面がガラガラと急激に崩れていくような気がした。ダンブルドアならなんでも解決できる、そういう思いに慣れ切っていた。ダンブルドアがなんにもないところから、驚くべき解決策を引き出してくれると期待していた。それが、ちがう……最後の望みが消えた。

「必要なのは――」

ダンブルドアがゆっくりと言った。そして、明るい青い目がハリーからハーマイオニーへと移った。

「時間じゃ」

「でも――」

ハーマイオニーはなにか言いかけ、そして、ハッと目を丸くした。

「あっ！」

「さあ、よく聞くのじゃ」

ダンブルドアはごく低い声で、しかも、はっきりと言った。

「シリウスは、八階のフリットウィック先生の研究室に閉じ込められておる。西塔の右から十三番目の窓じゃ。首尾よく運べば、きみたちは今夜、一つと言わずもっと罪なきものの命を救うことができるじゃろう。ただし、二人とも忘れるでないぞ。見られてはならん。ミス・グレンジャー、規則は知っておろうな――どんな危険を冒《おか》すのか、きみは知っておろう……だれにも――見られては――ならんぞ」

ハリーにはなにがなんだかわからなかった。ダンブルドアは踵《きびす》を返し、ドアのところまで行って振り返った。

「きみたちを閉じ込めておこう」ダンブルドアは腕時計を見た。「いまは――午前零時五分前じゃ。ミス・グレンジャー、三回ひっくり返せばよいじゃろう。幸運を祈る」

「幸運を祈る?」ダンブルドアがドアを閉めたあとで、ハリーは繰り返した。「三回ひっくり返す? いったいなんのことだい? 僕たちに、なにをしろって言うんだい?」

しかし、ハーマイオニーはローブの襟《えり》のあたりをゴソゴソ探っていた。そして中からとても長くて細い金の鎖を引っ張り出した。

「ハリー、こっちにきて」ハーマイオニーが急き込んで言った。「早く!」

ハリーはさっぱりわからないまま、ハーマイオニーのそばに寄った。ハーマイオニーは鎖を突き出していた。ハリーはその先についている、小さなキラキラした砂時計を見つけた。

「さあ――」

ハーマイオニーはハリーの首にも鎖をかけた。

「いいわね?」ハーマイオニーが息を詰めて言った。

「僕たち、なにをしてるんだい?」ハリーにはまったく見当がつかなかった。

ハーマイオニーは砂時計を三回ひっくり返した。

暗い病室が溶けるようになくなった。ハリーはなんだか、とても速く、後ろ向きに飛んでいるような気がした。ぼやけた色や形が、どんどん二人を追い越していく。耳がガンガン鳴った。さけぼうとしても、自分の声が聞こえなかった――。

やがて固い地面が足をたたくのを感じた。すると、またまわりの物がはっきり見え出した——。

だれもいない玄関ホールに、ハリーはハーマイオニーと並んで立っていた。正面玄関の扉が開いていて、金色《こんじき》の太陽の光が、流れるように石畳の床に射し込んでいる。ハリーがくるりとハーマイオニーを振り返ると、砂時計の鎖が首に食い込んだ。

「ハーマイオニー、これは——？」

「こっちよ！」

ハーマイオニーはハリーの腕をつかみ、引っ張って玄関ホールを急ぎ足で横切り、箒《ほうき》置き場の前まで連れてきた。箒置き場の戸を開け、バケツやモップの中にハリーを押し込み、そのあとで自分も入って、バタンと戸を閉めた。

「なにが——どうして——ハーマイオニー、いったいなにが起こったんだい？」

「時間を逆もどりさせたの」真っ暗な中で、鎖をハリーの首からはずしながら、ハーマイオニーがささやいた。「三時間前まで……」

ハリーは暗い中で自分の足の見当をつけて、いやというほどつねった。相当痛かった。ということは、奇々怪々な夢を見ているというわけではない。

「でも——」

「シッ！　聞いて！　だれかくるわ！　たぶん——たぶん私たちよ！」

ハーマイオニーは箒置《ほうき》き場の戸に耳を押しつけていた。

「玄関ホールを横切る足音だわ……そう、たぶん、私たちがハグリッドの小屋に行くところよ！」

「つまり」ハリーがささやいた。「僕たちがこの中にいて、しかも外にも僕たちがいるってこと？」

「そうよ」ハーマイオニーの耳はまだ戸に張りついている。「絶対私たちだわ……あの足音は多くても三人だもの……それに、私たち『透明《とうめい》マント』をかぶってるから、ゆっくり歩いているし――」

ハーマイオニーは言葉を切って、じっと耳を澄ました。

「私たち、正面の石段を下りたわ……」

ハーマイオニーは逆さにしたバケツに腰掛け、ぴりぴり緊張していた。ハリーはいくつか答えが欲しかった。

「その砂時計みたいなもの、どこで手に入れたの？」

「これ、『逆転時計《タイムターナー》』って言うの」ハーマイオニーが小声で言った。「今学期、学校に帰ってきた日に、マクゴナガル先生にいただいたの。授業を全部受けるのに、今学期はずっとこれを使っていたわ。だれにも言わないって、マクゴナガル先生と固く約束したの。先生は魔法省にありとあらゆる手紙を書いて、私のために一個入手してくださったの。私が模範生だから、勉強以外には絶対使いませんって、先生は魔法省にそう誓約させられたわ……。私、これを逆転させて、時間をもどしていたのよ。だから、同時にいくつもの授業を受けられたの。わかった？　でも……」

「ハリー、ダンブルドアが私たちになにをさせたいのか、私、わからないわ。どうして三時間もどせっておっしゃったのかしら？　それがどうしてシリウスを救うことになるのかしら？」

ハリーは影のようなハーマイオニーの顔を見つめた。

「ダンブルドアが変えたいと思っているなにかが、この時間帯に起こったにちがいない」ハリーは考えながら言った。「なにが起こったかな？　僕たち三時間前に、ハグリッドのところへ向かっていた……」

「いまが、その三時間前よ。私たち、たしかに、ハグリッドのところに向かっているわ。たったいま、私たちがここを出ていく音を聞いた……」

ハリーは顔をしかめた。精神を集中させ、脳みそを全部しぼり切っているような感じがした。

「ダンブルドアが言った……僕たち、一つと言わずもっと、罪なき命を救うことができるって……」

ハリーはハッと気がついた。

「ハーマイオニー、僕たち、バックビークを救うんだ！」

「でも――それがどうしてシリウスを救うことになるの？」

「ダンブルドアが――窓がどこにあるか、いま教えてくれたばかりだ。――フリットウィック先生の研究室の窓だ！　そこにシリウスが閉じ込められている！　僕たち、バックビークに乗って、その窓まで飛んでいき、シリウスを救い出すんだよ！　シリウスはバックビークに乗って逃げられる――バックビークと一緒に逃げられるんだ！」

暗くてよくは見えなかったが、ハーマイオニーの顔は、怯《おび》えているようだった。

「そんなこと、だれにも見られずにやり遂げられたら、奇跡だわ！」

「でも、やってみなきゃ。そうだろう？」

ハリーは立ち上がって戸に耳を押しつけた。

「外にはだれもいないみたいだ……さあ、行こう……」

ハリーは戸を押し開けた。玄関ホールには人っ子一人もいない。できるだけ静かに急いで、二人は箒《ほうき》置き場を飛び出し石段を下りた。もう影が長く伸び、禁じられた森の木々の梢が、さっきと同じように金色《こんじき》に輝いていた。

「だれかが窓から覗《のぞ》いていたら――」

ハーマイオニーが、背後の城の窓を見上げて上ずった声を出した。

「全速力で走ろう」ハリーは決然と言った。「まっすぐ森に入るんだ。いいね？　木の陰かなんかに隠れて、様子を窺《うかが》うんだ――」

「いいわ。でも温室を回り込んで行きましょう！」ハーマイオニーが息をはずませながら言った。「ハグリッドの小屋の戸口から見えないようにしなきゃ。じゃないと、私たち、自分たちに見られてしまう！　ハグリッドの小屋に私たちがもう着くころだわ！」

ハーマイオニーの言ったことがよく呑《の》み込めないまま、ハリーは全力で走り出した。ハーマイオニーがあとに続いた。野菜畑を突っ切って温室にたどり着き、その陰でひと呼吸入れてから二人はまた走った。全速力で「暴《あば》れ柳《やなぎ》」を避けながら、隠れ場所となる森まで駆け抜けた。

木々の陰に入って安全になってから、ハリーは振り返った。数秒後、ハーマイオニーも息を切らしてハリーのそばにたどり着いた。

「これでいいわ」ハーマイオニーが一息入れた。「ハグリッドのところまで忍んでいかなくちゃ。見つからないようにね、ハリー……」

二人は森の端を縫うように、こっそりと木々の間を進んだ。やがて、ハグリッドの小屋の戸口が垣間見え、戸をたたく音が聞こえた。二人は急いで太い樫《かし》の木の陰に隠れ、幹の両側から覗《のぞ》いた。ハグリッドが、青ざめた顔で震えながら、戸口に顔を出し、だれが戸をたたいたのかとそこら中を見回した。そして、ハリーは自分自身の声を聞いた。

「僕たちだよ。『透明マント』を着てるんだ。中に入れて。そしたらマントを脱ぐから」

「きちゃなんねえだろうが！」

ハグリッドはそうささやきながらも、一歩下がった。それから急いで戸を閉めた。

「こんな変てこなこと、いままで見たこともやったこともないよ！」ハリーが夢中で言った。

「もうちょっと行きましょう」ハーマイオニーがささやいた。「もっとバックビークに近づかないと！」

二人は木々の間をこっそり進み、かぼちゃ畑の柵《さく》につながれて落ち着かない様子のヒッポグリフが見えるところまでやってきた。

「やる？」ハリーが小声で聞いた。

「だめ！」とハーマイオニー。「いまバックビークを連れ出したら、委員会の人たちはハグリッドが逃がしたと思うわ！　外につながれているところを、あの人たちが見るまで待たなくちゃ！」

「それじゃ、連れ出す時間は六十秒くらいしかないよ」

不可能なことをやっている、とハリーは思いはじめた。

そのとき、陶器の割れる音が、ハグリッドの小屋から聞こえてきた。

「ハグリッドがミルク入れを壊したのよ」ハーマイオニーがささやいた。「もうすぐ、私がスキャバーズを見つけるわ――」

たしかに、それから数分して、二人はハーマイオニーが驚いてさけぶ声を聞いた。

「ハーマイオニー」ハリーは突然思いついた。「もし、僕たちが――いま中に飛び込んで、ペティグリューを取っ捕まえたらどうだろう――」

「だめよ！」ハーマイオニーは震え上がって否定した。「わからないの？　私たち、最も大切な魔法界の規則を一つ破っているところなのよ！　時間を変えるなんて、だれもやってはいけないことなの。だぁれも！　ダンブルドアの言葉を聞いたわね。もしだれかに見られたら――」

「僕たち自身と、ハグリッドに見られるだけじゃないか！」

「ハリー、あなた、ハグリッドの小屋に自分自身が飛び込んでくるのを見たら、どうすると思う？」

「僕――たぶん気が変になったのかと思うだろうな。でなければ、なにか闇の魔術がかかってると思うか――」

「そのとおりよ！　事情が理解できないでしょうし、自分自身を襲うこともありうるわ！　わからないの？　マクゴナガル先生が教えてくださったの。いままで魔法使いが時間にちょっかいを出したときに、どんな恐ろしいことが起こったか……。何人もの魔法使いがミスを犯して、過去や未来の自分自身を殺してしまったのよ！」

「わかったよ！　ちょっと思いついただけだよ。ただ考えて――」

しかし、ハーマイオニーはハリーを小突《こづ》いて、城のほうを指さした。ハリーは首を少し動かして、遠くの正面玄関をよく見ようとした。ダンブルドア、ファッジ、年老いた委員会のメンバー、それに死刑執行人のマクネアが石段を下りてくる。

「まもなく私たちが出てくるわよ！」ハーマイオニーが声をひそめた。

まさに間もなく、ハグリッドの小屋の裏口が開き、ハリーは自分自身が、ロン、ハーマイオニー、ハグリッドと一緒に出てくるのを見た。木の陰に隠れて、かぼちゃ畑にいる自分自身の姿を見るのは、いままで想像したこともない、まったく奇妙な感覚だった。

「大丈夫だ、ビーキー。大丈夫だぞ……」

ハグリッドがバックビークに話しかけている。それから　ハリー、ロン、ハーマイオニーに向かって「行け。もう行け」と言った。

「ハグリッド、そんなことできないよ――」

「僕たち、本当はなにがあったのか、あの連中に話すよ――」

「バックビークを殺すなんて、だめよ――」

「行け！　おまえさんたちが面倒なことになったら、ますます困る！」

ハリーが見ていると、かぼちゃ畑のハーマイオニーが「透明マント」をハリーとロンにかぶせた。

「急ぐんだ。聞くんじゃねえぞ……」

ハグリッドの小屋の戸口をたたく音がした。死刑執行人ご一行の到着だ。ハグリッドは振り返り、裏戸を半開きにして小屋の中に入っていった。ハリーには、小屋のまわりの草むらがひと筋踏みつけられていくのが見え、三組の足音が遠のいていくのも聞こえた。マントを着た自分と、ロン、ハーマイオニーの三人は行ってしまった。……しかし、木々の陰に隠れているほうのハリーとハーマイオニーは、小屋の中で起こっていることを、半開きの裏戸を通して聞くことができた。

「獣《けだもの》はどこだ？」マクネアの冷たい声がする。

「外――外にいる」ハグリッドのかすれ声だ。

マクネアの顔がハグリッドの小屋の窓から覗《のぞ》き、バックビークをじっと見たので、ハリーは見えないように頭を引っ込めた。それからファッジの声が聞こえた。

「ハグリッド、我々は――その――死刑執行の正式な通知を読み上げねばならん。短くすますつもりだ。それから君とマクネアが書類にサインをする。マクネア、君も聞くことになっている。それが手続きだ――」

マクネアの顔が窓から消えた。いまだ。いましかない。

「ここで待ってて」ハリーがハーマイオニーにささやいた。「僕がやる」

ふたたびファッジの声が聞こえてきたとき、ハリーは木陰から飛び出し、かぼちゃ畑の柵を飛び越えてバックビークに近づいた。

「『危険生物処理委員会』は、ヒッポグリフのバックビーク、以後被告と呼ぶ、が、六月六日の日没時に処刑さるべしと決定した――」

瞬《まばた》きをしないよう注意しながら、ハリーは以前に一度やったように、バックビークの荒々しいオレンジ色の目を見つめ、お辞儀《じぎ》した。バックビークは鱗《うろこ》で覆われた膝《ひざ》を曲げていったん身を低くし、また立ち上がった。ハリーは、バックビークを柵に縛りつけている綱を解こうとした。

「……死刑は斬首《ざんしゅ》とし、委員会の任命する執行人、ワルデン・マクネアによって執り行われ……」

「バックビーク、くるんだ」ハリーがつぶやくように話しかけた。

「おいで、助けてあげるよ。そぉっと……そぉっと……」

「以下を証人とす。ハグリッド、ここに署名を……」

ハリーは全体重をかけて綱を引っ張ったが、バックビークは前足で踏ん張って動かない。

「さあ、さっさと片づけましょうぞ」

ハグリッドの小屋から、老委員会メンバーのひょろひょろした声が聞こえた。

「ハグリッド、君は中にいたほうがよくはないかの――」

「いんや、おれは――おれはあいつと一緒にいたい……あいつをひとりぼっちにはしたくねえ――」

小屋の中から足音が響いてきた。

「バックビーク、動いてくれ！」ハリーが声を殺して促した。

ハリーはバックビークの首にかかった綱をぐいと引いた。ヒッポグリフは、いらいらと翼をこすり合わせながら歩きはじめた。森までまだ三メートルはある。ハグリッドの裏戸から丸見えだ。

「マクネア、ちょっと待ちなさい」ダンブルドアの声がした。「君も署名せねば」

小屋の足音が止まった。ハリーが綱を手繰《たぐ》ると、バックビークは嘴《くちばし》をカチカチ言わせながら、少し足を速めた。

ハーマイオニーの青い顔が、木の陰から突き出ていた。

「ハリー、早く！」ハーマイオニーの口の形が、そう言っていた。

ハリーには、ダンブルドアが小屋の中でまだ話している声が聞こえていた。もう一度綱をぐいと引いた。バックビークはあきらめたように早足になった。やっと木立ちのところに着いた。

「早く！　早く！」

ハーマイオニーが木の陰から飛び出して、うめくように言いながら自分も手綱を取り、全体重をかけてバックビークを急がせた。ハリーが肩越しに振り返ると、もう小屋からは視界の遮《さえぎ》られるところまできていた。ハグリッドの裏庭はもう見えない。

「止まって！」ハリーがハーマイオニーにささやいた。「みんなが音を聞きつけるかも――」

ハグリッドの裏戸がバタンと開いた。ハリー、ハーマイオニー、バックビークは、じっと音を立てずにたたずんだ。ヒッポグリフまで耳をそばだてているようだ。

静寂……そして――。

「どこじゃ？」老委員会メンバーの、ひょろひょろ声がした。

「ここにつながれていたんだ！　おれは見たんだ！　ここだった！」死刑執行人がカンカンに怒った。

「これは異なこと」ダンブルドアが言った。どこかおもしろがっているような声だった。

「ビーキー！」ハグリッドが声を詰まらせた。

シュッという音に続いて、ドサッと斧を振り下ろす音がした。死刑執行人が癇癪《かんしゃく》を起こして斧を柵に振り下ろしたらしい。それから吠えるような声がした。そして、前には聞こえなかったハグリッドの言葉が、すすり泣きに交じって聞こえてきた。

「いない！　いない！　よかった。かわいい嘴《くちばし》のビーキー、いなくなっちまった！　きっと自分で自由になったんだ！　ビーキー、賢いビーキー！」

バックビークは、ハグリッドのところに行こうと綱を引っ張りはじめた。ハリーとハーマイオニーは綱をにぎりなおし、踵《かかと》が森の土にめり込むほど足を踏ん張ってバックビークを押さえた。

「だれかが綱を解いて逃がしたんだ！」死刑執行人が歯噛《はが》みした。「探さなければ。校庭や森や――」

「マクネア、バックビークが盗まれたのなら、盗人《ぬすっと》はバックビークを歩ませて連れていくと思うかね？」

ダンブルドアはまだおもしろがっているような声だった。

「どうせなら、空を探すがよい……ハグリッド、お茶を一杯いただこうかの。ブランディをたっぷりでもよいの」

「は――はい、先生さま」ハグリッドは、うれしくて力が抜けたようだった。

「お入りくだせえ、さあ……」

ハリーとハーマイオニーはじっと耳を澄ませた。足音が聞こえ、死刑執行人がブツブッ悪態をつくのが聞こえ、そして戸がバタンと閉まり、その後はふたたび静寂が訪れた。

「さあ、どうする?」ハリーがまわりを見回しながらささやいた。

「ここに隠れていなきゃ」ハーマイオニーは気が張《は》りつめているようだった。「みんなが城にもどるまで待たないといけないわ。もうバックビークに乗ってシリウスのいる部屋の窓まで飛んでいっても安全だという時まで待つの。あと二時間ほどしないとシリウスはそこにはいないのよ……ああ、とても難しいことだわ……」

ハーマイオニーは振り返って、怯《おび》えた目で森の奥を見た。太陽がまさに沈もうとしていた。

「移動しなくちゃ」ハリーはよく考えて言った。「『暴《あば》れ柳《やなぎ》』が見えるところにいないといけないよ。じゃないと、なにが起こっているのかわからなくなるし」

「オッケー」ハーマイオニーが、バックビークの手綱をしっかりにぎりながら言った。「でも、ハリー、忘れないで……私たち、だれにも見られないようにしないといけないのよ」

暗闇がだんだん色濃く二人を包む中、二人は森のすそに沿って進み、「柳」が垣間見える木立ちの陰に隠れた。

「ロンがきた!」突然ハリーが声を上げた。

黒い影が、芝生を横切って駆けてくる。その声が静かな夜の空気を震わせた。

「スキャバーズから離れろ――離れるんだ――スキャバーズこっちへおいで――」

それから、どこからともなく、もう二人の姿が現れるのが見えた。ハリー自身とハーマイオニーがロンを追ってくる。そしてロンがスライディングするのを見た。

「捕まえた！　とっとと消えろ、いやな猫め――」

「今度はシリウスだ！」「柳《やなぎ》」の根元から、大きな犬の姿が躍り出て、ハリーを転がし、ロンをくわえるところを二人は見ていた……。

「ここから見てると、よけいひどく見えるよね？」

ハリーは犬がロンを木の根元に引きずり込むのを眺めながら言った。

「あいたっ――見てよ、僕、いま、木になぐられた。――あっ、君もなぐられたよ――。なんか変てこな気分だ――」

「暴《あば》れ柳《やなぎ》」はギシギシと軋《きし》み、低いほうの枝を鞭《むち》のように動かしていた。二人は、自分たち自身が木の幹にたどり着こうとあちこち走り回るのを、見ていた。そして、木が動かなくなった。

「クルックシャンクスがあそこで木のコブを押したんだわ」ハーマイオニーが言った。

「僕たちが入っていくよ……」ハリーがつぶやいた。「入ったよ」

みなの姿が消えたとたん、「柳」はまた動き出した。その数秒後、二人はすぐ近くで足音を聞いた。ダンブルドア、マクネア、ファッジ、それに年老いた委員会メンバーが城へ帰るところだった。

「私たちが地下通路に降りたすぐあとだわ！　あのときに、ダンブルドアが一緒にきてくれていたら……」ハーマイオニーが言った。

「そしたら、マクネアもファッジも一緒についてきてたよ」ハリーが苦々しげに言った。「賭けてもいいけど、ファッジは、シリウスをその場で殺せってマクネアに指示したと思うよ」

四人が城の階段を上って見えなくなるまで、二人は見つめていた。しばらくの間、あたりにはだれもいなかった。そして――。

「ルーピンがきた！」一人の男の姿が石段を下り、「柳」に向かって走ってくる。ハリーは空を見上げた。雲が完全に月を覆っている。

ルーピンが折れた枝を拾って、木の幹のコブを突つくのが見えた。木は暴れるのをやめ、ルーピンもまた木の根元の穴へと消えた。

「ルーピンが『マント』を拾ってくれてたらなぁ。そこに置きっぱなしになってるのに……」

ハリーはそう言うと、ハーマイオニーのほうに向きなおった。

「もし、いま僕が急いで走っていってマントを取ってくれれば、スネイプはマントを手に入れることができなくなるし、そうすれば――」

「ハリー、私たち、姿を見られてはいけないのよ！」

「君、どうしてがまんできるんだい？」ハリーは激しい口調でハーマイオニーに問いかけた。「ここに立って、なるがままにまかせて、なにもしないで見てるだけなのかい？」

ハリーはちょっと戸惑いながら言葉を続けた。

「僕、『マント』を取ってくる！」

「ハリー、だめ！」

ハーマイオニーが、ハリーのローブをつかんで引きもどした。間一髪。ちょうどそのとき大きな歌声が聞こえた。ハグリッドだ。城に向かう道すがら、足元をふらつかせ、声を張り上げて歌っている。手には大きな瓶《びん》をブラブラさせていた。

「でしょ？」ハーマイオニーがささやいた。「どうなってたか、わかるでしょ？　私たち、人に見られてはいけないのよ！　だめよ、バックビーク！」

ヒッポグリフはハグリッドのそばに行きたくて、必死になってもがいた。ハリーも手綱《たづな》をつかみ、バックビークを引きもどそうと引っ張った。二人はハグリッドがほろ酔いの千鳥足で城へと向かっていくのを見ていた。ハグリッドの姿が見えなくなった。バックビークは逃げようと暴れるのをやめ、悲しそうに首うなだれた。

それからほんの二分も経たないうちに、城の扉がふたたび開いてスネイプが突然姿を現し、「柳」に向かって走り出した。

スネイプが木のそばで急に立ち止まり、周囲を見回す姿を二人で見つめながら、ハリーは拳《こぶし》をにぎりしめた。スネイプが「マント」をつかみ、持ち上げて見ている。

「汚らわしい手で触るな」ハリーは息をひそめ、歯噛《はが》みした。

「シッ！」

スネイプはルーピンが「柳」を固定するのに使った枝を拾い、それで木のコブを突くと、「マント」をかぶって姿を消した。

「これで全部ね」ハーマイオニーが静かに言った。「私たち全員、あそこにいるんだわ……さあ、あとは、私たちがまた出てくるまで待つだけ……」

ハーマイオニーは、バックビークの手綱《たづな》の端を一番手近の木にしっかり結びつけ、乾いた土の上に腰を下ろして膝《ひざ》を抱きかかえた。

「ハリー、私、わからないことがあるの……どうして、吸魂鬼《ディメンター》はシリウスを捕まえられなかったのかしら？　私、吸魂鬼がやってくるところまでは覚えてるんだけど、それから気を失ったと思う……ほんとに大勢いたわ……」

ハリーも腰を下ろした。そして自分が見たことを話した。一番近くにいた吸魂鬼がハリーの口元に口を近づけたこと、そのとき大きな銀色のなにかが湖の反対側から疾走してきて、吸魂鬼を退却させたこと。

説明し終わると、ハーマイオニーの口元がかすかに開いていた。

「でも、それ、なんだったの？」

「吸魂鬼を追いはらうものは、たった一つしかありえない」ハリーが言った。「本物の守護霊《パトローナス》だ。強力な」

「でも、いったいだれが？」

ハリーは無言だった。湖の向こう岸に見えた人影を、ハリーは思い返していた。あれがだれだったのか、ハリーは自分で確信に近いものを持っていた……でも、そんなことがありうるだろうか？

「どんな人だったか見たの？」ハーマイオニーは興味津々で聞いた。「先生たちの一人みたいだった？」

「ううん。先生じゃなかった」

「でも、本当に力のある魔法使いにちがいないわ。あんなに大勢の吸魂鬼を追いはらうんですもの……守護霊がそんなにまばゆく輝いていたのだったら、その人を照らしたんじゃないの？　見えなかったの――？」

「ううん、僕、見たよ」ハリーがゆっくりと答えた。「でも……僕、きっと、思い込んだだけなんだ……混乱してたんだ……そのすぐあとで気を失ってしまったし……」

「だれだと思ったの？」

「僕――」

ハリーは言葉を呑《の》み込んだ。言おうとしていることが、どんなに奇妙に聞こえるか、わかっていた。

「僕、父さんだと思った」

ハリーはハーマイオニーをちらりと見た。今度はその口が完全にあんぐり開いていた。ハーマイオニーはハリーを、驚きとも哀れみともつかない目で見つめていた。

「ハリー、あなたのお父さま――あの――お亡くなりになったのよ」

ハーマイオニーが静かに言った。

「わかってるよ」ハリーが急いで言った。

「お父さまの幽霊を見たってわけ？」

「わからない……ううん……実体があるみたいだった……」

「だったら――」

「たぶん、気のせいだろう。だけど……僕の見たかぎりでは……父さんみたいだった……。僕、写真を持ってるんだ……」

ハーマイオニーは、ハリーがおかしくなったのではないかと、心配そうに見つめ続けていた。

「ばかげてるって、わかってるよ」

ハリーはきっぱりと言った。そしてバックビークのほうを見た。バックビークは虫でも探しているのか、土をほじくり返していた。しかし、ハリーは本当はバックビークを見ていたのではなかった。

ハリーは父親のこと、一番古くからの三人の友人たちのことを考えていた。……ムーニー、ワームテール、パッドフット、プロングズ……今夜、四人全員が校庭にいたのだろうか？　ワームテールは死んだと、みなが思っていたのに、今夜現れた——父さんが同じように現れるのが、そんなにありえないことだろうか？　湖の向こうに見たものは幻だったのか？　あまりに遠くて、はっきり姿は見えなかった。……でも、一瞬《いっしゅん》、意識を失う前に、ハリーは確信を持ったのだ……。

頭上の木の葉が、かすかに夜風にそよいだ。月が、雲の切れ目から現れては消えた。ハーマイオニーは座ったまま、「柳《やなぎ》」を見て待ち続けた……。

そして、ついに、一時間以上経って……。

「出てきたわ！」ハーマイオニーがささやいた。

二人は立ち上がり、バックビークは首を上げた。ルーピン、ロン、ペティグリューが根元の穴から、窮屈そうに這《は》い登って出てきた。次はハーマイオニーだった……そして、気を失ったままのスネイプが不気味に漂いながら浮かび上がってきた。最後はハリーとブラック。全員が城に向かって歩き出した。

ハリーの鼓動が速くなった。ちらりと空を見上げた。まもなく雲が流れ、月をあらわにする……。

「ハリー」ハーマイオニーがつぶやくように言う。まるでハリーの考えを見抜いたようだ。「じっとしていなきゃいけないのよ。だれかに見られてはいけないの。私たちにはどうすることもできないんだから……」

「じゃ、またペティグリューを逃がしてやるだけなんだ……」ハリーは低い声で答えた。

「この暗闇で、どうやってネズミを探すって言うの？」ハーマイオニーがぴしゃりと言った。「私たちにはどうにもできないことよ！　私たち、シリウスを救うために時間をもどしたの。ほかのことはいっさいしちゃいけないの！」

「わかったよ！」

月が雲の陰から滑り出た。校庭の向こう側で、小さな人影が立ち止まったのが見える。それから――二人はその影の動きに目を止めた――。

「ルーピンがいよいよだわ」ハーマイオニーがささやいた。「変身している――」

「ハーマイオニー！」ハリーが突然呼びかけた。「行かないと！」

「だめよ。何度も言ってるでしょ——」

「ちがう。割り込むんじゃない。ルーピンがまもなく森に駆け込んでくる。僕たちのいるところに！」

ハーマイオニーが息を呑《の》んだ。

「早く！」大急ぎでバックビークの綱を解きながら、ハーマイオニーがうめいた。

「早く！　ねぇ、どこへ行ったらいいの？　どこに隠れるの？　吸魂鬼《ディメンター》がもうすぐやってくるわ——」

「ハグリッドの小屋にもどろう！　いまは空っぽだ——行こう！」

二人は転げるように走り、バックビークがそのあとを悠々と走った。背後から狼人間の遠吠えが聞こえてきた……。

小屋が見えた。ハリーは戸の前で急停止《きゅうていし》し、ぐいっと戸を開けた。電光石火、ハーマイオニーとバックビークがハリーの前を駆け抜けて入った。ハリーがそのあとに飛び込み、戸の錠前を下ろした。ボアハウンド犬のファングが吠えたてた。

「シーッ、ファング。私たちよ！」

ハーマイオニーが急いで近寄って耳の後ろをカリカリなで、静かにさせた。

「危なかったわ！」ハーマイオニーが言った。

「ああ……」

ハリーは窓から外を見ていた。ここからだと、なにが起こっているのか見えにくい。バックビークは、またハグリッドの小屋にもどれてとてもうれしそうだった。暖炉の前に寝そべり、満足げに翼をたたんでひと眠りしそうな気配だった。

「ねえ、僕、また外に出たほうがいいと思うんだ」ハリーが考えながら言った。「いま、なにが起こっているのか見えないし――いつ行動すべきなのか、これじゃわからない――」

ハーマイオニーが顔を上げた。疑っているような表情だ。

「僕、割り込むつもりはないよ」ハリーが急いで言った。「でも、なにが起こっているか見えないと、シリウスをいつ救い出したらいいのかわからないだろ？」

「ええ……それなら、いいわ……私、ここでバックビークと待ってる……でも、ハリー、気をつけて――狼人間がいるし――吸魂鬼《ディメンター》も――」

ハリーはふたたび外に出て、小屋に沿って裏に回り込んだ。遠くでキャンキャンという鳴き声が聞こえる。吸魂鬼がシリウスに迫っているということだ……自分とハーマイオニーが、もうすぐシリウスのところに駆けつけるはずだ……。

ハリーは湖のほうをじっと見た。胸の中で、心臓がドラムの連打のように鳴っている。あの守護霊を送り出しただれかが、もうすぐ現れる……。

一刹那《いっせつな》、ハリーは決心がつかず、ハグリッドの小屋の戸の前で立ち止まったままでいた。姿を見られてはならない。いや、見られたいのではない。自分が見るほうに回りたいのだ……どうしても知りたい……。

でも、吸魂鬼がいる。暗闇の中からわき出るように、吸魂鬼が四方八方から出てくる。湖のまわりを滑るように……しかしハリーが立っているところからは遠ざかるように、湖の向こう岸へと動いている……それならハリーは吸魂鬼に近づかなくてもすむはずだ……。

ハリーは走り出した。父親のことしか頭にはなかった……もしあれが父さんだったら……知りたい、確かめなければ……。

次第に湖が近づいてきた。しかし、だれかのいる気配はない。向こう岸に、小さな銀色の光が見えた――自分自身が守護霊を出そうとしている――。

水際に木の茂みがあった。ハリーはその陰に飛び込み、木の葉を透かして必死に目を凝らした。向こうでは、かすかな銀色の光がふっと消えた。恐怖と興奮がハリーの体を貫いた。――いまだ――「早く」ハリーはあたりを見回しながらつぶやいた。

「父さん、どこなの？　早く――」

しかし、だれも現れない。ハリーは顔を上げて、向こう岸の吸魂鬼の輪を見た。一人がフードを脱いだ。救い主が現れるならいまだ――それなのに、ここにはだれもきていない――。

ハリーはハッとなった――わかった。父さんを見たんじゃない――自分自身を見たんだ――。

ハリーは茂みの陰から飛び出し、杖《つえ》を取り出した。

「エクスペクト！　パトローナム！」ハリーは声のかぎりにさけんだ。

すると、杖の先から、ぼんやりした霞ではなく、目もくらむほどまぶしい、銀色の動物が噴き出した。ハリーは目を細めて、なんの動物なのか見ようとした。馬のようだ。暗い湖の面《おも》を、向こう岸へと音もなく疾走していく。頭を下げ、群がる吸魂鬼《ディメンター》に向かって突進していくのが見える……今度は、地上に倒れている暗い影のまわりをぐるぐると駆け回る。吸魂鬼が後ずさりする。散り散りになり、暗闇の中に退却していく……そして、いなくなった。

守護霊が向きを変えた。静かな水面《みなも》を渡り、ハリーのほうに緩やかに走りながら近づいてくる。馬ではない。一角獣《ユニコーン》でもない。牡鹿《おじか》だ。空にかかる月ほどにまばゆい輝きを放ち……ハリーのほうにもどってくる……。

それは、岸辺で立ち止まった。大きな銀色の目でハリーをじっと見つめるその牡鹿は、柔らかな水辺の土に、蹄《ひづめ》の跡さえ残さなかった。ゆっくりと頭を下げた。角のある頭を。そして、ハリーは気づいた……。

「プロングズ」ハリーがつぶやいた。

震える指で、触れようと手を伸ばしたところで、それはふっと消えてしまった。

手を伸ばしたまま、ハリーはその場にたたずんでいた。すると、突然背後で蹄の音が聞こえ、ハリーは胸を躍らせた。――急いで振り返ると、ハーマイオニーが、バックビークを引っ張って、猛烈な勢いでハリーに向かって駆けてくる。

「なにをしたの？」ハーマイオニーが激しく問い詰めた。「なにが起きているか見るだけだって、あなた、そう言ったじゃない！」

「僕たち全員の命を救っただけだ……。この茂みの陰にきて。説明するから」

なにが起こったのか、話を聞きながらハーマイオニーは、またしても口をポカンと開けていた。

「だれかに見られた？」

「ああ。話を聞いてなかったの？　僕が僕を見たよ。でも、僕は父さんだと思ったんだ！　だから大丈夫！」

「ハリー、私、信じられない。――あの吸魂鬼を全部追いはらうような守護霊を、あなたが創り出したなんて！　それって、とっても、とっても、ものすごく高度な魔法なのよ……」

「僕、できるとわかってたんだ。だって、さっき一度出したわけだから……僕の言っていること、なんか変かなあ？」

「よくわからないわ――あっ、ハリー、スネイプよ。見て！」

茂みの間から、二人は向こう岸をじっと見つめた。スネイプが意識を取りもどし、担架《たんか》を作り、その上にぐったりしているハリー、ハーマイオニー、ブラックを載せた。ロンはすでにスネイプの横に浮かんでいた。そして、スネイプは杖《つえ》を前に突き出し、担架を城に向けて運びはじめた。

「さあ、そろそろ時間だわ」

ハーマイオニーは時計を見ながら緊張した声を出した。

「ダンブルドアが医務室のドアに鍵をかけるまで、あと四十五分くらい。シリウスを救い出して、それから、私たちがいないことにだれも気づかないうちに病室にもどっていなければ……」

二人は空行く雲が湖に映るさまを見ながら、ひたすら待った。周囲の茂みが夜風にサヤサヤとささやき、バックビークは退屈して、また虫ほじりを始めた。

「シリウスはもう上に行ったと思う？」ハリーが時計を見ながら言い、城を見上げて、西塔の窓を右から数えはじめた。

「見て！」ハーマイオニーがささやいた。「あれ、だれかしら？　お城からだれか出てくるわ！」

ハリーは暗闇を透かして見た。闇の中を男が一人、急いで校庭を横切り、どこかの門に向かっている。ベルトのところでなにかがキラッと光った。

「マクネア！　死刑執行人だ！　吸魂鬼を迎えにいくところだ。いまだよ、ハーマイオニー――」

ハーマイオニーがバックビークの背に両手をかけ、ハリーが手を貸してハーマイオニーを押し上げた。そして、潅木《かんぼく》の低い枝に足をかけてハーマイオニーの前にまたがったハリーは、バックビークの綱を手繰り寄せて長い首の後ろに一度回してから首輪の反対側に結びつけ、手綱のように設《しつら》えた。

「いいかい？」ハリーがささやいた。「僕につかまるといい――」

ハリーはバックビークの脇腹を踵《かかと》で蹴った。

バックビークは闇を裂いて高々と舞い上がった。ハリーはその脇腹を膝《ひざ》でしっかり挟み、巨大な翼が自分の膝下で力強く羽ばたくのを感じていた。ハーマイオニーはハリーの腰にぴったりしがみついている。

「ああ、だめ――いやよ――ああ、私、ほんとに、これ、いやだわ――」

ハーマイオニーがそうつぶやくのが聞こえた。

ハリーはバックビークを駆り立てた。音もなく、二人は城の上階へと近づいていった……。手綱の左側をぐいっと引くと、バックビークが向きを変える。ハリーは次々とそばを通り過ぎる窓を数えようとした――。

「ドウ、ドウ！」ハリーは力のかぎり手綱を引きしめた。

バックビークは速度を落とし、二人は空中で停止した。停止したと言っても、空中に浮かんでいられるようにバッグビークが翼を羽ばたかせるので、そのたびに上に下にと一、二メートル揺《ゆ》らいではいた。

「あそこだ！」

窓に沿って上に浮き上がった際、ハリーはシリウスを見つけた。バックビークの翼が下がったときに、ハリーは手を伸ばして窓ガラスを強くたたくことができた。

ブラックが顔を上げた。呆気《あっけ》に取られて口を開くのが見えた。ブラックははじけるように椅子から立ち上がり、窓際に駆け寄って開けようとした。鍵がかかっている。

「さがって！」ハーマイオニーが呼びかけ、杖《つえ》を取り出した。左手はしっかりとハリーのローブをつかまえたままだ。

「アロホモラ！」

窓がパッと開いた。

「ど――どうやって――？」

ブラックはヒッポグリフを見つめながら、声にならない声で聞いた。

「乗って――時間がないんです」

ハリーはバックビークの滑らかな首の両側をしっかりと押さえつけ、その動きを安定させた。

「ここから出ないと——吸魂鬼《ディメンター》がやってきます。マクネアが呼びにいきました」

ブラックは窓枠の両端に手をかけ、窓から頭と肩とを突き出した。やせ細っていたのが幸いだった。すぐさま、ブラックは片足をバックビークの背中にかけ、ハーマイオニーの後ろにまたがった。

「よーし、バックビーク、上昇！」ハリーは手綱を一振りした。「塔の上まで——行くぞ！」

ヒッポグリフはその力強い翼を大きく羽ばたかせ、西塔のてっぺんまで、三人は高々と舞い上がった。バックビークは軽い爪音を立てて胸壁に囲まれた塔頂に降り立ち、ハリーとハーマイオニーは、すぐさまその背中から滑り降りた。

「シリウス、もう行って。早く」息を切らしながらハリーが言った。「みんなが、まもなくフリットウィック先生の研究室にやってくる。あなたがいないことがわかってしまう」

バックビークは首を激しく振り、石の床に爪を立てて引っかいていた。

「もう一人の子は、ロンはどうした？」シリウスが急き込んで聞いた。

「大丈夫——まだ気を失ったままですけど。でも、マダム・ポンフリーが、治してくださるって言いました。早く——行って！」

しかし、ブラックはまだじっとハリーを見下ろしたままだった。

「なんと礼を言ったらいいのか――」

「行って！」ハリーとハーマイオニーが同時にさけんだ。

ブラックはバックビークを一回りさせ、空へ向けた。

「また会おう」ブラックが言った。

「君は――君は本当に、お父さんの子だ。ハリー……」

ブラックはバックビークの脇腹を踵《かかと》で締めた。巨大な両翼がふたたび振り上げられ、ハリーとハーマイオニーは飛び退《の》いた……ヒッポグリフが飛翔した……乗り手とともにヒッポグリフの姿が次第に小さくなっていくのを、ハリーはじっと見送った。

……やがて雲が月にかかった……二人は行ってしまった。

第22章　ふたたびふくろう便

「ハリー！」

ハーマイオニーが時計を見ながらハリーの袖《そで》を引っ張った。

「だれにも見つからずに医務室までもどるのに、十分きっかりしかないわ。――ダンブルドアがドアに鍵をかける前に――」

「わかった」食い入るように空を見つめていたハリーは、ようやく目を離した。

「行こう……」

背後のドアから滑り入り、二人は石造りの急な螺旋《らせん》階段を下りた。階段を下り切ったところで人声がした。二人は壁にぴたりと身を寄せて耳を澄ませた。ファッジとスネイプのようだ。階段下の廊下を、早足で歩いている。

「……ダンブルドアが四の五《しご》の言わぬよう願うのみで」スネイプだ。『キス』はただちに執行されるのでしょうな？」

「マクネアが吸魂鬼《ディメンター》を連れてきたらすぐにだ。このブラック事件は、始めから終わりまで、まったく面目まるつぶれだった。魔法省がやつをついに捕まえたと『日刊予言者新聞《にっかんよげんしゃしんぶん》』に知らせてやるのが、私としてもどんなに待ち遠しいか……。スネイプ、新聞が君の記事を欲しがると、私はそう思うがね……それに、あの少年、ハリーが正気にもどれば、『予言者新聞』に、君がまさにどんなふうに自分を助け出したか、話してくれることだろう……」

ハリーは歯を食いしばった。スネイプとファッジが二人の隠れている場所を通り過ぎる際、スネイプの顔がにんまり綻《ほころ》んでいるのが見えた。二人の足音が遠ざかる。ハリーとハーマイオニーは、ちょっと間をおき二人が完全にいなくなったのを確かめてから、二人と反対の方向に走り出した。階段を一つ下り二つ下り、また別の廊下を走り——前方で、クァックァッと高笑いが聞こえた。

「ピーブズだ！」

ハリーはそうつぶやくなり、ハーマイオニーの手首をつかんだ。

「ここに入って！」

二人は左側の、だれもいない教室に大急ぎで飛び込んだ。間一髪だった。ピーブズは上機嫌で、大笑いしながら廊下をぷかぷか移動中らしい。

「なんていやなやつ」

ハーマイオニーがドアに耳を押しつけながら小声で言った。

「吸魂鬼がシリウスを処分するっていうんで、あんなに興奮してるのよ……」

ハーマイオニーが時計を確かめた。

「あと三分よ、ハリー！」

二人はピーブズのさもご満悦な声が遠くに消えるのを待って、部屋からそっと抜け出し、また全速力で走り出した。

「ハーマイオニー——ダンブルドアが鍵をかける前に——もし病室にもどらなかったら——どうなるんだい？」ハリーが喘《あえ》ぎながら聞いた。

「考えたくもないわ！」ハーマイオニーがもう一度時計を見ながらうめくように言った。「あと一分！」

二人は病室に続く廊下の端にたどり着いた。

「オッケーよ——ダンブルドアの声が聞こえるわ」ハーマイオニーは緊張していた。「ハリー、早く！」

二人は廊下を這《は》うように進んだ。ドアが開いた。ダンブルドアの背中が現れた。

「君たちを閉じ込めておこう」ダンブルドアの声だ。「いまは、午前零時五分前じゃ。ミス・グレンジャー、三回ひっくり返せばよいじゃろう。幸運を祈る」

ダンブルドアが後ろ向きに部屋を出てきてドアを閉め、杖《つえ》を取り出していままさに魔法で鍵をかけようとしている。大変だ。ハリーとハーマイオニーが前に飛び出した。ダンブルドアは顔を上げ、長い銀色の口ひげの下に、にっこりと笑いを広げた。

「さて？」ダンブルドアが静かに聞いた。

「やりました！」ハリーが息せき切って話した。「シリウスは行ってしまいました。バックビークに乗って……」

ダンブルドアは二人ににっこりほほえんだ。

「ようやった。さてと――」ダンブルドアは部屋の中の音に耳を澄ました。「よかろう。二人とも出ていったようじゃ。中にお入り――わしが鍵をかけよう――」

ハリーとハーマイオニーは病室にもどった。ロンのほかはだれもいない。ロンは一番端のベッドに、まだ身動きもせず横たわっている。背後でカチャッと鍵のかかる音がしたときには、二人はベッドに潜り込み、ハーマイオニーは「逆転時計《タイムターナー》」をローブの下に押し込んでいた。間髪《かんはつ》を入れずマダム・ポンフリーが医務室から出てきて、つかつかとやってきた。

「校長先生がお帰りになったような音がしましたけど？　これで、わたくしの患者さんの面倒をみさせていただけるんでしょうね？」

ひどくご機嫌斜めだった。ハリーとハーマイオニーは、さし出されるチョコレートを黙って食べたほうがよさそうだ。マダム・ポンフリーは二人を見下ろすように仁王《におう》立ちになり、二人が食べるのを確かめていた。しかし、チョコはほとんどハリーの喉《のど》を通らなかった。ハリーもハーマイオニーも神経を尖《とが》らせ、耳をそばだててじっと待っていたのだ。すると、二人がマダム・ポンフリーのさし出す四つ目のチョコレートを受け取ったちょうどそのとき、遠く上のほうで怒り狂うなり声がこだまのように聞こえてきた。

「なにかしら？」マダム・ポンフリーが驚いて言った。

怒声が聞こえた。だんだん大きくなる。マダム・ポンフリーがドアを見つめた。

「まったく――全員を起こすつもりなんですかね！　いったいなんのつもりでしょう？」

ハリーは怒声の内容を聞き取ろうとした。声の主たちが近づいてくる――。

「きっと『姿《すがた》くらまし』を使ったのだろう、セブルス。だれか一緒に部屋に残しておくべきだった。こんなことが漏《も》れたら――」

「やつは断じて『姿くらまし』をしたのではありません！」

スネイプが吠えている。いまやすぐそこまできている。

「この城の中では、『姿くらまし』も『姿現し』もできはしないのです！　これは――断じて――なにか――ポッターが――からんでいる！」

「セブルス――落ち着け――ハリーは閉じ込められている――」

バーン。

病室のドアが猛烈な勢いで開いた。

ファッジ、スネイプ、ダンブルドアがつかつかと中に入ってきた。ダンブルドアだけが涼《すず》しい顔だ。むしろかなり楽しんでいるようにさえ見えた。ファッジも怒っているようだったが、スネイプは逆上していた。

「白状しろ、ポッター！」スネイプが吠えた。「いったいなにをした？」

「スネイプ先生！」マダム・ポンフリーが金切り声を上げた。「場所をわきまえていただかないと！」

「スネイプ、まあ、無茶を言うな」ファッジだ。「ドアには鍵がかかっていた。いま見たとおり――」

「こいつらがやつの逃亡に手を貸した。わかっているぞ！」

スネイプはハリーとハーマイオニーを指さし、わめいた。顔は歪み、口角泡を飛ばしてさけんでいる。

「いいかげんに静まらんか、セブルス！」ファッジが大声を出した。「辻褄《つじつま》の合わんことを！」

「閣下《かっか》はポッターをご存知ない！」スネイプの声が上ずった。「こいつがやったんだ。わかっている。こいつがやったんだ――」

「もう十分じゃろう、セブルス」ダンブルドアが静かに言った。「自分がなにを言っているのか、考えてみるがよい。わしが十分前にこの部屋を出たときから、このドアにはずっと鍵がかかっていたのじゃ。マダム・ポンフリー、この子たちはベッドを離れたかね？」

「もちろん、離れておりませんわ！」マダム・ポンフリーが眉を吊り上げた。「校長先生が出てらしてから、わたくし、ずっとこの子たちと一緒におりました！」

「ほぉれ、セブルス、聞いてのとおりじゃ」ダンブルドアが落ち着いて言った。「ハリーもハーマイオニーも同時に二か所に存在することができるというのなら別じゃが。これ以上二人を煩《わずら》わすのは、なんの意味もないと思うがの」

ぐらぐら煮えたぎらんばかりのスネイプは、その場に棒立ちとなり、まずファッジを、そしてダンブルドアを睨《にら》みつけた。ファッジは、キレたスネイプに完全にショックを受けたようだったが、ダンブルドアはメガネの奥でキラキラと目を輝かせている。スネイプはくるりと背を向け、ローブをシュッと翻《ひるがえ》し、病室から嵐のように出ていった。

「あの男、どうも情緒不安定じゃないかね」

スネイプの後ろ姿を見つめながら、ファッジが言った。

「私が君の立場なら、ダンブルドア、目を離さないようにするがね」

「いや、不安定なのではない」ダンブルドアが静かに言った。「ただ、ひどく失望して、打ちのめされておるだけじゃ」

「それは、あの男だけではないわ！」ファッジが声を荒らげた。「『日刊予言者新聞《にっかんよげんしゃしんぶん》』はさぞかしお祭り騒ぎだろうよ！　わが省はブラックを追いつめたが、やつはまたしてもわが指の間からこぼれ落ちていきおった！　あとはヒッポグリフの逃亡の話が漏《も》れれば、ネタは十分だ。私は物笑いの種になる！　さてと……もう行かなければ。省のほうに知らせないと……」

「それで、吸魂鬼《ディメンター》は？」ダンブルドアが聞いた。「学校から引き揚げてくれるのじゃろうな？」

「ああ、そのとおり。連中は出ていかねばならん」

ファッジはいらだちもあらわに指で髪をかきむしりながら言った。

「罪もない子どもに『キス』を執行しようとするとは、夢にも思わなかった……まったくどうにも手に負えん……まったくいかん。今夜にもさっさとアズカバンに送り返すよう指示しよう。ドラゴンに校門を護らせることを考えてはどうだろうね……」

「ハグリッドが喜ぶことじゃろう」

ダンブルドアはハリーとハーマイオニーにちらっと笑いかけた。ダンブルドアがファッジと病室を出ていくと、マダム・ポンフリーがドアのところに飛んでいき、急いで鍵をかけたあと、ひとりで怒ったようにブツブツ言いながら医務室へともどっていった。

病室の向こう端から、低いうめき声が聞こえた。ロンが目を覚ましたのだ。ベッドに起き上がり、頭をかきながらまわりを見回している。

「どーーどうしちゃったんだろ？」ロンがうめいた。「ハリー？　僕《ぼく》たち、どうしてここにいるの？　シリウスはどこだい？　ルーピンは？　なにがあったの？」

ハリーとハーマイオニーは顔を見合わせた。

「君が説明してあげて」そう言って、ハリーはまた少しチョコレートを頬ばった。

ハリー、ロン、ハーマイオニーは翌日の昼に退院した。しかし、城にはほとんどだれもいなかった。うだるような暑さの中、試験が終わったとなれば、だれもがホグズミード行きを十分に楽しみたいという気持ちになるのもしかたがない。だがロンもハーマイオニーもとても出かける気にはなれず、ハリーと一緒に校庭をぶらぶら歩きながら昨晩の大冒険を語り合うほうを選んだ。そして、シリウスとバックビークはいまごろどこにいるだろうと、三人で思案をめぐらせた。湖のほとりに座り、水面《みなも》で悠々と触手をなびかせる大イカを眺めながらふと向こう岸に目をやったハリーは、会話を止めた。牡鹿《おじか》があそこからハリーのほうに駆け寄ってきたのは、ほんの昨日の夜のことだった……。

三人の上を影がよぎった。見上げると、目をとろんとさせたハグリッドが、テーブルクロスほどあるハンカチで顔の汗を拭《ぬぐ》いながらにっこり見下ろしていた。

「喜んでちゃいかんのだとは思うがな、なんせ、昨晩あんなことがあったし」ハグリッドが言った。「いや、つまり、ブラックがまた逃げたりなんだりで。――だがな、知っとるか？」

「なぁに？」三人ともいかにも聞きたいふりをした。

「ビーキーよ！　逃げよった！　あいつは自由だ！　一晩中お祝いしとったんだ！」

「すごいじゃない！」

ハーマイオニーは、ロンがいまにも笑い出しそうな顔をしたので、咎《とが》めるような目でロンを制しながら、相槌《あいづち》を打った。

「ああ……ちゃんとつないどかなかったんだな」

ハグリッドは校庭の向こうをうれしそうに眺めた。

「だがな、朝んなって心配になった。……もしかして、ルーピンに校庭のどっかで出くわさなんだろうかってな。だが、ルーピンは昨日の晩は、なんにも食ってねえって言うんだ……」

「なんだって？」ハリーがすぐさま聞いた。

「なんと、まだ聞いとらんのか？」

ハグリッドの笑顔がふと陰った。まわりにだれもいないのに、ハグリッドは声を落とした。

「あ――スネイプが今朝、スリザリン生全員に話したんだ……おれは、もうみんな知っとると思っていたんだが……ルーピン先生は狼人間だ、とな。それに昨日の晩は、ルーピンは野放し状態だった、とな。いまごろ荷物をまとめておるよ、当然」

「荷物をまとめてるって？」ハリーは驚いた。「どうして？」

「いなくなるんだ。そうだろうが？」

そんなこと、聞くだけやぼという顔でハグリッドが答えた。

「今朝一番で辞《や》めた。またこんなことがあっちゃなんねえって、言うとった」

ハリーはあわてて立ち上がった。

「僕、会いにいってくる」ハリーがロンとハーマイオニーに言った。

「でも、もし辞任したなら――」

「――もう私たちにできることはないんじゃないかしら――」

「かまうもんか。それでも僕、会いたいんだ。あとでここで会おう」

ルーピンの部屋のドアは開いていた。ほとんど荷造りがすんでいる。水魔《グリンデロー》の水槽は空っぽになっていて、そのそばに使い古されたスーツケースがふたを開けたまま、ほとんど一杯になって置いてあった。ルーピンは机に覆いかぶさるようにしてなにかをしていた。ハリーのノックではじめて顔を上げた。

「君がやってくるのが見えたよ」

ルーピンがほほえみながら、いままで熱心に見ていた羊皮紙《ようひし》を指した。「忍《しの》びの地図《ちず》」だった。

「いま、ハグリッドに会いました。先生がお辞《や》めになったって言ってました。嘘でしょう？」

「いや、本当だ」

ルーピンは机の引き出しを開け、中身を取り出しはじめた。

「どうしてなんですか？　魔法省は、まさか先生がシリウスの手引きをしたなんて思っているわけじゃありませんよね？」

ルーピンはドアのところまで行って、ハリーの背後でドアを閉めた。

「いいや。私は君たちの命を救おうとしていたのだと、ダンブルドア先生がファッジを納得させてくださった」ルーピンはため息をついた。

「セブルスはそれでプッツンとキレた。マーリン勲章をもらいそこねたのが痛手だったのだろう。そこで、セブルスは――その――ついうっかり、今日の朝食の席で、私が狼人間だと漏《も》らしてしまった」

「たったそれだけでお辞めになるなんて！」

ルーピンは自嘲《じちょうてき》的な笑いを浮かべた。

「明日のいまごろには、親たちからの抗議のふくろう便が届きはじめるだろう。――ハリー、だれも自分の子供が、狼人間に教えを受けることなんて望まないんだよ。それに、昨夜のことがあって、私も、そのとおりだと思う。君たちを噛《か》んでいたかもしれないんだ。……こんなことは二度と起こってはならない」

「先生は、いままでで最高の『闇の魔術に対する防衛術』の先生です！　行かないでください」

ルーピンは首を振り、なにも言わなかった。そして引き出しの中を片づけ続けた。どう説得したらルーピンを引き止められるかと、ハリーがあれこれ考えていると、ルーピンが言った。

「校長先生が今朝、私に話してくれた。ハリー、君は昨夜、ずいぶん多くの命を救ったそうだね。私に誇れるものがあるとすれば、それは、君がそれほど多くを学んでくれたということだ。君の守護霊《パトローナス》のことを話しておくれ」

「どうしてそれをご存知なんですか？」ハリーは気を逸《そ》らされた。

「それ以外、吸魂鬼《ディメンター》を追いはらえるものがあるかい？」

起こったことの一部始終を、ハリーはルーピンに話した。話し終えると、ルーピンがまたほほえんだ。

「そうだ。君のお父さんは、いつも牡鹿《おじか》に変身した。君の推測どおりだ……だから私たちはプロングズと呼んでいたんだよ」

ルーピンは残った数冊の本をスーツケースに放り込み、引き出しを閉め、ハリーに向きなおった。

「さあ――昨夜『叫《さけ》びの屋敷《やしき》』から、これを持ってきた」ルーピンはそう言うと、ハリーに「透明マント」を返した。「それと……」ちょっとためらってから、ルーピンは「忍《しの》びの地図《ちず》」もさし出した。

「私はもう、君の先生ではない。だから、これを君に返しても別に後ろめたい気持ちにはならない。私にはなんの役にも立たないものだ。それに、君とロンとハーマイオニーなら、使い道を見つけることだろう」

ハリーは地図を受け取ってにっこりした。

「ムーニー、ワームテール、パッドフット、プロングズなら、僕を学校から誘い出したいと思うだろうって、先生、そうおっしゃいました。……おもしろがってそうするだろうって」

「ああ、そのとおりだったろうね」ルーピンは、もうスーツケースを閉めようとしている。「ジェームズだったら、自分の息子が城を抜け出す秘密の通路の一つも知らずに過ごしたなんてことになったら、大いに失望しただろう。それはまちがいなく言える」

ドアをノックする音がした。ハリーは急いで「忍びの地図」と「透明マント」をポケットに押し込んだ。

ダンブルドア先生だった。ハリーがいるのを見ても驚いた様子もない。

「リーマス、門のところに馬車がきておる」

「校長、ありがとうございます」

ルーピンは古ぼけたスーツケースと、空になった水魔《グリンデロー》の水槽を取り上げた。

「それじゃ――さよなら、ハリー」ルーピンがほほえんだ。「君の先生になれてうれしかったよ。またいつかきっと会える。校長、門までお見送りいただかなくて結構です。一人で大丈夫です……」

ハリーには、ルーピンが一刻も早く立ち去りたがっているような気がした。

「それでは、さらばじゃ、リーマス」

ダンブルドアが重々しく言った。ルーピンは水魔の水槽を少し横にどけてダンブルドアと握手できるようにした。最後にもう一度ハリーに向かってうなずき、ちらりと笑顔を見せてルーピンは部屋を出ていった。

ハリーは主のいなくなった椅子に座り、ふさぎ込んで床を見つめていた。ドアが閉まる音に顔を上げると、まだそこにダンブルドアがいる。

「どうしたね？　そんなに浮かない顔をして」ダンブルドアが静かに言った。

「昨夜のあとじゃ。自分を誇りに思ってよいのではないかの」

「なんにもできませんでした」ハリーは苦いものを噛《か》みしめるように言った。

「ペティグリューは逃げてしまいました」

「なんにもできなかったとな？」ダンブルドアの声は静かだ。「ハリー、それどころか大きな変化をもたらしたのじゃよ。きみは、真実を明らかにするのを手伝った。一人の無実の男を、恐ろしい運命から救ったのじゃ」

恐ろしい。なにかがハリーの記憶を刺激した。以前よりさらに偉大に、より恐ろしく……トレローニー先生の予言だ！

「ダンブルドア先生――昨日、『占い学』の試験を受けていたときに、トレローニー先生がとっても――とっても変になったんです」

「ほう？」ダンブルドアが言った。「あー――いつもよりもっと変にということかな？」

「はい……声が太くなって、目が白目になって、こう言ったんです……今夜、真夜中になる前、その召使いは自由の身となり、ご主人様のもとに馳《は》せ参ずるであろう……こうも言いました。闇の帝王は、召使いの手を借り、ふたたび立ち上がるであろう」

ハリーはダンブルドアをじっと見上げた。

「それから先生はまた、普通というか、元にもどったんです。しかも自分の言ったことをなにも覚えてなくて。あれは――あれは先生が本当の予言をしたんでしょうか？」

ダンブルドアは少し感心したような顔をした。

「これはハリー、トレローニー先生はもしかしたら、もしかしたのかもしれんのう」ダンブルドアは考え深げに言った。「こんなことが起ころうとはのう。これでトレローニー先生の発した本当の予言は、全部で二つになった。給料を上げてやるべきかの……」

「でも――」

ハリーは呆気《あっけ》に取られてダンブルドアを見た。どうしてダンブルドアはこんなに平静でいられるのだろう？

「でも――シリウスとルーピン先生がペティグリューを殺そうとしたのに、僕が止めたんです！　もし、ヴォルデモートがもどってくるとしたら、僕の責任です！」

「いや、そうではない」ダンブルドアが静かに言った。「『逆転時計《タイムターナー》』の経験で、ハリー、きみはなにかを学ばなかったかね？　我々の行動の因果というものは、常に複雑で多様なものじゃ。だから、未来を予測するというのは、まさに非常に難しいことなのじゃよ……。トレローニー先生は——おお、先生に幸いあれかし——その生き証人じゃ。きみは実に気高いことをしたのじゃ。ペティグリューの命を救うという」

「でも、それがヴォルデモートの復活につながるとしたら！——」

「ペティグリューはきみに命を救われ、恩を受けた。きみは、ヴォルデモートのもとに、きみに借りのある者を腹心として送り込んだのじゃ。魔法使いが魔法使いの命を救うとき、二人の間にある種の絆《きずな》が生まれる……。ヴォルデモートが果たして、ハリー・ポッターに借りのある者を、自分の召使いとして望むかどうかは疑わしい。わしの考えは、そう外れてはおらんじゃろ」

「僕、ペティグリューとの絆なんて、欲しくない！　あいつは僕の両親を裏切ったんだ！」

「これは最も深遠で不可解な魔法じゃよ。ハリー、わしを信じるがよい……いつか必ず、ペティグリューの命を助けて本当によかったと思う日がくるじゃろう」

ハリーにはそんな日がくるとは思えなかった。ダンブルドアはそんなハリーの思いを見通しているようだった。

「ハリー、わしはきみの父君をよう知っておる。ホグワーツ時代も、そのあともな」ダンブルドアがやさしく言った。「きみの父君も、きっとペティグリューを助けたにちがいない。わしには確信がある」

ハリーは目を上げた。ダンブルドアなら笑わないだろう。——ダンブルドアになら話せる……。

「昨日の夜……僕、守護霊を創り出したのは、父さんだと思ったんです。あの、湖の向こうに僕自身の姿を見たときのことです……僕、それを父さんの姿を見たと思ったんです」

「むりもない」ダンブルドアの声はやさしかった。「もう聞き飽きたかもしれんが、きみは驚くほどジェームズに生き写しじゃ。ただ、きみの目だけは……母君の目じゃがのう」

ハリーは頭を振ってつぶやいた。

「あれが父さんだと思うなんて、僕、どうかしてました。だって、父さんは死んだってわかっているのに」

「愛する人が死んだとき、その人は永久に我々のそばを離れると、そう思うかね？　大変な状況にあるとき、いつにも増して鮮明に、その人たちのことを思い出しはせんかね？　きみの父君は、きみの中に生きておられるのじゃ、ハリー。そして、きみが本当に父親を必要とするときに、最もはっきりとその姿を現すのじゃ。そうでなければ、どうしてきみがあの守護霊を創り出すことができたじゃろう？　プロングズは昨夜、ふたたび駆けつけてきたのじゃ」

ダンブルドアの言葉を呑み込むのに、一時《いっとき》が必要だった。

「シリウスが、昨夜、あの者《の》たちがどのようにして『動物もどき《アニメーガス》』になったか、すべて話してくれたよ」ダンブルドアはほほえんだ。

「まことに天晴《あっぱ》れじゃ――わしにも内緒にしていたとは、ことに上出来じゃ。そこでわしは、きみの創り出した守護霊が、クィディッチのレイブンクロー戦でミスター・マルフォイを攻撃したときのことを思い出しての。あの守護霊は非常に独特の形をしておったのう。そうじゃよ、ハリー、きみは昨夜、父君に会ったのじゃ……きみの中に、父君を見つけたのじゃよ」

ダンブルドアは部屋を出ていった。どう考えてよいのか混乱しているハリーをひとりあとに残して。

シリウス、バックビーク、ペティグリューが姿を消した夜になにが起こったのか、ハリー、ロン、ハーマイオニー、ダンブルドア校長以外には、ホグワーツの中で真相を知るものはだれもいなかった。学期末が近づき、ハリーはあれこれとたくさんの憶測を耳にしたが、どれ一つとして真相に迫るものはなかった。

マルフォイはバックビークのことで怒り狂っていた。ハグリッドがなんらかの方法で、ヒッポグリフをこっそり安全なところに運んだにちがいないと確信し、あんな森番なんかに自分や父親が出し抜かれたことが癪《しゃく》の種らしかった。一方パーシー・ウィーズリーはシリウスの逃亡について雄弁だった。

「もし僕が魔法省に入省したら、『魔法警察庁』改革についての提案がたくさんある！」

たった一人の聞き手——ガールフレンドのペネロピー・クリアウォーターに、そうぶち上げていた。

天気は申し分なし、学校の雰囲気も最高。その上、シリウスを自由の身とするのに、自分たちがどれほど不可能に近いことをやり遂げたかもよくわかっている。それでもハリーは、これまでになく落ち込んだ気分で学期末を迎えようとしていた。

ルーピン先生がいなくなってがっかりしたのは、ハリーだけではなかった。「闇の魔術に対する防衛術」でハリーと同じクラスだった生徒全員が、ルーピンが辞《や》めたことで惨《みじ》めな気持ちになっていた。

「来年はいったいだれがくるんだろ？」シェーマス・フィネガンも落ち込んでいた。

「吸血鬼《バンパイヤ》じゃないかな」ディーン・トーマスは、そのほうがありがたいと言わんばかりだ。

ルーピン先生がいなくなったことだけが、ハリーの心を重くしていたわけではない。ともすると、ついトレローニー先生の予言を考えてしまう自分がいたのだ。いったいペティグリューはいまごろどこにいるのだろう。ヴォルデモートのそばで、もう安全な隠れ家を見つけてしまったのだろうか。そんな思いが頭を離れない。

しかし、一番の落ち込みの原因は、ダーズリー一家のもとに帰るという思いだった。ほんの小半時《こはんとき》、あの輝かしい三十分の間だけ、ハリーはこれからシリウスと暮らすのだと信じていた……両親の親友と一緒に……本当の父親がもどってくることに次いですばらしいことと考えた。シリウスからの便りはない。便りのないのは無事な証拠。うまく隠れているからこそとは思ったが、もしかしたら持てたかもしれない家庭を考えると、そしていまやそれが不可能になったことを思うと、ハリーは気持ちが落ち込んでいくのを抑えられなかった。

学期の最後の日に、試験の結果が発表された。ハリー、ロン、ハーマイオニーは全科目合格だった。「魔法薬学」もパスしたのにはハリーも驚いた。ダンブルドアが中に入って、スネイプが故意にハリーを落第させるのを止めたのではないかと、ハリーはピンときた。この一週間のスネイプのハリーに対する態度は、鬼気迫るものがあった。ハリーに対する嫌悪感がこれまでより増すなど不可能と思っていたのに、大ありだった。ハリーを見るたびに、スネイプの薄い唇の端の筋肉がひくひく不快な痙攣《けいれん》を起こし、まるでハリーの首を絞めたくて指がむずむずしているかのように、始終指を曲げ伸ばししていた。

パーシーはN《い》・E《も》・W《り》・Tテストで一番の成績だったし、フレッドとジョージはそれぞれ、O《ふ》・W《く》・L《ろう》テストのかなりの科目をスレスレでパスした。一方グリフィンドール寮は、主にクィディッチ優勝戦の目覚ましい成績のおかげで、三年連続で寮杯を獲得した。そんなこんなで、学期末の宴会はグリフィンドール色の真紅と金色の飾りに彩られ、みながお祝い気分のグリフィンドールのテーブルは、一番にぎやかだった。ハリーでさえ、次の日にダーズリーのところへ帰省することも忘れ、みなと一緒に大いに食べ、飲み、語り、笑い合った。

翌朝、ホグワーツ特急がホームから出発した、ハーマイオニーがハリーとロンに驚くべきニュースを打ち明けた。

「私、今朝、朝食の前にマクゴナガル先生にお目にかかったの。『マグル学』をやめることにしたわ」

「だって、君、百点満点の試験に三百二十点でパスしたじゃないか！」ロンが言った。

「そうよ」ハーマイオニーがため息をついた。「でも、また来年、今年みたいになるのはごめんだわ。あの『逆転時計《タイムターナー》』、あれ、私、気が狂いそうだった。だから返したわ。『マグル学』と『占い学』を落とせば、また普通の時間割になるの」

「君が僕たちにもそのことを言わなかったなんて、いまだに信じられないよ」ロンがふくれっ面をした。「僕たち、君の友達じゃないか」

「だれにも言わないって約束したの」

ハーマイオニーがきっぱり言った。それからハリーを見た。ハリーは、ホグワーツが、山の陰に入って見えなくなるのを見つめていた。次に目にするまで、まる二か月もある……。

「ねえ、ハリー、元気を出して！」ハーマイオニーもさびしそうだった。

「僕、大丈夫だよ」ハリーはあわてて答えた。「休暇のことを考えてただけさ」

「うん、僕もそのことを考えてた」ロンが言った。「ハリー、絶対に僕たちのところにきて、泊まってよ。僕、パパとママに話して準備して、それから話電《フェリトン》する。話電の使い方がもうわかったから――」

「ロン、電話《テレフォン》よ」ハーマイオニーが言った。「まったく、あなたこそ来年『マグル学』を取るべきだわ……」

ロンは知らんぷりだった。

「今年の夏はクィディッチのワールド・カップだぜ！　どうだい、ハリー？　泊まりにおいでよ。一緒に見にいかないか！　パパ、たいてい役所から切符が手に入るんだ」

この提案は効果てきめん。ハリーは大いに元気づいた。

「うん……ダーズリー一家は、喜んで僕を追い出すよ。……とくにマージおばさんの一件があったあとだし……」

ずいぶん気持ちが明るくなり、ハリーはロン、ハーマイオニーと何回か「爆発スナップ」に興じた。やがて、いつもの魔女がワゴンを引いてきたので、ハリーは盛りだくさんのランチを買い込んだ。ただし、チョコレートはいっさい抜きだった。

午後も遅い時間になって、ハリーにとって本当に幸せな出来事が起こった……。

「ハリー」ハリーの肩越しを見つめながら、ハーマイオニーが突然言った。「そっちの窓の外にいるもの、なにかしら？」

ハリーは振り向いて窓の外を見た。小さくて灰色のものが窓ガラスの向こうでぴょこぴょこ見え隠れしている。立ち上がってよく見ると、それはちっちゃなふくろうだった。その小さい体には大きすぎる手紙を運んでいる。本当にチビのふくろうで、走る汽車の気流にあおられ、あっちへふらふらこっちへふらふら、でんぐり返ってばかりいる。ハリーは急いで窓を開け、腕を伸ばしてそれをつかまえた。ふわふわのスニッチのような感触だった。そうっと中に入れてやると、ふくろうはハリーの席に手紙を落とし、コンパートメントの中をブンブン飛び回りはじめた。任務を果たしたことが誇らしく、うれしくてたまらない様子だ。ヘドウィグは気に入らない様子で、嘴《くちばし》をカチカチ鳴らし、威厳を示していた。クルックシャンクスは椅子に座りなおし、大きな黄色い目でふくろうを追っている。それに気づいたロンが、ふくろうをさっとつかんで、危険な目線から遠ざけた。

ハリーは手紙を取り上げた。ハリー宛だった。乱暴に封を破り、手紙を読んだとたんにさけんだ。

「シリウスからだ！」

「ええっ！」ロンもハーマイオニーも興奮した。「読んで！」

ハリー、元気かね？

君がおじさんやおばさんのところに着く前にこの手紙が届きますよう。おじさんたちがふくろう便に慣れているかどうかわからないしね。

バックビークもわたしも無事隠れている。この手紙が別の人の手に渡ることも考え、どこにいるかは教えないでおこう。このふくろうが信頼できるかどうか、少し心配なところがあるが、しかし、これ以上のが見つからなかった上に、このふくろうは熱心にこの仕事をやりたがったのでね。

吸魂鬼《ディメンター》がまだわたしを探していることと思うが、ここにいればわたしを見つけることはとうてい望めまい。もうすぐ何人かのマグルにわたしの姿を目撃させるつもりだ。ホグワーツから遠く離れたところでね。そうすれば城の警備は解かれるだろう。

ほんの短い間しか君と会えなかったので、ついぞ話す機会を得なかったことがある。ファイアボルトを贈ったのはわたしだ――。


「ほら！　やっぱり」ハーマイオニーが勝ち誇ったように言った。「ね！　ブラックからだって言ったとおりでしょ！」

「ああ、だけど、呪いなんかかけられてなかったじゃないか。え？」ロンが切り返した。

「あいたっ！」

チビのふくろうは、ロンの手の中でうれしそうにホーホー鳴いていたが、指を一本かじったのだ。自分では愛情を込めたつもりらしい。

クルックシャンクスがわたしに代わって、注文をふくろう事務所に届けてくれた。君の名前で注文したが、金貨はグリンゴッツ銀行の711番金庫――わたしのものだが――そこから引き出すよう業者に指示した。君の名付け親から、十三回分の誕生日をまとめてのプレゼントだと思って欲しい。

去年、君がおじさんの家を出たあの夜に、君を怖がらせてしまったことも許してくれたまえ。北に向かう旅を始める前に、一目君を見ておきたいと思っただけなのだ。しかし、わたしの姿は君を驚かせてしまったことだろう。

来年度の君のホグワーツでの学校生活がより楽しくなるよう、あるものを同封した。

わたしが必要になったら、手紙をくれたまえ。君のふくろうがわたしを見つけるだろう。また近いうちに手紙を書くよ。

シリウス

ハリーは封筒の中をよく探した。もう一枚羊皮紙《ようひし》が入っている。急いで読み終えたハリーは、まるでバタービールを一本、一気飲みしたかのように急に温かく満ち足りた気分になった。

わたくし、シリウス・ブラックは、ハリー・ポッターの名付け親として、ここに週末のホグズミード行の許可を、与えるものである。

「ダンブルドアだったら、これで十分だ！」

ハリーは幸せそうに言った。そして、もう一度シリウスの手紙を見た。

「ちょっと待って。追伸がある……」

よかったら、君の友人のロンがこのふくろうを飼《か》ってくれるとうれしいな。ネズミがいなくなったのはわたしのせいだからな。

ロンは目を丸くした。チビふくろうはまだ興奮してホーホー鳴いている。

「こいつを飼うって？」

ロンはなにか迷っているようだった。ちょっとの間、ふくろうをしげしげと見ていたが、驚くハリーとハーマイオニーの目の前で、いきなりロンはふくろうをクルックシャンクスのほうに突き出し、臭いを嗅《か》がせた。

「どう思う？」ロンが猫に聞いた。「まちがいなくふくろうなの？」

クルックシャンクスが満足げにゴロゴロと喉《のど》を鳴らした。

「僕にはそれで十分な答えさ」ロンがうれしそうに言った。

「こいつは僕のものだ」

キングズ・クロス駅まで、ハリーはシリウスからの手紙を何度も何度も読み返した。ハリー、ロン、ハーマイオニーが九と四分の三番線ホームから柵《さく》を通って反対側にもどってきたときも、手紙はハリーの手にしっかりとにぎられていた。ハリーはすぐにバーノンおじさんを見つけた。ウィーズリー夫妻から十分に距離を置いて、疑わしげに二人をちらちら見ながら立っていた。ウィーズリー夫人がハリーをお帰りなさいと抱きしめたとき、この夫婦を疑っていたおじさんの最悪の推測が、やっぱりそうだったか、と確認されたようだった。

ハリーはロンとハーマイオニーに別れを告げてカートにトランクとヘドウィグの籠《かご》を載せ、バーノンおじさんに向かって歩き出した。おじさんがいつもの調子でハリーを迎えたとき、ロンがその後ろ姿に大声で呼びかけた。

「ワールド・カップのことで電話するからな！」

「なんだ、そりゃ？」ハリーがしっかりにぎりしめたままの封筒を見て、おじさんが凄《すご》んだ。

「またわしがサインせにゃならん書類なら、おまえはまた——」

「ちがうよ」ハリーは楽しげに言った。「これ、僕の名付け親からの手紙なんだ」

「名付け親だと？」バーノンおじさんがしどろもどろになった。「おまえに名付け親なんぞおらんわい！」

「いるよ」ハリーは生き生きしていた。

「父さん母さんの、親友だった人なんだ。殺人犯だけど、魔法使いの牢を脱獄して、逃亡中だよ。ただ、僕といつも連絡を取りたいらしい……僕がどうしてるか、知りたいんだって……幸せかどうか確かめたいんだって……」

バーノンおじさんの顔に恐怖の色が浮かんだのを見てにっこりしながら、前のほうでヘドウィグの鳥籠をカタカタさせ、ハリーは駅の出口へ向かった。

どうやら、去年よりはずっとましな夏休みになりそうだ。

英国の「本物の魔法」

鏡リュウジ

『ハリー・ポッター』シリーズが刊行され、世界中で爆発的なヒットとなったとき、僕はもうすでに三十歳も少し過ぎたいい大人だった。「魔法ファンタジー」にどっぷりはまるには、普通に考えればだいぶトウがたっている年齢である。けれど…皆さんのご想像どおり、僕はこの魔法使いの少年やその仲間たちと心の中ですぐに大の仲良しになってしまったのだ。ああ、ここは僕の知っている英国の本物の魔法の世界とつながっている。彼らはそこから来ている、と即座にわかったからだ。

「本物の魔法」？　そんなものが存在するのか、ですって？

答えはイエス。「魔法」を正確に定義するのは不可能だが、あえていえば、目に見えないもう一つの現実とアクセスし、この世界とあちらの世界の双方を豊かにしようとする営みだとでもなるだろうか。魔法と魔術は世界中に存在する。そして、『ハリー・ポッター』シリーズを生み出した英国は、世界でも有数の魔法大国なのである。

英国の「本物の魔法」を信じないあなたを、まずご案内したいのは大英博物館である。明るい吹き抜けのグレートホールを右手に進みドアを開けてガラスケースを覗けば黒曜石で出来た黒い鏡に水晶球、そして謎めいた魔法の紋章を刻んだ円形の蝋製《ろうせい》の円盤が鎮座しているはずだ。「ジョン・ディー博士の魔法道具」である。ディー博士は当時ヨーロッパ最大の私設図書館をもち、ユークリッド幾何学を英国に紹介した数学者である一方、かのエリザベス一世に仕えた占星術師、そして魔術師であった。女王の戴冠式の日取りを占星術で選定し、そして晩年には天使たちと交流し、天使の言語「エノク語」を人間界へ伝統したという！　大英帝国繁栄の礎《いしずえ》には魔法があり、その痕跡がロンドン随一の観光名所に展示されているわけだ。また19世紀末から20世紀初頭、大英図書館には魔術やカバラの研究者、実践者として有名なアーサー・ウェイトが足繁く通っていた。ちなみに現在、もっともポピュラーなタロットである「ウェイト＝スミス」版を生み出したのはこのウェイトであり、ウェイトの仲間の「魔術師」たちはディー博士の天使語を再現して魔術を行っていた。かのノーベル賞詩人W・B・イェイツも「魔術結社」黄金の夜明け団の高位団員であり、ダブリンの図書館に行けばイェイツが使っていた魔術道具やノートを見ることができる。

再び正門から博物館を出て「ミュージアム・ストリート」へと歩く。歩いて5分もしないうちに左手に見えてくるのが１００年近い歴史をもつ「魔法書店」アトランティスだ。三代続く本物の魔法使いを店主とするこの書店には魔術や秘教、魔女に関する書物やタロット、魔法道具などが売られている。店主のジェラルディンさんに質問すれば英国の魔法についてなんでも参考図書を教えてくれるだろう。

そのままコヴェント・ガーデンへ行けばやはり老舗《しにせ》の「アストロロジー・ショップ」がある。本格的なコンピュータ占星術サービスの他、どんな書店にも負けないほど占星術の専門書が並ぶ。オーナーのバリさんは喜んで英国の占星術教室などを案内してくれるはず。

そしてそこから15分も歩けばフリーメイソン本部が偉容を見せており、タイミングが合えばメイソン博物館からその本殿《テンプル》を見学できる無料ツアーにも参加できる。ショップでフリーメイソン・チョコ(!)をはじめさまざまなアイテムを見繕うのも楽しい。だいぶ足を伸ばすがコーンウォールはボスキャッスルに行けば、20世紀半ばに魔女宗の創始者ジェラルド・ガードナーらがその母体を創設した魔女博物館がある。実際に魔女たちが用いたさまざまな魔術道具を見ることができる。大英図書館の「ハリー・ポッター　魔法の歴史展」の展示品の多くはここから貸し出されたものである。

現在、キリスト教より古い宗教である「異教《ペイガニズム》」を復興し新たな霊性の道を歩もうとする広義の「魔女」「魔術師」たちが世界中で増えている。その運動はエコロジーやフェミニズムと結びつき大きなうねりとなっているのだがその震源地は英国なのである。

歴史学の博士号をもつ、ロンドンの「魔術書店」トレッドウェルズ店主クリスティナ・ハリントンさんもそんな「魔女」の一人。クリスティナさんに以前インタビューしたときこんなふうにおっしゃっていた。

「ハリー・ポッターの世界の魔法ほど私たちの魔法はすぐには効かない。けれどポッターの世界には本物の魔法の世界と通じる〝エンチャントメント《魅惑》〟がある。そしてなにより人生とこの世界そのものがホグワーツのような一つの学校であり、いくつになっても私たちは学び続けることができると教えてくれたのがこの物語でした」。

トールキンを、そしてローリングを生み出した英国には本物の魔法が生きている。作品の土壌となった英国の魔法文化に思いを馳せるのもまた、このシリーズの楽しみ方のひとつなのではあるまいか。

（占星術師）

本書は
単行本二〇〇一年七月　静山社刊
携帯版二〇〇四年十一月　静山社刊
を二分冊にした2です。

装画　おとないちあき
装丁　坂川事務所

ハリー・ポッター文庫⑥
ハリー・ポッターとアズカバンの囚人
〈新装版〉3－2
2022年6月7日　第1刷

作者　J.K.ローリング
訳者　松岡佑子
©2022 YUKO MATSUOKA
発行者　松岡佑子
発行所　株式会社静山社
〒102-0073　東京都千代田区九段北1-15-15
TEL 03(5210)7221
印刷・製本　中央精版印刷株式会社

Ⓒ Say-zan-sha Publications Ltd.
ISBN 978-4-86389-685-7　printed in Japan
本書の無断複写複製は著作権法により例外を除き禁じられています。
また、私的使用以外のいかなる電子的複写複製も認められておりません。
落丁・乱丁の場合はお取り替えいたします。

新装版

ハリー・ポッター

シリーズ7巻　全11冊

J.K. ローリング　松岡佑子＝訳　佐竹美保＝装画

1	ハリー・ポッターと賢者の石	1,980円
2	ハリー・ポッターと秘密の部屋	2,035円
3	ハリー・ポッターとアズカバンの囚人	2,145円
4-上	ハリー・ポッターと炎のゴブレット	2,090円
4-下	ハリー・ポッターと炎のゴブレット	2,090円
5-上	ハリー・ポッターと不死鳥の騎士団	2,145円
5-下	ハリー・ポッターと不死鳥の騎士団	2,200円
6-上	ハリー・ポッターと謎のプリンス	2,035円
6-下	ハリー・ポッターと謎のプリンス	2,035円
7-上	ハリー・ポッターと死の秘宝	2,090円
7-下	ハリー・ポッターと死の秘宝	2,090円

※定価は10％税込